全国高等院校设计艺术类专业创新教育规划教材

形式语言及设计符号学

主　编　卢景同

副主编　张阿维　杨　飞

参　编（以姓氏笔画为序）

马　红　张　野　郑　颖

封　冰　姚　江

主　审　何晓佑

机械工业出版社

CHINA MACHINE PRESS

现代艺术设计的形式语言是从构成走向设计的桥梁，它利用形状、色彩、空间、材质等形式语汇通过形式语法，加上艺术的表现力，结合当代最新科技成果的应用，就形成了千变万化的形式语言，成为设计师设计作品的主要表现手法。

本书共分为两篇，第1篇为"知"（基础理论篇），系统地从语言学的角度总结艺术设计的形式语言的审美取向、语汇、语法和现代设计中常用的形式语言，并重点介绍设计符号学和语义学。第2篇为"行"（实际应用篇），重点介绍形式语言在产品设计和其他相关艺术设计领域中的应用及特征设计等内容。

"知行并重"是本书编写的基本思路，图文并茂是本书编写的基本方法，厚理论宽应用是本书编写的特点。本书既可以作为高等院校的艺术设计基础课程的教材，也可以作为工业设计及艺术设计领域设计师的参考用书。

图书在版编目（CIP）数据

形式语言及设计符号学/卢景同主编 . —北京：机械工业出版社，2011.3
全国高等院校设计艺术类专业创新教育规划教材
ISBN 978-7-111-32974-9

I. ①形… Ⅱ. ①卢… Ⅲ. ①艺术—设计—符号学—高等学校—教材
Ⅳ. ①J06

中国版本图书馆 CIP 数据核字（2011）第 001384 号

机械工业出版社（北京市百万庄大街22号　邮政编码100037）
策划编辑：宋晓磊　责任编辑：牟桂玲
责任校对：赵　蕊　封面设计：鞠　杨
责任印制：杨　曦
保定市中画美凯印刷有限公司印刷
2011 年2月第 1 版第 1 次印刷
210mm×285mm·12.25 印张·321 千字
标准书号：ISBN 978-7-111-32974-9
定价：38.00 元

本教材编审委员会

出版说明

为配合全国高等院校设计艺术创新型人才的培养和教学模式的改革，提高我国高等院校的课程建设水平和教学质量，加强新教材和立体化教材建设，深入贯彻《教育部财政部关于实施高等学校本科教学质量与教学改革工程的意见》精神，我们经过深入调查，组织了全国四十多所高校的一批优秀教师编写出版了本套教材。

根据国家教育委员会"质量工程"建设的目标和评价标准，创新能力的培养是目前我国高等教育急需解决的问题。本系列教材的编写与以往同类教材相比，突出了创造性能力培养的目标，从教材编写的风格和教材体例上表现出了创新意识、创新手法和创新内容。

本系列教材的编写考虑了环境艺术设计、平面设计、产品设计、服装设计、视觉传达及新媒体设计等专业方向的兼容性和可持续性，突出了艺术设计大学科的特点。有利于学生掌握宽泛的艺术设计学科的基本理论和技能，具有一定的前瞻性。

本系列教材是针对普通高等院校的艺术设计专业而编写的，但是在"普及"的平台上不乏"提高"的成分。尤其是专业理论和基础理论，深入探讨和研究的学术问题在教材中进行了启迪式的介绍。

本系列教材包括22本，分别为《设计素描》、《设计色彩》、《设计构成》、《设计史》、《设计概论》、《人因工程学》、《设计管理》、《形式语言及设计符号学》、《设计前沿》、《图形与字体设计基础》、《计算机辅助平面设计》、《计算机辅助产品造型设计》、《视觉传达设计原理》、《环境艺术设计图学》、《工业设计图学》、《工业设计表达》、《环境艺术设计表达》、《环境艺术设计原理》、《景观规划设计原理》、《产品设计原理》、《计算机辅助动画艺术设计》、《计算机辅助环境艺术设计》。

本系列教材可供高等院校环境艺术设计、平面设计、产品设计、服装设计、视觉传达及新媒体设计等专业的师生使用，也可作为相关从业人员的培训教材。

机械工业出版社

前　言

当凝视着一幅幅画、一幢幢建筑、一个个产品、一幅幅海报……我们会感觉到它们似乎在向我们倾诉，细细地品味，便会领略其中的意境。这些作品所表达的信息是通过其独特的语言——形式语言传达给大家的。也许不同的人群、不同的视角会读出不同的含义，但这也正是形式语言的妙处所在。形式语言因其应用的领域不同而具有不同的表达方式，虽有一定的共性，但更多的是各个领域与生俱来所形成的独特的差异。本书主要研究、介绍的是建筑学、艺术设计（包括工业设计、平面设计、环境艺术设计、服装设计等）领域中具有共通性的形式语言。

大家都读过相关的设计史，知道"包豪斯"是现代设计的摇篮，知道这个"摇篮"缔造者瓦尔特·格罗皮乌斯（Walter Gropius）等人都是著名的建筑设计师。简单地说，现代设计启蒙于建筑设计，而更有趣的是现代设计领域最先引入形式语言一说的也是建筑设计，然后才被广泛地运用到其他设计领域，可以说建筑设计的形式语言是现代设计形式语言的鼻祖。但从现代设计理论体系来看，现代设计形式语言和三大构成（平面构成、立体构成、色彩构成）又有千丝万缕的联系，三大构成的形式要素和现代设计形式语言的基础理论有很多共通之处。现代设计的形式语言是从构成走向设计的桥梁，一个个如诗如歌般美妙的设计就由它架构而成，令人陶醉其间。

包豪斯强调现代设计是"技术和艺术的新统一"，在建筑设计上，它提倡摒弃一切矫揉造作和不切实际的装饰和空间，追求简洁明快的造型，提出形式美的理论。对批量生产的工业品，即产品设计，它认为只是缩小了的现代建筑造型加上相应的功能，即建筑设计是大空间设计、规划，产品设计是小空间设计、规划。最简洁明快的形体莫过于几何体，它是全人类共同认可的、不分民族、不分宗教的国际通用的形式语汇。而这些简单的语汇通过艺术的表现再加上最新科技成果的应用，就形成了千变万化的形式语言，无声地倾诉着一个又一个设计师的心声，成为一代代设计师设计作品的主要表现手法。

本书共分为两篇，第1篇为"知"（基础理论篇），系统地从语言学的角度总结艺术设计的形式语言的审美取向、语汇、语法和现代设计中常用的形式语言，形成艺术设计的形式语言的基本理论架构，并重点介绍设计符号学和语义学。第2篇为"行"（实际应用篇），重点介绍形式语言在产品设计和其他相关艺术设计领域中的应用及特征设计等内容。"知行并重"是本书编写的基本思路，图文并茂是本书编写的基本方法，厚理论宽应用是本书编写的特点。

历经近一年的时间，经过多位老师的辛苦创作，该书终于完稿了。在本书编写的过程中，理论体系几经修改、完善，最终才得以成书。其间得到武汉理工大学陈汉青教授、重庆大学艺术学院院长许世虎教授、东北大学张书鸿教授的热情指导和斧正，受益匪浅。本书由南京艺术学院副院长、博士生导师何晓佑教授主审，在此代表全体编写人员表示衷心的感谢！本书第1章中的1.1～1.3节、第2章、第3章、第4章中的4.4节、第8章由江苏技术师范学院卢景同老师编写；第1章中的1.4节、第4章中的4.1～4.3节由南京农业大学杨飞老师编写；第5章由江苏技术师范学院封冰、常州大学姚江两位老师编写；第6章由西安工程大学张阿维老师编写；第7章由北京交通大学张野老师编写；第9章中的9.1节由河北农业大学郑颖老师编写；第9章中的9.2节由广西师范大学马红老师编写。卢景同老师负责本书的统稿工作。

由于编者水平有限，编写时间略显不足，故书中疏漏之处在所难免，恳请读者批评指正。

编 者

目 录
CONTENTS

第1篇 知（基础理论篇）

第 *1* 章 基础知识

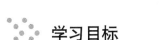

学习目标

（1）了解形式语言及设计符号学的基本概念。

（2）了解形式语言及设计符号学的基本历史。

（3）了解形式语言及设计符号学在现代设计中的作用。

（4）掌握形式语言及设计符号学的发展趋势。

学习重点

（1）形式语言及设计符号学的过去、现在和未来。

（2）现代设计中形式语言及设计符号学的发展趋势。

学习建议

（1）查找诸如音乐、绘画、书法、雕塑等艺术形式的形式语言及设计符号学相关内容。

（2）把《立体构成》的书找出来，再到图书馆借几本其他版本的《立体构成》，复习一下，后面的课程学起来会轻松些。

1.1 形式语言及设计符号学的基本概念

1. 形式语言

我们人类最基本的交流工具就是语言，它一般包括人工语言和自然语言。人工语言即"人造语言"，主要指为了某种目的，人为制造的语言，如世界语等。自然语言（Natural Language）就是人类所讲的语言，如汉语、英语和法语等。这类语言不是人为设计（虽然有人试图强加一些规则），而是自然进化的。设计语言是一种形式语言，是专门用来表达设计过程的形式语言。

"形式化"这一概念常用在系统设计中，人们常说的形式化是指使用符号或者图形的方式对系统进行描述。当代著名逻辑学家鲍亨斯基认为："形式化方法是这样一种方法，它完全撇开符号本身的意义，而根据某些只涉及符号书面形态的转换规则来进行符号操作。"

在设计学中，我们借用形式化这个概念，是指将设计对象所涉及的知识符号化或者图形化，而我们使用的这些符号或者图形，并不涉及它本身的意义，只需要利用它本身的形式和形式转换而已。那么，对语言知识形式化描述的意义是什么呢？我们知道，对一个设计系统使用形式化的描述，能够使它变得更为直观，更为单一。自然语言是复杂的，并且充满了歧义，这给用现代设计的方法来处理自然语言所表达的设计理念带来了一定的困难。

因此，必须采用一种方法，使它能够合理地描述人们想用自然语言表达的含义，并且又能够使这种设计表达系统变得单一和无歧义。形式化的方法无疑就是最佳的选择。形式化的基本特征是使它所描述的系统保持单一性，无歧义性和明确性。因而我们不自觉地找到了设计的形式语言——这一演变于计算机语言，而又与之有较大区别的语言。

形式语言（Formal Language）是为了特定应用而人为设计的语言，通常的概念是指按一定规律构成的句子或符号串的有限或无限的集合。而形式语言学则主要研究一般的抽象符号系统，运用形式模型对语言（包括人工语言和自然语言）进行理论上的分析和描写。例如，数学家用的数字和运算符号，化学家用的分子式，软件工程师用的计算机编程语言等。形式语言具有以下特点：

1）形式语言具有高度的抽象化。采用形式化的手段、专用符号、数学公式等来描述语言的结构关系，这种结构关系是抽象的。

2）形式语言是一套演绎系统。形式语言本身的目的就是要用有限的规则来推导语言中无限的句子，提出形式语言的哲学基础也是想用演绎的方法来研究自然语言。

3）形式语言具有相应的算法。如句法分析中采用不同的算法来构造句子的句法推导树。在现代设计中，其算法则另有其妙，在本书的第4章中会介绍。

本书所涉及的艺术设计的形式语言是抽象的、感性的，它与人类的语言是不同的，但是它们都具有表达的作用。一首歌曲，一幅画作，一个设计作品，传达给人们的不单单是一些客观事实的存在，能够告诉人们它们存在的意义，不仅是物质，更是一种精神层面上的表达方式。不管是哪一种艺术种类，它们都有属于自己的特殊语言，要想真正地了解艺术，就必须要了解它们的语言。

艺术语言是指艺术作品的表现形式，是一种比喻的说法，也就是说艺术作品的形式在艺术作品中起着一种表达的作用。在艺术设计中也存在形式语言之说，但一直没有一个系统的完整的体系，其实每种艺术形式都有其相应的形式语言。它们既有各自独立的特殊面，又有共通的规律性的形式语言。

艺术的形式语言是指各种艺术体裁用以塑造艺术形象、传达审美情感时所使用的材料和工具。艺术的形式语言是艺术作品形式的基本构成要素。艺术作品的特定内容必须借助于一定的艺术语言才能表现出来，成为可供人们欣赏的对象。没有艺术语言，也就没有艺术作品的存在。各个艺术门类，在长期的艺术发展中，都形成了自身独特的艺术语言。例如，绘画以线条、形状、色彩、色调等艺术语汇，构成了绘画形式语言；音乐以有组织的旋律、节拍、速度等艺术语汇，构成了音乐形式语言；建筑以空间组合、形体、线条、色彩、光影、质感和装饰等艺术语汇，构成了建筑形式语言；工艺美术以造型、色彩、装饰等艺术语汇，构成了工艺美术形式语言；电影以画面及画面的组接即蒙太奇，构成了电影的形式语言。艺术语言的类型有写实、夸张、隐喻和象征。艺术语言以表现内容为目的，同时也具有独立的审美价值。随着艺术创作实践的发展，艺术语言也在不断地发展更新。熟练地掌握并运用本门类的艺术语言，是对一个艺术家最起码的要求。

艺术设计是艺术学的主要应用学科之一，它的形式语言沿袭了艺术的形式语言中工艺美术的形式语言体系。在现代化大工业的影响下，艺术设计进一步发展，产生了许多新的形式语言。但是，万变不离其宗，现代艺术设计的形式语言中的基本语汇、语法都源于工艺美术的形式语言体系。

2．设计符号学

符号学广义上是研究符号传意的人文科学，当中涵盖所有涉文字符、讯号符、密码、古文明记号、手语的科学。符号可以看做是"社会信息的物质载体"，它有三个必备特征：物质性、指代性、社会性。也就是说，符号必须是物质的，它必须传递一种本质上不同于载体本身的信息，而代表其他事物；它必须传递一种社会信息，即社会习惯所约定的，而不是个人赋予的特殊意义。它是物质性和思想性有机的统一体。

设计与符号学密切相关。设计这个词来源于拉丁文，其本意是"徽章"、"记号"，即一事物区别于其他事物的、使之得以被认知的依据或媒介。现在被普遍采用的英文为Design也是做记号、画图案的意思。研究和运用符号学的一些原理来帮助设计人员以 "符号"来表达设计思维，不能不说是设计师的一条重要的艺术表达途径。 符号的起源是劳动。早在原始社会，人们就有了实用和审美两种需求，并且已经开始从事原始的设计活动，以自觉或不自觉的行为，设计出各式各样的符号象征，丰富、启迪生活。从祖先的结绳记事到歌舞图腾，都是维护社会传统秩序的信息符号。

符号是负载和传递信息的中介，是认识事物的一种简化手段，表现为有意义的代码和代码系统。当然，符号这一概念的外延相当广泛，设计中的符号作为一种非语言符号，与语言符号有许多共性，使得语义学对设计也有实际的指导作用。通常来说，可以把设计的元素和基本手段看做符号，通过对这些元素的加工与整合，实现传情达意的目的。设计符号主要有认知性、普遍性、约束性和独特性四种特性。

另外，设计中对符号的运用有直接和间接之分。从某些设计作品中可以直接找到符号性的元素，而在另一些设计作品中却似乎很难发现符号的存在，但这并不意味着这些设计与符号无关。实际上符号是无处不在的，只是根据需要作用方式不同而已。后文中我们有专门的章节讲解，这里不再赘述。

1.2 形式语言及设计符号学的基本历史

人类生存需要交流思想和情感，需要语言表达，限于人类祖先极低的认识水平，具象可感的造型语言往往更易创造和理解，故它在抽象的文字符号语言之前产生。造型及图案作为形式语言的客观已然存在，它有着古老的历史，也许人类未诞生以前它就早已存在。在艺术发生学上，它作为人类感知和占有的对象，成为造型艺术的语言媒介，几乎和人类自身的起源同步。

符号学研究主要集中于法国，萌生于20世纪上半叶，但其得到真正意义上的发展，还是在20世纪60年代以后。它的发展，得益于多种学科在20世纪获得的重大进步。

现代语言学是符号学获得理论构架和研究方法的主要依据。第一次把对符号的研究当做一门新学科提出的，是瑞士语言学家弗迪南·德·索绪尔（Ferdinand de Saussure，1857—1913）。他在对现代语言学产生深远影响的《普通语言学教程》中预言将有一门专门研究"符号系统"的学科出现，并为其做了初始的理论准备。法国语言学家埃米尔·本维尼斯特（Emile Benveniste，1902－1976）在有关"陈述活动语言学"的研究成果中，形成了话语符号学的概念和研究方法，因此也就使符号学更靠近了言语活动的实际情况。

另外，文化人类学为符号学提供了部分研究对象。由于文化人类学与符号学都关心话语中影响个体言语的文化习惯（风俗，习惯，沉淀在集体的言语活动实践中的动因，等等），所以它们在这些方面多有交叉。而对于主导话语的跨文化形式，即叙事文形式的规律性研究，早在符号学介入之前就由文化人类学家们开始了。当然，这种研究也最先得益于语言学的理论启发。

在哲学方面，符号学从现象学研究理论中吸收了其有关意指作用的概念的大部分内容。符号学概念中的"意义显现"表达方式，就源自现象学的启发。这种表达方式，在感觉的范围之内，于感觉主体与被感觉对象之间互为基础的关系之中，把意指形式的地位确定为可感觉的与可理解的、幻觉与分享的信仰之间的一种关系空间。A.J.格雷玛斯（A.J.Greimas）在《结构语义学》中明确地写到："我们建议把感知确定为非语言学的场所，而对于意指作用的理解就在这个场所内。"

1.3 形式语言及设计符号学在现代设计中的作用

设计理论作为艺术理论的一个门类，其自身在受到哲学思潮的影响下不断地发展。形式语言作为设计理论的一个组成部分，在哲学思潮演化的各个阶段呈现出不同的特点。古代哲学是以自然客体为对象的本体论哲学，古代哲学的基本对象是客观存在，近、现代哲学的基本对象是主观存在（精神、意识），而现、当代哲学的基本对象则是处在主观与客观之间的一种"中介存在"——符号。

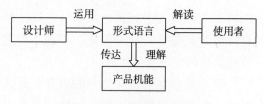

图1-1 形式语言的纽带关系

形式语言的演化，便是从客观主导到主观主导再到符号主导的过程。任何一个设计理念都需要具体形式的表达才能被解读，形式语言是设计师与使用者之间的桥梁与纽带，体现于设计的结果中。设计师通过形式语言的运用来传达产品机能，使用者通过对形式语言的解读来理解设计物的机能，其中的纽带关系（见图1-1）则是设计活动着力去解决的问题。

形式具有语言特征，其本身传递一定的内在信息。形式是人与环境之间进行信息交流——设计的特殊语言系统，而这种表象式语言系统不能分割解读，是不同于建立在逻辑概念基础上的自然语言中的文法系统，其自身有更多的不确定性和多义性。此外，运用形式语言的设计师或者解读形式语言的使用者，并非理性地传达与解读形式语言的含义，这些都是形式语言发展中遇到的问题。现代设计以复杂、多元、混沌的状态呈现，形式语言也呈现出相应的状态。设计形式语言的发展，一方面受到哲学思潮对设计的影响而形成不同形式语言的主张，如"形式追随功能"、"形式追随情感"等观念；另一方面，设计中新技术、新材料等方面的发展，对形式语言构成要素的发展与探索也起到重要的作用，如功能形态、肌理形态等。

1.4 形式语言及设计符号学的发展趋势

产品的形式语言由形、质、色等视觉因素构成，通过形象直觉为人所掌握运用；语言学则由概念系统构成，通过逻辑为人所掌握运用。语音、语义、语法、语境等构建的逻辑结构体系的语言学，具有表义性的特征。形式语言也具备这一特征，通过使用某种视觉式样交流思想、传达意念，其自身必须遵循理性思维方式赋予形式象征意义。此外，形式语言还具备表象特征，如产品通过一定的形式语言呈现纯粹美感的同时，也呈现某种"可意会不可言传"的境界，而这正是语言符号难以传达的。在语言词汇的"I LOVE NY（我爱纽约）"和平面设计师米尔顿·格拉瑟（Milton Glaser）的设计作品"I LOVE NY"（见图1-2）及"I LOVE NY"各种变形（见图1-3和图1-4，2001年为了表达对"9.11劫机事件"的哀悼，格拉瑟重新设计了

图1-2 "I LOVE NY"的原形

一个"I love NY"）的对比中，足以看出它们在传达上的特征差异。无论是其表义性的来源还是表象性的自身特征，形式语言一方面呈现表义性的逻辑严谨；另一方面在表象性中遵循理性的方式与原则，这也是当今形式语言在不断的完善发展中秉持的重要标准。基于此，形式语言学在现代设计中的发展，一方面，语言学的架构起源使其呈现出符号逻辑特征方面的发展，并摒除形式语言在传达中的主观自由编码带来的繁复感受；另一方面，随着时代的发展，伴随着传达主体与解读者、解读环境、科学技术三方面的发展而不断发展。

图1-3 "I LOVE NY"的变形（一）

图1-4 "I LOVE NY"的变形（二）

在第二次世界大战结束以后，迅速发展的现代设计经历着不断的发展，在机械化批量化生产和世界经济一体化的时代背景下，产生了国际主义风格、全球主义风格与地方主义特征（如斯堪的纳维亚设计、日本设计、德国设计、美国设计等）、经济中心和文化传统调和的现代主义设计。这种追求单一化的形式语言特征，体现出减少主义、"少即是多"等形式主张，使形式语言的多样化消失。而后色彩绚丽、装饰华贵、材料奢华为方式的后现代主义设计，提出"少即是乏味"的形式主张，以改变现代主义依赖的严谨的结构主义原则为中心的解构主义，企图重新诠注现代主义的"新现代主义"，或者利用现代主义、国际主义设计中技术因素进行夸大处理的"高技术风格"，或者用波普文化为中心进行折中主义处理的新波普设计风格等的探索，通过运用传统美学法则来使现代的材料与结构产生规整、端庄、典雅、安定感的"典雅主义"等。这些风格流派共生共荣的局面，使形式语言呈现复杂、多元与混沌的状态。

形式语言从自身的发展上来看，主要分为四个方面：

1）形式语言伴随着新技术、新材料等科学技术的发展而不断发展，在形式语言上不断丰富。

2）地方主义特征的自我完善与发展，给形式语言带来更多内涵。

3）解读环境中哲学、文化、社会、经济等环境因素的多元与主导，给形式语言带来更深层次的符号含义。

4）形式语言具有符号性特征，但又是非释义性理论可以全部概括的，其符号传达意义的功能凝聚了人（设计师的运用、使用者的解读）的意志和情感。人类自我探索与发现中，对于人的认知形成过程原理的生理学及心理学的进一步发展，给形式语言的传达与解读带来更多理性与非理性的创造可能。

总之，设计的形式语言是一个创新与发展的过程，是探索与研究的过程，在实践中总结经验，形成理论，在前人理论的基础上不断实践，谋求更新的发展，便是永远不变的真理。

本章小结

本章讲述了形式语言及设计符号学的基本概念，介绍了形式语言及设计符号学的基本历史，形式语言及设计符号学在现代设计中的作用，并对形式语言及设计符号学的发展趋势提出了看法，为后续知识的学习奠定一个良好的基础。

思考题与习题

（1）收集一些形式语言及设计符号学相关的历史人物的论著和背景资料，了解形式语言及设计符号学诞生的背景和原因。

（2）如果从收集的资料中找到了独特的知识点、观点，或是有趣的人物轶事、设计资料，整理成文，在讨论中交流。

第2章 设计的形式语言之美学原则

学习目标

（1）了解设计与审美的基本知识。

（2）掌握造型的美学原则。

（3）掌握造型的美学原则在实际设计中的应用原则和方法。

学习重点

（1）造型的美学原则的基本内容。

（2）造型的美学原则的应用原则和方法。

学习建议

（1）本章理论性内容较多，要耐心阅读，并尝试运用到设计实践中，在具体的设计实践中加深理解。

（2）走出校门，参与企业的实际命题设计，深入企业实际调研，培养自己的社会实践能力。

（3）多阅读一些参考资料，尝试用理论分析其中的设计案例。

2.1 美与审美

美学是属于社会历史科学范围的哲学性质的科学。它是研究人对现实的审美关系的一般规律的科学，特别是研究它的最高形式艺术美的一般规律的科学。

"美"这个概念，在美学中的含义是广义的，它所指的对象既有社会美、自然美，又有艺术美和生活美，既指事物的内容，又指事物的表现形式。

什么叫美？美的本质是什么？要科学地揭示美的本质不是一件容易的事。"美"虽然是我们时时可以感觉到的东西。但要科学、客观地定义它却又比较困难。曾经对美的性质做过许多思考研究的法国18世纪杰出的唯物论者德尼·狄德罗（Denis Diderot）说："人们谈论得最多的东西，每每注定是人们知道得很少的东西，而美的性质就是其中之一……几乎所有的人都同意有美，并且只要哪儿有美，就会有许多人强烈感觉到它，而知道什么是美的人章如此之少。"同样，对美的本质做过许多思考和研究的俄国伟大作家列夫·托尔斯泰说："'美'这个词的意义想来当然已经是大家知道和了解的。但事实上这个问题不但没有明白，而且，虽然150年来——自从1750年包姆加登为美学奠定基础以来，多少博学的思想家写了堆积如山的讨论美学的书，'美是什么'这一问题却至今还完全没有解决，而且在每一部新的美学著作中都有一种新的说法……美这个词的意义在150年间经过成千学者讨论竟仍然是个谜。"

2.1.1 形式与审美

虽然对美的本质认识和研究是一门深奥的社会科学，争论和观点很多，但对艺术设计的造型研究者来说，不可能回避对美的认识，并且必须具备一定的美学观点才谈得上如何去研究和审定艺术设计的"美"。

在美学史上，关于美的本质问题的讨论是多种多样的，但归结起来大致有如下两种：一种是从精神世界出发去探求美的本质，把美归结为客观理想，绝对精神，或者归结为主观意识，审美感受，认定美的本质在于意识或意识作用于物质的结果，这是唯心主义的观点；另一种是从客观世界的自然特征出发来探求美的本质，认为美的本质就在对象的自然的物质形式中，美的事物的某种属性或性质之间的某种关系，把美的本质最终归结为自然事物本身的某种性能或属性，它离开了人的社会生活实践，不从主客体的辩证关系中来规定美的本质，这是形而上学的唯物主义观点。从上述观点和倾向中不难看出，美是客观的还是主观的，美的根源是在现实事物之中还是在人们意识之中，在美学史上始终存在着尖锐的分歧和激烈的争论。

马克思主义的哲学——辩证唯物主义与历史唯物主义给美的本质问题的探讨提供了唯一科学的理论基础。它认为，美是人们创造生活、改造世界的能动活动及其在现实中的实现或对象化。作为一个客观的对象，美是一个感性的具体的存在，一方面是一个合规律的存在，体现着自然和社会发展的规律；另一方面又是人的能动的创造的结果，并且能够引起人们特定情感反映的具体形象（包括社会形象、自然形象和艺术形象）。由此可见，就其本质而言，美并不是事物的某种与人无关的自然属性，也不是意识，精神的虚幻投影，而是事物的一种客观的社会价值或社会属性。美是一种内在的知觉，但它又不是事物式关系的知觉，而是一种感情。它只存在于知觉中，通过快乐的对象化而建立起来，与对象紧密连接着而产生愉快，它与对象的特征和结构不可分割，这些结构、特征所建立的知觉聚结成了对象的一种性质，我们称为"美"。因此，对象的这一性质是客观存在，它具有客观的标准而不随主观意识而转移。事物的美是相对的而不是绝对的，美有程度之差别，其差别是在相同事物的对比中产生的。

"美"按其性质可分为现实美与艺术美。现实美的主要方面是社会生活的美，现实生活中社会事物的美，统称为社会美。现实美的另一方面是自然事物的美，一般称为自然美。

自然美是人们经常能够欣赏和感受到的。自然美就在自然本身，是自然事物的各种形式属性（如线条、色彩、形体比例的均衡、对称、整齐与生气等）。随着生产和社会的发展，随着人对自然的掌握程度和掌握能力的发展，随着整个自然与社会的客观关系、客观联系所发生的根本改变，自然美才可能产生。它主要以其自身的自然形式而取悦于人，好像它的美就在它自身的各种质料、性能、规律和形式之中。这些规律和形式都是在与人类社会生活发生长久紧密的关系时才成为美的。一定的自然质料（如色彩、声音、形体），一定的自然规律（如和谐、整齐一律、对比均衡、变化统一等），是在长时期与人类社会实践发生密切的关联，被人们所熟悉、掌握、习惯、运用，对人们生活实践有用、有利、有益之后，才逐渐成为人们的审美对象。

艺术美是美的客观存在形态——现实美的主观反映的产物，是美的创造性的反映形态。

现实美属于社会存在的范畴，即第一性的美，是艺术美的唯一源泉；艺术美都属于社会意识的范畴，即第二性的美。艺术美不仅来自现实生活，是现实美的反映，而且也反作用于现实美的存在和发展，它不仅加深着人对现实中的美的感受和领会，而且更能影响人的思想感情。通过人的审美意识而反作用于人的行动，从而更进一步地推动现实美的不断前进。

2.1.2　审美标准

人们评定和鉴赏一个对象美与不美，习惯以它给人的"美感"来反映。

"美感"是指审美意识客观存在的诸审美对象在人们头脑中能动的反映，即人们在欣赏活动或创作活动中的一种特殊心理现象。审美意识不是某种永恒不变的先天能力或"内在感官"，而是对客观对象的一种主观反映形式，并随时代的发展而变化、发展。此外，审美意识也不是某种自然本能或生理需要，而是对客观现实的一种特殊的功能反映。

对艺术设计的造型进行审美，也是一种审美感受的反映，要正确地作出审美的判定，除掌握症状的基本性质外，还需了解审美中"美"的感受所具有的不同特征。

审美感受的反映特征表现如下：

第一，具有伦理功能的性质，符合并服务于一定时代、一定阶级或一定集团的利益与要求，同时又具有心理直观的性质。

第二，审美意识具有客观的社会标准，这个标准不是绝对的，永恒不变的，它随着社会实践的历史发展而具有时代、民族及阶级的特点。

第三，审美意识具有丰富的个性差异，因为审美感受离不开主观的感性愉快，各人都有理由保持自己主观的爱好和趣味。这种审美趣味虽然以主观爱好的形式出现，但归根结底，都是人们在审美活动中所表现出来的一种审美倾向性，这种审美的倾向性正是一定的审美理想的具体体现。审美感受的个性差异与审美感受的客观标准是统一的。

第四，审美感受是不能脱离感觉的一种特殊意识活动，客观事物的多样性决定了人的感觉的丰富性，而感官的生理特点也影响到审美感受的特点。感官的先天条件，特别是后天的训练都起着很大的作用。

了解了上述一些基本性质和表征，在艺术设计的审美过程中，还必须注意以下几个方面的问题。

美作为一种感性的存在，是一个具有特殊规律的内容和形式的统一体。在这个统一体中，内容处处表现于感性的、具体的形式之中，不能脱离感性的、具体的形式而存在。审美过程中，当对象形象的外界刺激作用于人们的感官，在感官上直接引起生理性的心理反应，产生一种适应或不适应的感觉，称为"快感"或"不快感"。这种感觉对于客观对象的反映，实际上只涉及对象的形式，并未涉及对象形式美的内在本质方面的内容，并非真正的"美感"或"丑感"。真正的"美感"（或"丑感"）的性质，并非仅仅是单纯感觉上的舒服（或不舒服）或顺眼（或不顺眼）而已。因此，在未深入认识对象的形式美所表现的色、线、形等所引起的印象，只在感官上所产生（或引起）的那种简单心里感觉而产生的"快感"，势必混淆"美感"之间的原有界限，以至误把"快感"当"美感"。"美感"虽不等于"快感"，但是就其所包含的感觉因素的性质来说，却又并非不快感，而且总是令人舒服、愉快的。因此，"美感"通常是伴随着某种一定的"快感"或与"快感"联系在一起的更本质的美的感受而产生的。

因此，在评审设计作品是"美"或"不美"时，不能只根据外表形象的花花绿绿所谓的好看所得的"快感"而定，还必须认识造型的色、线、形及其修饰手段、布局方法、表面工艺等是否充分和完美地体现所设计的作品的功能特点。只有表现的形象完全符合功能要求、技术要求、美学原则和科学原理，并给人以真正"美感"的艺术造型才是真正美的造型。

在审美过程中，人们的审美观点是在各自的生活经历中形成的，是在特定的心理背景上进行的欣赏，因此得到了各自的"美感"。人们对某一对象，如果完全没有任何一点过去相关生活实践经验的记忆联想作为比较、鉴别的背景材料，那么就很难或根本不可能有对该对象的"认识"，自然也就更不会有必须建立在一定"认识"基础上的"美感"。所以，一切由对象所引起的这种或那种"美感"的具体内容，往往是因人而异的。因为人们的生活经历、心理状况、思想感情与客观世界都各不相同，因而各自产生的实际的"美感内容"必然受着各自独有的种种不同或完全不同的条件制约，因此对于同一对象"美"或"不美"的看法可能因人而异。但也不是说就没有一定的审美标准。审美的标准不是以某人对"美"的感觉来判定某对象是否为美，如果把"美"与"不美"归结为某人对美的感觉，那就是主观唯心主义的审美观。无论在任何情况下，人们的感觉只能反映客观事物是否美，而不能决定客观事物的美。如果不由美本身的客观本质来决定某对象是否美，那么美与不美就失去了任何客观的标准。

由美的性质和审美感受的表现特征所决定，美感具有客观的、普遍的标准。因为审美意识既然是社会生活的一种特殊反映形式，具有充实的社会内容，反映人们普遍的实践要求、愿望和需要，但最终决定于一定的社会物质生活条件。人们生活在社会之中，虽然审美主体本身受种种特殊条件（如生活经验、世界观、心理特征的个性、审美能力等）的制约，产生审美的个性差异，但在这些条件的偶然之中，又必然受着社会的客观规律的制约。于是审美感受的个性差异与审美感受的客观标准就具有一定的共性与统一性。所以，审美的社会反映和审美意识的倾向性的基本一致性就是审美的客观标准。但是，审美意识是随社会实践的发展、社会存在的不同而发生变化的，具有时代的、民族的、阶级的特点，因此也就不存在什么永恒不变的、绝对的标准，只能是历史的具体的标准。只有依据社会客观发展规律，才能真正掌握审美意识的客观社会标准。

2.2　造型的美学原则

美的造型一般都符合自然规律的形式，能引起人们的愉悦和快感。美的造型经常是以其鲜明生动的形式——形态、色彩、质感等给人以舒服的感受。各种形式的美感更是以符合自然形式的规律性（如和谐、均衡、比例、节奏、韵律、统一、变化等）作为美的衡量尺度。这些"美"的原则同样是艺术造型所应遵循的美学原则。

形成美学原则的这些规律是前人千百年来不断创造和总结出来的，它是人们客观分析对象"美"与"不美"的基本原则。但是，这些原则也不是绝对的，它还随时代的演变，以及科学技术、社会文化、艺术和文明的发展而不断发展和创新。

除美学理论、原则之外，国内外优秀的艺术造型产品，也是供我们学习、效法、比较、鉴别的最好素材。有比较才能有鉴别，有鉴别才能对造型的美做出客观的评价。因此，认真分析研究国内外产品艺术造型的构思、方法、手段，收集大量资料作为造型设计的参考，对提高审美能力将起着重要的作用。

2.2.1 比例与尺度

造型都有比例与尺度的问题。"比例"是造型对象各部分之间，各部分与整体之间的大小关系，以及各部分与细部之间的比较关系。而"尺度"则是造型对象的整体或局部与人的生理或人所习见的某种特定标准之间的大小关系。

美的造型都具有良好的比例和适当的尺度。造型体的比例美，可以认为是一种用几何语言表现现代生活和现代科学技术美的抽象艺术形式。正确的比例尺度是完美造型的基础。

一个优美的比例关系，是根据具体设计功能效用的要求，可能的技术条件，以及材料、结构、时代特征等因素，再结合人们对各种造型的欣赏习惯和审美爱好而形成的。

艺术设计造型的比例关系不是固定不变的，随着其构成因素的变化、功能的要求、生产工艺的革新、科学技术的发展、欣赏爱好的变化，它的比例关系也产生一定的变化。造型的比例尺度只是形式美的一个方面，故美的造型就必须结合美学因素综合考虑，才能构成完整的造型美。

1. 造型的比例

艺术设计造型的比例，应根据各方面条件及组成因素进行合理的安排。一般说来，可从以下三方面去考虑。

第一，功能要求形成的比例。从功能特点出发来稳定造型的比例是所有设计（包括建筑、产品、服装等）比例构成的基本条件，造型要先考虑适应功能要求，又要尽量使造型样式优美，两者兼顾决定造型各部分的尺寸大小和比例关系。

第二，技术条件形成的比例。不同的设计按不同科学原理所设计的结构方式，是随科技条件和材料而改变的，产品尺寸比例也势必随之而变。新材料、新技术在产品设计中的应用，就能在增加零部件的强度和刚度的同时还可适当地减小尺寸，从而能缩小整个部件的结构尺寸。集成电路的应用，使现代的计算机、通信、家电、信息等类产品，在相同功能条件下，所需的空间尺寸大大缩小，这是电子管时代不可比拟的。轻、小、薄、功能齐全是现代电子信息类产品的发展趋势。

第三，审美要求形成的比例。造型物的比例关系除主要按功能要求和技术条件形成基本的比例关系外，还可以按人们的社会意识、时代的审美要求来考虑，使造型的比例关系符合具有时代特征的形式美，即主要以审美观点来决定产品的比例。从20世纪五六十年代的电子管收音机到80年代的收录机，再到90年代的随身听，直至如今的MP3、MP4、MP5、音乐手机等，其造型的比例有很大的变化。这种比例的改变，使人们感到造型比例新颖，样式丰富多彩，它们的变化形象地反映出了科学技术的迅猛发展，内含着时代变化的审美观点。

对于同类型的结构、布局大体一致，功能相同的产品，其造型的尺寸比例不同，所得到的"美感"也不同。

在艺术设计中，认真研究设计对象的比例关系，用适当的数比关系可以表现现代生活特征和现代科学技术的美。这种抽象的艺术形式是艺术设计的主导因素之一。

造型中常用几何形的尺寸比例关系有：

（1）整数比例

如1:1，1:2，1:3，1:4，…整数比例的矩形图形；直角比例（均方根比例），这种比例是以正方形的一条边长与此边的一端所画出的对角线的长度所形成的新的矩形比例关系为基础，逐渐形成的比例关系，如1:$\sqrt{2}$，1:$\sqrt{3}$，1:$\sqrt{4}$，1:$\sqrt{5}$等。

（2）黄金分割比例

黄金分割是指把一条直线AB分成两段，其分割后的长段与原直线之比等于分割后的短段与长段之比。一般来说，造型的宽长比例通常用3:5来模拟。

（3）中间值比例

中间值比例是构成比例的四个项中只有三个变数，即a:b=b:c。此种比例即为欧几米德的命题。若三条线段的长度构成一定的比例关系，则两个端值所构成的长方形面积与中间值所构成正方形的面积相等。

（4）模度理论

模度理论是艺术造型中一种学派观点，它认为美的造型，从整体到部分，从部分到细部，都由一种或若干种模数推衍而成。它从人体的尺度出发，更全面地提出了这一理论，把比例与尺度，技术与形式美学做了统一考虑。它通过特定的数值关系，高度概括了这些互相关联而又相互矛盾的比例关系。模度理论与人体工程学之间有着密切的关系，它具有比较实际的意义。

以上所述的形式美比例关系，有一定的实用参考价值，但也有一定的局限性。良好的比例处理，不仅要从形体的形式美去考虑，而且还要结合有关因素（如视觉效果、主从关系、均衡稳定等），用新时代的要求来综合处理。上述的比例关系不是唯一的不可改变的，它也不可能解决造型的所有比例问题。应该看到，人们对比例美的欣赏要求不是一成不变的，形式美的审美观点是随科学技术与文化的发展而不断发展，因此，不能完全束缚在已有的形式美理论之中。它只能作为人们参考借鉴和作为形式美探索的起点，尚应更进一步地研究，以适应时代性的新的造型比例关系，创造形式美的新理论。

2．造型中的尺度

（1）尺度的概念

尺度是以人的身高尺寸作为量度标准的，它是绝对尺寸或者是与此相互比较所获得的尺寸。所谓"相互比较"是指造型对象与人体高度的比较，或与人所熟悉的零部件的比较，或与环境的比较。孤立的零部件往往很难判断出它的真实体量，但是如果通过与人的比较或者与人所熟悉的环境进行比较，就易于判别它的大小了。

人们经常接触使用产品中的操纵手柄、旋钮、操纵台等，虽然因产品不同、用途不同、使用者的生理条件和使用环境不同，但它们的绝对尺寸是较为固定的，因为它是与人体功能相适合，往往与机器大小无关。产品再大，手柄尺寸仍然只能适应于手的尺寸大小。如果以产品按比例放大或缩小，就会造成手柄的体量过大或过小，使这些尺寸失真，结果造成不适应使用要求，同时因尺度失真会造成体量的变化。

（2）比例与尺度的关系

艺术设计中，要先解决尺度问题，然后才能进一步推敲其比例关系。造型如果只有各部分之间的良好比例，而没有合理的尺度，是不可能符合使用要求的。

尺度是因使用要求而形成的尺寸大小，也和人们长期沿用的大小概念有关。因此，改变造型中的某些尺度，应先认真分析研究其与人之间的关系，只有切合实际，才能做到恰如其分，给人以合理的尺度感。

艺术设计的良好比例和正确尺度，一定要以功能为依据，不能孤立地推敲比例和尺度，而忽视这些比例尺度与功能之间的密切关系。尤其应把比例尺度和功能直接相关的有关人体工程学、可靠性技术等问题全面综合地加以研究，才能使造型的比例及尺度完美。因此，一定要依据造型对象的功能、技术和艺术等自身特征中所蕴藏的数比因素，来创造独特的比例和确切的尺度。

2.2.2 均衡与稳定

无论是产品设计、环境空间设计，还是服装设计，都是由一定体量、不同材料和结构方式组成的，它必然表现出自身的重量感。由于艺术设计中所采用的比例、尺度、材料、结构方法、色彩的运用等因素的不同，所表现出来的重量感也是不同的。我们研究和分析造型物的均衡与稳定，就是为了获得造型的完整感和安定感。

1. 均衡

（1）均衡的概念

均衡是指造型物各部分之间前后左右的相对轻重关系。任何静止的物体都要遵循力学原则，保持平衡、安定的条件。因此，造型物的体量关系必须符合人们在日常生活中形成的平衡安定的概念。这里所说的造型的体量关系是指形体各部分的体积，在视觉上感觉到的相互间的分量关系。

（2）平衡的几种表现形式

按照杠杆平衡原理，支点两端的力矩总是相等的，由此可以获得下列四种平衡关系。

1）等形等量平衡：同样质量、同样形状的两个物体。

2）等量不等形平衡：同样质量、不同形状的两个物体，靠移动支点平衡。

3）等形不等量平衡：不同质量、同样形状的两个物体，靠移动支点平衡。

4）不等形不等量平衡：不同质量、不同形状的两个物体，靠视错觉来平衡。

等形等量平衡和等量不等形平衡的支点都位于支承底面的中点，这比较符合物体放置的一般状况。而在等形不等量平衡及不等形不等量平衡中，虽然可以得到平衡的效果，但一般物体的放置都不会以这种明显的支点形式来支承物件，故这两种平衡脱离了实际，使人不能感到它是平衡的。因此，前两种平衡关系在造型与构图中的应用较多，而后两种是不用的。

在以支承面中轴线为支点的平衡关系中，以中轴面左右完全对称的均衡感最强。这种完全对称的造型手法常给人以庄重、严正的感觉，同时也给人以单调、呆板的感觉。一般来说，不宜做成完全对称。事实上由于功能结构的影响，绝对对称是少见的。一般情况下应有意识地处理成不同的形式和布局，以丰富造型的形象变化，但又必须大体上保持均衡对称的效果。这种在统一中求变化的处理手法是造型中常采用的重要手段之一。

（3）获得均衡的方法

要取得造型的均衡感，不一定要采用完全对称的方法，在体量的组合中，可以采取多种多样的连接方式来取得均衡。

在造型立面的平面图形构图中，取得均衡感也是很重要的。

造型的均衡感，往往只取决于外形所产生的体量。造型的均衡感因内部结构及组装方式都隐藏于其外形之中，人们观察它的均衡不是从内部结构的实际重量出发，而是从外形的体量关系出发。

艺术设计中造型的均衡问题，不仅从造型物主体上可以寻求其均衡的各种方式，对于它的附体也要给予必要的重视，如产品的附件、主体建筑的附体建筑、服装设计的饰品等。因此，在造型时，尤其对于附于主体和靠近主体的附体，应该与主体造型一起综合考虑它的均衡问题。相反，也可以在主体造型产生不均衡感时，运用其附于主体的附体去改善整个系统的均衡问题。

2．稳定

（1）稳定的概念

稳定是指造型物上下部分之间的轻重关系。自然界中的物体，为了维持自身的稳定，往往靠近地面的部分大而重，上面的部分则小而轻，使重心降低，防止偏倒。造型中的稳定问题正是解决造型物的上下或大小所呈现的轻重感关系。按照力学原理，稳定的基本条件是物体重心必须在物体的支撑面以内，其重心越低、越靠近支撑面的中心部分，则其稳定性越大。

稳定感给人以安详、轻松的感觉，不稳定感则给人以不安、动摇、倾倒、危险和紧张的感觉。在艺术设计的造型中，其设计对象由于结构布局和材质选用的不同，各形体部分的实际重量并不是均衡的，它的稳定表现在"实际稳定"与"视觉稳定"两方面。实际稳定是按设计对象实际质量的重心符合稳定条件所达到的稳定，而视觉稳定则是以形体的外部体量关系来衡定它是否满足视觉上的稳定感。在造型时，对上述的两种稳定要同时考虑，才能取得良好的稳定感。

（2）增强造型稳定度的措施

遵循力学原理，在造型中一般可以采用下列方法来增强造型物的稳定度。

1）使造型物的体量关系由底部较大逐渐向上递减缩小。这既可使重心尽可能地降低，以取得稳定的感觉，同时也造成安详、雄伟的视觉效果。由于造型物轮廓线的逐次向上收缩，还丰富了造型的线型变化，增强造型的生动性。

2）为获得稳定感，造型物还可采用附加或扩大支承面的方式使之稳定。

3）对于视觉稳定度差或需加强视觉稳定度的造型对象，也可以利用色彩对比，增强下部色彩的暗度，以达到增加下部重量感的方法来加强造型物的稳定度。

4）利用不同的材料及表面处理工艺所赋予的不同质感和色彩感来获得稳定感。利用材质的不同增加稳定感与利用色彩的轻重增加稳定感的作用相同。不同的材料或相同的材料的不同处理方法会产生不同的质感。

5）利用表面装饰手段，可以增强造型的稳定感。

造型中均衡稳定的处理方法很多，体量和形状对它所起的作用最大。但是对于造型物表面的划分，表面的细部处理、虚实处理，色彩及质地的处理必须综合考虑，才能取得造型的生动效果。

2.2.3　和谐——统一与变化

1．和谐的概述

在艺术设计造型美学原则中，"和谐原则"即"统一与变化"在其三大原则（比例与尺度、均衡与稳定、统一与变化）中居首位，它是艺术造型中最灵活多变、最具艺术表现力的因素。和谐一向被认为是美的基本特征，也是设计的最高境界。或者说，一个设计作品的优秀与否，主要取决于内部结构和功能与外部形式表达是否和谐。

艺术设计是由不同功能、结构、技术条件的若干部分组成的。每个部分的形式、材料、质地、色彩、功能等都各不相同，并各具特点。但是由于它们都是一个整体的组成部分，为所设计的功能服务，因而相互之间又有非常密切的内在联系，有机地融为一体。

各部分的差别和多样性是艺术设计中造型变化的基础，而各部分的内在联系和整体性又是艺术设计中造型必须统一的依据，因而艺术设计就是要解决艺术造型中既有多样变化的艺术效果，又有整体协调统一的艺术形象两者之间的矛盾。因为任何物象的美，都表现于它的统一性和差异性之中。完美的造型必须具有统一性，统一可增强造型的条理及和谐的美感。但只有统一而无变化又会造成单调、呆板的情趣。为了在统一中增强美的情趣和持久性，又必须在统一中加以变化。变化可引起视觉的刺激，增强物体形象自由、活跃、生动的美感。可见艺术设计的主要任务之一，就是有意识地充分考虑和利用各部分的功能结构及技术条件所具有的差异和统一因素，把它们有机地组合在一起，按一定的艺术规律处理，使其造型形象做到变化与统一的完美结合。

德国哲学家格奥尔格·威廉·弗里德里希·黑格尔（Georg Wilhelm Friedrich Hegel）在《美学》第1卷第2章自然美中，对自然美的抽象形式做了分析，并将其分为逐渐上升的三个等级，"和谐"则是其中最高的一级。

第一级是"整齐一律、平衡对称"。直线、立方体是"完全整齐一律的形体"；而"一致性"与"不一致性"相结合，"差异"闯进这种单纯的同一来破坏它，于是就产生"平衡对称"，这是一种更复杂的一致性和统一性，如大小、地位、形状、色彩、音调等不同性质的要素以一致的方式结合起来。

第二级是"符合规律"。符合规律和上述两种比较抽象的形式是应该分开来的，因为它已站到较高的一级，它不仅具有差异面和对立面，而且是一种本质上的差异面的整体。如圆、椭圆和卵形曲线等。圆，它虽不像直线那样整齐一律，但是仍然只有抽象的一致性，因为它所有的半径都是等长的。在内在的符合规律方面达到更高的自由的是卵形。卵形并不是椭圆，上部的曲线和下部的不同。但是如果用大轴线来分它，这种更自由的自然线型还是可以分成相等的两半。

第三级是"和谐"，这也是抽象形式美的最高一级。黑格尔说："和谐从本质上体现出的差异面的一种关系，而且是这种差异面的一种整体，它是在事物本质中找到它的依据的。和谐关系已超出了符合规律的范围，正如符合规律虽包含整齐一律那一方面而同时却超出了一致和重复。但是同时这些质的差异面却不只是体现为差异面及其对立和矛盾，而是体现为协调一致的统一，这种统一固然把凡是属于它的因素都表现出来。却把它们表现为协调一致的统一。"黑格尔还指出，不同本质的差异面不是"纯然对立"的，而是由互相依存和内在联系显现它们的统一。他还举了黄色和蓝色互相依存而协调一致的例子，显然是指互补色相互排斥又相互依存而形成协调一致。

可见，和谐既超越了整齐一律、平衡对称那样的一致性，也超越了椭圆、卵形那样按规律变化的统一，而是更自由的"对立的统一"。因此，我们可以从变化中求统一和统一中求变化两方面加以分析。这两方面常常又具体表现在运用调和、主从、呼应、对比、节奏、重点等处理手法上。下面重点介绍造型手法的运用和处理。

2. 变化中求统一

变化中求统一的手法是取得造型形象完整协调、格调一致、多变而不乱的造型基本手法。

（1）统一的基本要求

造型中所要求的统一，主要指：

1）形式和功能的统一。这是造型中处理变化和统一的主要依据，即造型形象应该是功能和形式有机结合的统一体，不能脱离功能要求而单纯追求形式上的统一，也不能只强调功能而不顾形式的统一。

2）比例尺度的统一。这是取得造型形象美的重要手段。

3）格调的统一。这是充分调动功能、材料、结构、工艺等方面的美学因素，运用变化统一的手段把这些因素有机地组合，使其既发挥各自的特点，又统一在同一风格和基调之中，使形、色、质取得协调的统一性。

（2）实现统一的方法

实现上述统一性的基本方法有调和统一、韵律统一、呼应统一、过渡统一和主从统一五种。下面分别进行介绍。

1）调和统一。即在艺术造型设计中，对组成造型体的各部分，应尽可能地在形、色、质等方面突出共性，减弱差异性，使造型体各部分之间美感因素的内在联系加强，从而得到统一、完整、协调的效果。"调和"体现在下述几个方面：

a）比例尺寸的调和。它要求形体各部分之间的比率应尽量相等或相近。

b）线型风格的调和。主体线型风格的协调，即构成形体大轮廓的几何线型要大体一致。如果造型以直线为主，则主要部分应当以直线构成形体，直线与直线间的过渡是大圆角或小圆角，抑或折线也均应统一；如果造型以圆弧、曲线为主，则形体的主要部位应当以优美的曲线构成，其他次要部位也应以圆滑的过渡或曲线的转折来与主体相呼应，从而达到造型的线型风格协调和统一。

c）结构线型的调和。结构线型是指造型体内部各零部件的连接所构成的线型。这部分线型主要按结构方式而定。需要注意的是这些结构线型虽然与主体线型风格一致，但如果结构线型与主体轮廓线型位置安排不当，七零八落，在造型体面上造成过多的不同线型关系，也会破坏线型的统一，使造型形象支离破碎，缺乏统一、和谐、简洁、明快的线型风格。

d）辅件的线型风格的调和。线型风格的调和除构成形体的主要线型调和外，还应使辅件的线型也要与之协调一致。在以小圆角直线条为主的产品设计中，选用辅件时，也应以方形小圆角断面和直线构成为宜，使它们之间比较协调一致。

e）系统线型风格的调和。线型风格的调和不仅要求每个单件产品的造型风格要协调，当这些产品是由两个以上的单独部分（或是同一产品分散的各个部分）构成的产品系统时，该系统的造型线型也要大致统一，这样才能显示出系统造型形象的内在联系，以及反映出产品功能的内在联系。否则会造成系统线型风格的紊乱，产品内在功能联系受到形式上的分割，破坏了系统的整体感。

f）分隔、联系的调和。分隔是因功能或者其他原因的需要，将整体划分成若干局部；联系则是因功能或其他原因的需要，将若干局部组成一个有机的整体。分隔与联系是使造型物求得完美统一的重要手段之一。一般来说，分隔能打破单调的局面。为了使分隔既起加强变化的作用，又注意寻求分隔中的联系，使之具有统一调和的视觉感，这种分隔与联系的调和关系处理恰当会增加造型的艺术效果。

分隔与联系的手法，对整体立面来说，可运用线条、体面转折、色彩、装饰件等方法来实现。

g）色彩的调和。色彩的调和是使造型获得统一协调的重要方面。产品的外观造型设计不仅仅是解决"形"的问题，"形是体，色是衣"，好的造型形象不仅要形体美，还要色彩美。产品的色彩要从使用功能、环境和人的心理作用等方面来综合考虑，一般不宜过分单调、沉闷，也不宜过分艳丽夺目。总的要求是色彩要明快、柔和，取得造型物瑰丽多彩、和谐统一的色彩效果。总之，产品外观设计中色彩的一般规律是采用大面积的色彩统一全局，再选用小面积的色彩来使之活跃变化，采用中性色来联系过渡以达到调和的目的。

2）韵律统一。韵律是物质运动的一种表现形式，也是艺术造型中的一种表现形式。它是一种周期性的律动，有规律地重复，有组织地变化，是艺术造型中求得整体统一和变化的有力手段。

韵律的形式特征主要是：表现形式重复；间隔间距相等；轻重缓急交叠。这些特征在不同的艺术造型领域中用它们各自的表现方式和造型因素来体现。

造型中常采用的韵律形式有下列四种。

a）连续韵律。连续韵律指一种或几种组成部分连续重复的排列而产生的一种韵律。一种因素的连续重复是简单的连续韵律。两种以上因素的连续重复是复杂的连续韵律。

b）渐变韵律。渐变韵律指连续重复部分在某一方面做有规则的逐渐增减所产生的韵律。视其组成因素的多少，也有繁简之分。渐变韵律中的因素，可以是多方面的，如线型、体积、色彩、质感等均可构成渐变的韵律。

c）交错韵律。交错韵律指组成部分做有规律的纵横穿插或交错而产生的一种韵律。交错韵律的特点是：重复因素的发展是按纵横两个方向或多个方向进行的。视其组成因素的联系关系有简单交错与复杂交错之分。

d）起伏韵律。起伏韵律指组成部分做有规律的增减而产生的韵律。起伏韵律的动态感比上述几种韵律都大。起伏韵律组成部分的变化规律也较为复杂，如果运用得好，在造型中可以取得较为生动自然的艺术效果。

上述四种韵律，虽然其表现形式各有不同，但它们的共同特征是重复和变化。重复是获得韵律的必要条件，没有重复便不能产生韵律。但是只有重复而没有规律性的变化，则会造成单调、死板和枯燥的视觉感。

3）呼应统一。呼应是指在造型物的不同形体的部件、组件或面饰上，运用相同或相近似的细部处理，以取得它们之间在线型、大小、色彩及质感等方面的艺术效果的一致性。由于这引起部件组件的差异性因素减少（增强一致性因素），因此整体造型取得了和谐统一的效果。

4）过渡统一。过渡是指在造型物的两个不同形状、色彩之间采用一种联系二者又逐渐演变的形式，使它们之间互相协调，从而达到整体造型统一完美的效果。

5）主从统一。在机电产品的艺术造型中，一般应恰当处理一些既有区别又有联系的各个组成部分之间的主从关系。主体在造型中起决定性作用，而从属部分则起烘托作用。主从有别，既使造型物的形象多变，又使造型物各部分互相衬托，融为一体，得到完整与统一的效果。

造型中恰当地处理好各组成部分之间的主从关系，是取得造型完整统一的重要方面。造型物中的主体和从属体，一般都是由功能使用要求而定的。在造型中突出了主体，而又有意识地减弱次要部分，是最易求得整体统一效果的手段。

3．统一中求变化

统一中求变化的手法是取得造型形象丰富多彩、生动活泼并具有吸引力的完美造型的基本手段。这种艺术手段是利用造型中美感因素的差异性，求得在统一、完整、协调的基础上使造型物更加新颖动人，具有视觉美感。

实现统一中求变化的基本方法有：

（1）对比

对比是指造型中突出地表现某两部分间的差异程度。对比表现为彼此作用，互相衬托，鲜明地突出各自的特点。但这种对比关系只存在于同一性的差异之中，如体量的大小、形状、轻重、虚实，线条的曲直、方向，色彩的冷暖、进退、明暗，质感的粗细、优劣等。

对比与协调是矛盾且相辅相成的，是一种对立统一的艺术手段，它们之间不能用简单的数字来表明差异的大小，而应以人的视觉感受为依据来处理对比与协调的关系。

在艺术设计的造型中常用的对比手法有如下四种：

1）形状对比。造型物形体的对比主要表现在形体的线型、方向、垂直、精细、长短、体量大小及高低凸凹等方面。

线型的对比主要是指造型物的外轮廓线的对比。在造型中常运用自然曲线与直线作为对比，以丰富造型的轮廓线型，并减少造型几何体形状的单调感觉，使形态自如、亲切、生动、美观。

直线和曲线可以形成对比，曲率大的弧线与曲率小的弧线也可以形成对比。把不同类型的线组合在造型物上，这种组合必须建立在统一协调的线型风格基础上，并且只能局部地运用与主要风格有差异性的线型，以增强造型的生动性，使造型富有变化。这样的线型才具有独特的风格。

运用方圆对比的手法（直线与弧线的对比）处理造型的线型变化，是线型对比的一种形式。把直线和曲线组合在一起，达到既有对比又有协调的效果，形体本身的变化也比较含蓄，刚柔相间有较好的视觉效果。这种"方中有圆、圆中有方"的线型对比关系，是造型中普遍使用的方法，它不仅运用于造型的整体处理中，也运用于造型的局部处理中。

在采用不同性质的线型组合或连接时，要注意两者之间的联系和过渡，防止简单的拼凑和脱节现象，以免产生生硬的感觉而破坏整体线型的统一和协调的效果。

方向对比指造型中常常运用垂直和水平方向的立面或线条来构成对比。

体量对比指造型物的立体构成中，运用体量的对比关系（包括体量的大小、方向、凸凹等构成因素）构成相近的几何体之间体量的对比，增强了形体的变化，使造型活跃、自然。同时利用体量的对比关系还可突出重点，造成虚实效果，丰富体量构成的空间感。

2）排列对比。排列对比是利用造型元素（线、形、体、色、质等）在平面或空间的排列关系上，形成繁简、疏密、虚实、高低的变化，使造型格调统一，达到变化协调、自然生动的目的。

3）色彩对比。造型中，应当充分利用色彩的浓淡、明暗、冷暖、轻重等对比关系来丰富造型的变化。合理地运用色彩的对比手法，对丰富造型变化，突出重点，赋予造型以新颖、悦目、明朗的视觉效果等均能起到较为显著的作用。

4）材质对比。艺术设计的造型与工艺方法和材料的选取有密切的关系，由于造型物的材料与表面处理方法的不同，必然产生不同的外观效果。粗犷的材质显得稳重有力，细腻的材质显得坚实庄重，材质光亮则显得华丽轻盈……相同材质，加工方法的不同或加工要求的不同，其表面的质感也不相同。

同一造型物的不同表面之间也可以形成不同的对比关系。例如，光亮面与无光表面的对比，粗糙面与光洁面的对比，有纹理表面与无纹理表面的对比，质坚硬面与质松软面的对比等。利用上述的对比关系，可以加强造型表面的材质效果。粗糙面与光亮面对比，粗糙面更为粗犷有力，光亮面更为轻盈华丽……因此，在造型中，利用这些质感特点，可以加强造型物的轻重稳定感，突出主从关系和虚实关系，表现造型物的部分功能特点，并能丰富造型物的面饰效果，使造型物获得更好的艺术效果。

（2）节奏变化

节奏变化是指在造型中运用韵律的变化重复，进行有组织、有规律的造型，使造型富于生动的变化。为了在统一中求变化，常用渐变韵律、交错韵律、起伏韵律等变化来处理造型中线型、形体、体量、色彩和材质，使造型物既在变化中显出相同或近似的协调成分，又在统一协调的成分中看到不同和变化。

上一章我们对设计的形式语言之美学原则作了介绍，本章重点介绍其语汇。设计的形式语言作为设计者的创新思维表达和情感交流的手段，有其独特的语汇和表达方式，通过它们设计师可以尽情地表达自己的设计理念和设计情感。形式语言的语汇是造型设计语言的基础，这就是形态、色彩、空间和材质。形式语言语汇的可视性、客观性和物质性为设计思维的艺术表达提供了便利条件，它的形象性、具体可感性比文学的文字、音乐的音符等语言语汇更为通俗易懂，更便于人类对新生事物的初步认知和理解。

显然，由于形式语言语汇的物质性、可视性特征，它对各类造型艺术语言的意义是不言而喻的，可以说没有形式语言的语汇就没有设计造型的形式语言。

3.1　形状

3.1.1　形状的视知觉原理

形状是对象的外轮廓，是唯视觉所能把握的对象的基本特征之一。而物体的真实形状是由它的基本空间结构组成的，观看物体形状时，往往会联想到物体的整体结构。人们获得的形状感知，往往取决于物体外部外轮廓边界线的清晰度和视觉记忆的强度。而客观世界的物体形状是如此纷繁复杂，千变万化，要识别其形状而不混淆，谈何容易？因而，我们用"物以群分"来按对象的某种共性规律特征分类，这样自然界就具有一种天然的秩序和条理。视觉偏爱秩序化、条理化的形状，秩序化的形状易于感知识别，便于记忆和积淀，便于概念的形成和概括力的加强。

外部客观世界形状虽然多不胜数，但其本质规律和共性特征是不难找到的。

点、线、面、体是构成形状的四要素，点的移动形成线，点的集合和线的密排形成面。线主要分为直线、曲线、折线，而蛇形线是曲线的一种特殊形式。

在形状中，规则的有直线、折线、三角形、正方形、长方形、梯形、平行四边形、菱形、多边形等以及由这些线、面构成的三维体，如三角体、正方体、长方体、圆柱体、圆锥体、菱形体等，它们都是由直线构成的，方向一定且较为简单明确，可称为规则几何形状。在现代设计中，常见于日用产品、机电产品和建筑外观。

由方向不定的弧线、曲线、波状线、蛇形线等自由曲线组成的形状，无论二维、三维，均复杂多变，难以把握，可称为非规则的自由形状。这类形状常见于大自然及现代设计中的仿生设计，如彩虹、海星、小甲虫、鱼、禽蛋、心脏、眼球、卵石、橄榄、螺壳、种子、瓜果、果核、果仁、旋涡以及由其形状仿生而来的产品设计和建筑外观等。

物体的形状由轮廓边界线构成，这是物体形状共有的基本特征之一。但实际上该线并不存在。在三度空间里，它只是物体的面的转折；在二度平面上，它只是不同的色相、亮度的面的交接，或者只是物体之间的细长空隙。再就是像头发、铁丝、线绳、柳条、钢筋等一类本身实体以线的简化形式出现的物体，其整体形状被认定为"线形"。

形状一般多以轮廓线条显现，现代设计中造型的基本线条形式有四种：直线、曲线、间断的线和粗细变化的线。

客观物体的形状一般由基本的有序线型直线和不规则的曲线构成，这也是客观物体形状共有的基本特征。

而物体的破坏形状则呈现参差不齐、断裂破碎的无序线条形式。如木头、石头或金属等被破坏的形状，这种形状具有一种紧张、尖锐、危险、痛苦感。相反，经过年长日久的自然侵蚀、摩擦、风吹水洗、日晒雨淋，使无机物质从表面至中心的质量损耗，尖锐的棱角与棱边被磨得圆润柔和了，则形成富于生命味道的曲线形状。

世界上的万物，不管是以液态、固态存在，还是植物、动物，都是可以观察到其不同的存在形式。

液态的代表是水，水的形状似乎难以捉摸，但只要留心还是可以观察到的。如风吹水面泛起的波纹，交织成网状形，石块投入水中击起的涟漪，呈放射波形，水泡与泡沫是典型的球形；水滴呈椭圆形、泪珠形、桃形；其他液体如墨水、血液，投放到水中呈烟雾螺旋形状。液体还有一种随遇而安的特性，即装在什么形状的容器中就呈现什么样的形状。

再看固体的形状。沙漠被大风吹成的波浪纹形；溶洞中岩顶悬垂的由含碳酸钙的水溶液凝固而成的钟乳石液态形状；流水磨光的鹅卵石的椭圆形；固态水（冰）具有与岩石相似的特征，是晶体结构，打碎时可呈现各种几何形状。

植物在形状上虽婀娜多姿，千姿百态，但缺乏个性特征。如植物的枝杈、根系与磁场的螺旋波状结构相似，树干与磁场中心一致；南瓜、苹果、香瓜的剖面典型地再现了磁场的能的形状；许多树的枝杈与花茎的叶子都是围绕着中心轴螺旋上升的；许多花的形状呈放射形；种子的形状呈螺旋形，如松果、豆荚种子等。

植物主要靠水分生长，水在植物上留下的标记是随处可见的。如树干横断面的年轮多像一圈圈的水环；许多木头具有流水一般的纹理；树瘤、树结具有水流旋涡般的形状；蘑菇、水仙花、牵牛花具有水的喷射形（也称蘑菇状）；葡萄、石榴子、花菜头具有水泡、泡沫状。

在动物中，走兽中的草食动物足长、有蹄，便于站立；牙齿平薄，便于切食。肉食动物用趾和爪垫走路，便于偷袭；爪子与牙齿锐利，便于撕扯；低矮的腿和有力的肌肉便于捕食。鱼类由于生活在水中，有胸鳍、腹鳍、背鳍和尾鳍，作沉浮和转向之用，头部呈三角形，眼睛小而分居两侧，以监视天敌。飞禽类呈流线型的身体线条是在空气的运动环境中形成的。鸟的翅膀犹如前肢，但特别发达，因为主要靠它飞行。双眼锐利，便于发现食物。涉水禽类有长脖和长腿；游禽足上带蹼；肉食禽有利爪和利嘴；素食禽的嘴阔大有力，像钳子一般，便于钳碎果实种子的硬壳。可见，动物的这些不同的结构形状都是为了适应不同的生存方式而长期形成的。

人类由于是大脑高度发达的高级动物，能使用工具防御敌害、捕捉食物、加工食物，所以四肢和嘴巴以灵巧为主。耳朵、眼睛也无须那么敏锐、警惕。所以人类五官没有一个器官处于统治地位而突出生长，呈现出匀称的智慧面貌。人的手臂无需支撑身体，而与头部默契配合，活动自由，人的手已成为头脑与感官的灵巧工具，这是真正的人的特征。

动物和植物体，观其整体虽非规则形，却富有曲线形、秩序感。而组成其微观结构的细胞、蛋白质等又都是非规则的自由形。

人造物，即我们常说的产品，仅是人类功能器官的替代物，人造眼睛如望远镜、摄像机、照相机、雷达，人造耳朵如收音机、电话、电台，人造嘴巴如播音器、扩音器、唱机，人造手如吊车、铁钳等各种工具等，人造足如飞机、轮船、车辆，人造头如计算机，人造动物如机器人、电子狗，等等。

这些人造物虽活灵活现，有的俨然是富有生命的精灵，但其实它们仅是能量的载体，被能拉动的木偶而已，本身是无生命的死物。它们的运动极为专门且简单，这就决定了人造物的结构不管如何先进、精密，但比起生物来不知要简单多少。另一方面，人类为了制造的便利，在产品外观设计中，大量选择最简化的规则几何形，以及抽象的动植物形态作为设计要素。而人造物的内部结构只能是规则几何形，它具有机械适用性、抽象性和稳定性。

由此可见，形状的基本特点是：无机物质、非生命体、人造物、能的静态守恒状都是秩序化、规则简化的抽象几何形。而有机物质、生命体是复杂多样的非规则的自由形。

3.1.2　形状的实用功能

形状的实用功能就是它与人类主体生存利害的密切相关性。形状的实用功能性只是在物质生活中产生意义。

自然界的各种形状是如何被有目的地运用来造型，并且逐步从实用功能需要转变成超功能的审美需要的呢？这个过渡期在历史上走过了漫长的路程，了解它将加深对现代造型艺术语言、语汇的深入了解，对现代艺术中一些争论不休的问题能清醒地认识，并找到问题解决的钥匙。

自从类人猿使用天然工具，从修整简易工具起，外部世界的形状的功能意义才被人类发现和利用，经历了从被动到主动，从不自觉到自觉的过程。在最古老的石器中，大都是砾石（也就是鹅卵石）制成的，特别是原始砍砸器，这是一种将砾石敲去一头而显出锋刃的工具。未加工的天然砾石经水的冲磨，圆润适手，但砍截功能差。未经冲磨的岩块砍截功能强，却易于伤手。只有加工后的砾石兼有两种天然石块的优点，它将两种形状集中于一体。两种形状中，规则的砾石呈卵形，比非规则的棱角的加工难度不知高多少倍，所以卵形的砾石首先被利用，靠人力加工出棱角。而靠人力加工卵形的曲线形状则是以后的事，两种技术在石器史上相差了一百多万年。非规则棱角的打制是自然成型，而规则弧线的磨制却是创造的发端。

木质工具的棍形（圆柱体）具有与卵形相似的曲线形状，二者都是手持握空间的实体化。卵形、圆柱形是人类祖先在劳动中迎来的第一个准规则的几何形状。随着社会的发展，石器工具的不断改进，原始砍砸器在进化中功能分化，钝器主砸，利器主砍。利器中又分化成主切割的刃器和主穿刺的尖器，如手斧、尖状器。钝器分化成主抛掷的球状器、扁卵器。

由于实用的需要，粗石器的粗锋厚刃逐步为规整精致的细石器所替代。随着石器发展越来越精致、复杂化，因矛和箭的诞生，对规则化的特殊需要使小石器的规则化推向空前程度。高度规则的人工几何化造型在细石器中诞生，并带动整个石器的几何化造型转变。

劳动实用器物以高精度的几何化造型为特征，使人工规则形状的造型语言的语汇系统地发展起来。从圆到方，意味着一切模棱两可、含糊不清、似是而非的转折被肯定的直线条、方棱、明确的转折取代。可以说，几何化的简化、表面的光洁化形状均源于实用的有效性，并逐步发展为规则化、秩序化、简化的几何形状。应该说，人类祖先从工具的改进发展中，看到了几何形规则化的功能作用，于是开始关注，并推广运用开来。直至今天，一切人造物的基本造型均以此为基础。

非规则的自由形状对人类来说，虽无直接的实用价值，但是人类祖先用此种形状来模仿现实形象，其具象性再现的功能也不能低估。远古的岩画、原始社会人类流行的文身及装饰、石器时期的彩陶，都是人类有意识地运用形状服务于生存的功能需要的方式之一。人类利用自然物质材料制作日用器物，给无序形式的自然物质材料以特定的有序形状，正如彩陶造型，最初多以圆柱形、卵形、葫芦形、瓜果形、果壳形、心形等为主，器物轮廓线多呈曲线、弧线和波状线形，线条圆润柔和。这种形制能最大限度地利用空间，切合容器用途，并且光润适手。直至今日，一切人造容器几乎均以这种圆形和弧线形状的造型为基础。

千万年来，人类在生产和艺术实践中，已经积累了对于形状的认识经验，并有意识地作为造型手段，先运用于功能目的，同时为审美需要转变成造型艺术语言打下了坚实的基础。

3.1.3　形状的形式情感

1．形式情感产生的根源

本来，自人类感知和利用形状以来，形状就被赋予了功能。同时，功能又成全了形状，几乎同时，形状的形式情感也随之产生了。现实生活中，往往好用的形状也不会难看，人类祖先在运用和享受形状的功能的同时，还获得了对那种形状的形式快感。功能与审美二者结合在一起难分难解，不过在当时生产力水平极为低下的情况下，功能性目的占了压倒一切的绝对优势。随着社会的发展，人的认识能力不断提高，人类对形状所产生的本能快感，以及由功能性长期积淀转化而成的形式美感，逐渐强化，实用性逐渐让位于审美特性，形状终于冲破实用造型的功能性局限，成为设计造型的形式语言的语汇之一而独立开来。

形状的形式审美感和功能性并非水火不容，二者是互相联系、互相转化的。归根到底，超功能的形式情感最终的根源还是发端于功能性。

人类经过十万年与自然的抗争，在求生的斗争中逐步认识和掌握了规则几何形，人类不仅能自觉运用形状于功能实践，如穿洞用直线，拉割用弧线，投掷用球形，滚动用圆形等。同时能从大自然复杂的自由形中抽象出最规则的几何形。从抽象规则形状的功能作用和它在自然现实中形成的根源里，长期积淀的视觉经验转换成了心理的形式情感。如垂直线庄严坚定，水平线舒展宁静，斜线动荡不安，金字塔三角形稳固安定，倒三角形有摇摇欲坠之感，圆形完美、充实，弧线、波状线富于运动感等。这样形状与情感结合起来，形状的形式感就是人的情感的对象化，这是形状情感化产生的心理基础。

不管是征服自然所需的人工几何规则形状，还是适应自然所需的天然节奏韵律的自由形状（多样统一形状），都具有共同的客观秩序特征，都是人类主体感到快适的形状形式。

有序的客观物象形状和有序的视觉感受的完美结合与和谐统一，是产生形式美感的根本保证。形状不管是否合乎秩序规则，抽象、具象与否，只要被主体物化，就有一种创造的快感，这应该也是构成形式美感的生理心理本能因素之一。人类从此能超越功能独立地直接欣赏形状的形式美，并且能有预谋地、有意识地、创造性地运用美的形状作为造型艺术形式语言的语汇之一，自觉运用形式美感作为衡量艺术造型质量的标准。

2．形式情感的特征

人类在自己有限的实践活动范围内形成了特定的视觉感官，在视觉机制的有效范围内去感知万物的形状与颜色。这种形与色的感知，既受外物的制约，又受眼睛的制约，只能说万物对我们来说是这个样子，不能说万物自身就是这个样子。既然看到的万物形状并不一定是绝对客观真实，那么受主体生理、心理和社会意识、创造意识等种种影响的形状的形式情感就会发生种种变化和差异。

1）个性差异由于主体的性别、年龄、健康情况、文化素养、性格爱好，以及生活的地域环境、风俗习惯等的不同，都会在形状的审美情感上反映出一定的差异。如女士多喜欢款式多样的色彩鲜艳的服装，男士则不太追求。中国人的传统家具和建筑造形喜欢用对称形状，环境布置也喜欢用对称格局，而西方人却不如此拘泥。儿童绘画喜欢用曲线和圆形，这是由于曲线与圆形流畅易画，表现力又强，既省力又见效。农民喜欢年画是繁密丰满的构图，而知识分子喜欢简单雅致的图像，等等。

2）美术家的作品艺术风格各不相同，其主要表现在对造型艺术语言的语汇，诸如形状、形式情感上的各种偏爱。例如，毕加索对于物体形状的多层面有极大的表现欲和兴趣，于是形成了"立体派"。蒙特里安对表现规则几何形状兴趣很大，建立了"新造型主义"。而超级写实主义对物象的细枝末节和逼真描写津津乐道，孜孜以求。雕塑家摩尔对混油的团块和透彻的洞眼相间兴趣盎然。中国画家徐悲鸿对马的结构和形状有深入的了解和偏爱，而齐白石对虾的结构与形状了如指掌，百画不厌。

3）自由形状与规则形状的情感差异。规则几何化的形状鲜明、肯定地体现了人的本质力量，以及人类抗拒、征服自然的能力，体现了人的理性与意志。故几何形严谨坚挺、鲜明肯定、简洁明了、整齐夺目。但是规则形构成的人造物毕竟只能替代人类主体的部分机能，即使极其精密复杂的机器人仍然十分笨拙僵硬，一只计算机操纵的电子狗还不如一只真实的小甲虫灵活。自然界生物自由形结构的复杂精密性、灵敏微妙性是人造物望尘莫及的。因为生物的自由形状是生命活动的全面体现形式，而人造物的功能仅是生物生命机能的个别替代，规则几何形是生物生命体形式的肢解，是能的静止状态，是非生命体的形状。所以规则几何形状呈现出呆板单调、简单苍白、僵硬枯燥、冷酷无情、概念抽象的情感倾向。

因此，人对形状的形式情感总是在几何形与自由形、人工造型与自然形状之间协调平衡，导致自由形与几何形结合，抽象造型与具象造型结合，几何装饰与拟形装饰结合。例如，形状高度规则化的现代建筑，在几何体集群中穿插自由形的动植物雕刻、各种图案装饰纹样，既有活泼的情感化的生命具象再现，又有规则的理智化的几何抽象表现，形状的形式情感取得了和谐统一。感到了人的温暖，仿佛快要被大自然吞没的时候找到了挽救自己的力量。几何规则形状在此确能增添在大自然威慑之下的抗争勇气与信心。人类主体在形状的几何形与自由形之间寻求平衡的形式情感现象，是主体生命既运动变化，又和谐的本能规律必然体现。

3.1.4　波形曲线和圆形的美

1. 波形曲线的美

波状线、蛇形线、弧线都属于曲线。曲线以其活泼流畅的特征使视觉愉悦。它富于变化，柔和圆润，流畅舒展，富有弹性。螺旋形、旋涡形、楔形、弯钩形、拱形、半月形、心形等都是曲线形状，花卉大自然中举目皆是，花、草、枝、叶、瓜、壳、果仁、彩虹、云朵、山丘、河湾、游鱼、爬虫、牛角、象鼻、鼠尾、虾须、蟹足等，也是曲线形状。人造的拱门、拱顶、拱桥、拱形窗户，弓弯、盾牌、刀、矛、斧等兵器，犁、锹、锄、钩、叉、钳子、剪刀、铲子、勺子、锤子等用具，衣服、帽子、手套、袜子等穿戴，烟斗、吊床、摇篮、安乐椅、花瓶、茶壶、泡菜坛等家什，提琴、喇叭、竖琴、铜号、锣鼓等乐器，以及动物、植物的身体构造，部分机械仪表零件等，其中都有曲线的妙用。

波形曲线更具运动感、节奏感，生动活泼，表现流动起伏的灵活的物体更富生命力。S线是蛇形线，属于波状线的一个单元段。S线是节奏韵律的典型与浓缩，在造型艺术中广泛采用。

波形曲线变化自由，由于不断改变方向，能使视觉在相反和相从的有节奏的变换运动中得到交替休整和喘息，一方面使单调前进运动的疲劳得以恢复，一方面不断产生的方向变化带来频繁的新的刺激，使视觉能保持不减的兴趣与精力。波形曲线利用眼睛爱动的天性去追逐它的美，满足了视觉的新鲜快感，又适合主体生命的自身律动。它既多样变化，又合秩序规则；既复杂又统一，既对比又和谐；既避免了直线的僵直单调和枯燥乏味，又克服了折线的突起骤落和惊险紧张。因此波形曲线是所有线条中最具吸引力、最具寓意、最优美、最富魔力的线条，是自然和人工韵律最典型的形状。

迂回曲折的林间小径和盘山公路，蜿蜒弯转的河流沟渠和大陆海岸，是大自然中宏伟的波状线和蛇形线。山的起伏，水的波浪，缭绕的轻烟，飘拂的长发，奔腾的骏马，蠕动的蟒蛇，以及植物的根须、藤蔓、枝茎、叶片无不呈现曲线波形。万物的运动，包括人造机械的运动轨迹无不包含波形曲线的形状。

　　菠萝和松果、豆荚种子的周身布满规则的剪嵌纹样，它由交叉的波状线组成，这恐怕是自然中最多样、最富于变化的有序形状了。既有天造之美，又有巧夺人工之美，所以人类也竞相效仿，如波斯式建筑的圆穹顶饰纹、纺织物、墙壁纸的菠萝式纹样和铁丝网、尼龙绳网的交织形制等。

　　工业设计师有时为了美化机械，也给机械外壳加进一些波状曲线形式，但要小心曲线波形对于几何规则形构件运动的妨碍。只有自然动物的活动结构与美的形式是浑然天成的。它们除了短须，找不出一根真正的直线，整个身体结构几乎均由曲线构成。为什么人造机器最精密者也远不如最简单笨拙的自然动物灵敏？因为感应越灵敏，所需结构越复杂，动作越微妙，方向越多变，所需要的曲线越多，只有这样才能造成更具多样化的运动。自然界里运动最好的动物也是自然界里最好看的动物。它们身体构造中波形曲线也最多。人是高级动物，人体结构拥有的曲线最多，也最美，所以人体的运动机能在生物界是无与伦比的全面、复杂和优秀。

　　人类自身体表的曲线刚健柔韧，婀娜多姿，悃恍飘逸，最富节奏韵律，最美而最富于魅力。人体美曲线是最美的波状曲线。

2．圆形的美

　　圆形产生于点以等距离半径围绕圆心作360°的旋转运动，这个点可以是点或者线、面、体，只要它围绕着它之外的一个中心点作等距离半径环绕旋转一周便可能成圆。圆形是规则曲线的一种封闭形状。

　　圆形和圆球由于运动是向各个方向均匀发射的，这些力互相抵消的结果造成了圆形和圆球形状的静止特征。它们无方向，无起止，无首尾，具有向心作用，能团聚收拢，完整集中。它们与外界任何其他形状无任何一处的平行、重复和重合，所以突出显目、独立鲜明，是所有形状中最美、最玄妙的形象。

　　卵形和椭圆形是圆形的一种变体，它是造型之母。蛋形与椭圆形的鹅卵石最早由原始祖先用来做砍砸器，它由于具有光洁圆润的特点，与手握成的卵壳形相符，柔和适手。

　　椭圆形的多样与复杂性比圆形更强。卵形一头大一头小，又比椭圆更富变化。当卵形小的一头变成圆锥形时，卵形就成了泪珠形。这样单纯与多样的形体的结合，便更趋明显。卵形、椭圆形由于既稳定又变化，既多样又统一，既规则又自由，既复杂又单纯，所以被用来作为人类面部的轮廓，作为飞禽走兽、爬虫游鱼的身躯，作为植物的种子、瓜、果、叶的形状。

　　圆形的完美性与完整独立性使动物的眼睛引人注目，它是动物最灵活的器官，是动物的灵魂与生命所在，眼睛成了思想的"窗户"。

　　圆形的美使它受到人类的普遍欢迎和珍爱。人们在外面劳碌一天之后，回到家里，得到周围多种圆形日常生活器皿的抚慰。洗个脸，喝杯茶，抽支烟等，凡是从人的生理本能需要出发的人造物品大都为圆形：脸盆、热水瓶、茶杯、烟灰缸、菜碟、饭碗、电扇、台灯、罐头、健身球等。

　　圆形闭实，象征团结、团聚、联系紧密，加强沟通，如团结的会议称圆桌会议。圆还象征充实、饱满、完整。如任务完成得好，事情办得周到谓之"圆满"，月饼、包子、蛋糕的形状也具圆满、完整、充实之感。

　　圆形圆滑、灵活、流畅。凡运动的物体均是圆形，如太阳、星球、车轮、足球、铅球、排球、乒乓球、齿轮、滚珠、石磨、石碾等。

　　圆形空灵、通透，如望远镜、放大镜、炮口、枪口、笛子、喇叭、号筒、筛子、井口、管道口、圆形窗口等圆形的形状与用途相符。

圆形鲜明夺目，圆润柔和，玲珑珍贵，光洁可人。项链、戒指、珍珠、手镯、纽扣、金币、奖章、耳环等一般都呈圆形。

由此可见，形状的形式情感与用途是互相统一的。

3.2 色彩

3.2.1 色彩原理

1. 光与色彩

色彩是怎样被人类感知的？在视觉获取的全部信息中，色彩往往是与形状作为同一信息被接受的。虽然轮廓的印象强烈（由于形状具体），色彩较抽象，但鲜明。色彩分单色（黑、白、灰）与彩色（红、黄、蓝、绿等）两个系列，是与形状同等重要的造型艺术语言媒介。

色彩从物理学的角度是运动的光学物理现象，光是产生色彩的客观前提，光源发出的是一种辐射能，它通过人类的生理系统（主要是眼睛）形成完整的色彩感觉。

由于光是一种电磁波，具有粒子性和电磁波动性的双重性质，波长不同，性质各异。肉眼可见的光只是其中一小部分，可见白（日）光是六种波长不等的包含全体色彩光谱的电磁波。波长390～770nm的光，称为可见光，波长最长的红外线与最短的紫外线均为不可见。白色光（太阳光）是包含红、橙、黄、绿、青、紫六种波长的单色光的彩色光谱，是六种单色光的聚合。为什么物体颜色五彩缤纷，绚丽多彩呢？因为一切物质的组成各不相同，但非绝对的纯，一种物质单纯地只反射一种单色光，而把其余色光全部吸收的情况是没有的。一般总是不同程度地伴有别的单色光波反射出来，我们看到的物体色实际上总是种种不同反射程度的单色光混合而成的。其中，反射弱的光不能一一分辨，只能以反射强的混合光为整体色感。不同的物质反射情况不同，因此颜色也就各异了。

所谓混合色光，其实也不过是两种以上单色光同时作用于我们的视觉。为什么不觉得混合色光是无数不同的小光点，而是浑然一体的一种色光呢？这是因为视觉的合色力，日光在三棱镜的分解作用下显示出六色，而在肉眼下却是白色，就是此原因。

如果两色相混合得到白色，那么该两色互相称为对方的补色。在对比条件下，一色获得另一色的补色印象，称为补色现象。比如眼睛久看红色，黄色与青色（加起来是绿色）被压抑着，便加强了追求红色的补色——绿色的心理，视觉一旦从红色中解脱出来，绿色便会自动出现于后见的颜色上。红、黄、青相加，有光则变成白色，无光变成黑色。红+黄=橙，红+蓝=紫，蓝+黄=绿，三原色红、黄、蓝及三间色橙、紫、绿是六种标准色。每种原色的补色是其他两原色之间色，可见一种颜色的补色就是色环中180°所对的色彩（见图3-1）。

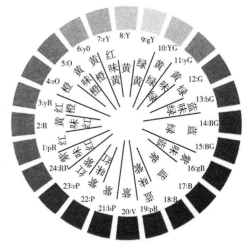

图3-1 色环

2. 色彩的属性

色彩的特质各异，其不同性主要体现在三个属性上，即色相、明度、纯度。

1）色相。色相是色彩所呈现出来的质的面貌，是色的表象特征。色以色相命名，如朱红色、墨绿色、天蓝色、橙黄色、紫红色等，一般以色的冷热倾向来区分。在光学意义上，色相是波长的别名，不同波长的光呈现不同的色相。由于受光体物质的反射度不一，加上色彩的光亮度与纯净度不同，还有环境变化和对比（补色现象）等多种因素的影响，形成了数量惊人的色相。有多少种物体，就会有多少种色相。据不完全统计，颜色种数足在100万种以上。

2) 明度。明度即光亮度、明暗度。色彩本身因光照（即照在物体固有色上的光）强度的不同，而产生不同的明暗程度。明度可理解为接近白色或黑色的程度，俗称明暗深浅度。色相的明度变化主要受发光体光源照射光的强弱以及受光体反射率的影响。物体的固有色即物体本身的反射亮度，主要取决于整个视域之内的亮度分配状态。物体的亮度不在于它反射到眼睛中的光线的绝对数量，而是取决于它在某一特定时刻形成的整个亮度梯次中所占的位置。例如，象牙、白银是白色的，但是放在天鹅旁边就显得不那么白了。故固有色的亮度是比较而相对存在的，它的改变必然是整个亮度梯次的整体改变。

正常柔和光线照耀下的色相明度为正色，比正色明度高的为明调，反之为暗调。同一色相的明度变化有600种之多，而且物体固有色本身也有亮度差别，黑色最暗，白色最明亮，灰色为中度亮。其实色相的亮度是相对而言的，如在暗色中的亮色在明色中可能是暗色。两明色相比，较暗的明色便成了暗色；两暗色相比，较亮的暗色却成了明色。色相的明度关系是素描明暗关系，将一幅彩色画拍成黑白照片，色相各自的明度与相互的明暗深浅关系便十分明了（见图3-2）。

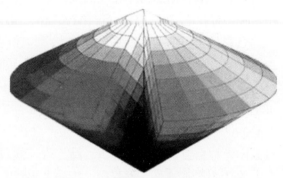

图3-2 明度

3) 纯度。纯度又称饱和度、鲜艳度，指颜色本身的纯净程度，即鲜灰、纯杂的色性变化。严格地讲，一种颜色与其他颜色的混合比例，混入的其他色的种类和分量越少，纯度越高，颜色越饱和，越鲜艳。反之，混入的其他色的种类和分量越多，则纯度越低，颜色越灰暗。自然界中绝对纯正的颜色是没有的，六种标准色仅是在光谱中相对而言的饱和色彩。色彩的纯度影响色彩的明度，往往纯度越高越亮，纯度越低越暗。三原色品红、柠檬黄、鲜蓝（青）具有明度高、鲜艳饱和的特点。三原色颜料相加为黑色或灰黑色。由于三原色的高度纯净，它们不能用别的颜色调和出来，但它们互相混合可调出绝大部分的其他色彩。

色彩有亲疏关系，具有共同属性的色彩互相调和，反之互相对比。色相相同，只有明度差异，即明暗深浅不同的色彩为同种色。虽色相、明度、纯度不同，但冷暖色调相同的色彩为同类色（如色相环中60°以内的色，或色阶表中横向距离不远的色，或色球中与赤道方向平行的各圆环中适当小距离内的各种色都是同类色）。近红的为暖色调，近紫的为冷色调。同种色或同类色

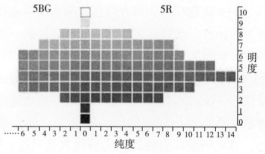

图3-3 纯度

之间相互调和。不调和的为对比色，如色阶两端的色。处在色环上180°的两色为补色。

极色的黑白色，中性色的灰色，光泽色的金银色均为特性色，它们与任何色都调和。黑色与白色可混合成灰色，所含的黑白色比例不同，其灰色明度不一（见图3-3）。

3. 视觉色彩

物体的视觉色彩，由光源色、物体固有色和环境色组成。被视觉感知时，还包括错觉成分

（即透视、情感因素）在内。

1）光源色。光源色是光源本身的色彩，是构成物体基本色彩的决定性因素。日光为白色，日光是自然界中一切光与色的本源。

2）固有色。固有色是物体本身的色彩，它是以太阳为光源间接照射到物体上的反射光色。光源射出的带色光为色光。物体本身不发光，它们之所以有色是借助了外来光线。间接反射白光的色称物体固有色。由于物体表面因反射外来直接的光照产生的色彩，受质地、光源性质、光源强弱与环境等因素的影响，极不稳定。固有色其实并非"固有"，只是相对直接光照来说的。在间接、柔和的白光下，物体色彩相对稳定，故以此作为固有色。固有色的观念是经验的、习惯性的、理智化的，不为短暂变化的表面色所影响。光源色是引起物体表面色彩变化的主要根源。所以根据物体表面状况，准确描绘出物体固有色的变化状况是表现物体质感的重要手段。

3）环境色。环境色是指并非来自光源的光照影响，而是受邻近物体上的反光影响的色彩变化。物体与眼睛之间，无论远近都隔着空气，空气是色光的传递媒介，空气虽透明，但纯度差，杂有水气、尘埃等物质，色光透过时，会产生阻碍和散射变化。距离越近，色彩的明度、纯度越高，色彩越鲜明清晰，反之色彩越灰暗模糊。这就是空气透视对色彩的影响，利用这一规律可以加强色彩的空间感觉。色光穿透大气的能力的强弱与其波长的长短相对应，其穿透力最强的是红色，最弱的是紫色。但绿色是个例外，按它的波长仅长于紫色，而它的穿透力仅次于红色光，居第二位。这是由于绿色的视见度高，人类生活在地球生物圈中，经常见到普遍的植物绿色，形成了对绿色的敏感。绿色是红色的补色，红色是强烈的，自然绿色也是强烈的，所以信号灯均用红色和绿色。

3.2.2　色彩感觉与认识的形成

1. 色彩感觉的形成

人类与生俱来的色彩感觉机能似乎比形状来得更容易，因为色彩很感性直观。各种千变万化的色彩，自然界里应有尽有，唯一需要的是你具备敏锐的分辨能力。所以至今我们的颜料制品均是由矿物和植物提炼制成的。只要掌握了调色法则，眼睛所能感知的色彩大都能调制出来。但客观自然中的很多色彩仍不能人工制出，人类视觉感知的色彩仅是自然色彩中的一小部分。黑色与绿色、红色可能是人类祖先最早启用的色彩，因为发现火之后，烧过的树枝、兽骨变成了黑色。火是红色，宰杀的猎物的血也是红色，吃的植物大都是绿色，这三种颜色和他们的生活密切相关，朝夕相处，反复接触感知，自然熟悉。

石器随着加工的需要，硬石料被启用，而硬石料往往色彩丰富、漂亮，经打磨抛光，显出本色。玛瑙、燧石、蛋白石、水晶、石英等，五彩缤纷。这种夺目的对比效用，激起视觉色感的兴奋。还有诸如天气的阴晴变化，朝霞的绚烂，树叶的由绿转黄、由黄转红，花的鲜艳，蝴蝶的美丽，彩虹的神奇，再有水上浮游、甲虫硬壳、蜻蜓翅膀、鱼的鳞片等，奇妙璀璨的色彩，使人目不暇接，激动不已。这种世世代代不断重复的刺激，逐渐把沉睡着的色彩感本能激活，使人由被动地接受自然色彩刺激，变为主动地寻求自然色彩刺激，以满足眼睛的舒适感。例如，好看的石头、果壳、贝壳、兽皮、羽毛、珍珠、植物茎叶、花朵、种子等，发展到一定阶段，当夺目的色彩不仅使眼睛舒服、心情激动，而且和某种功能密切相关时，人类同时感受到了色彩的物质和精神的双重作用，便逐渐学会人工制造色彩，以满足人们对色彩的需要，而不只局限于自然物中现成的色彩。

2. 色彩情感的功能性

色彩和形状相比，它的物质性物理功用远不及形状，但它在精神性心理作用上却超过形状。色彩的功用主要体现在精神心理、审美意识、情绪感染方面，带有抽象性、含蓄性和本能性。

首先成为审美对象的色彩，是那些直接作为劳动（采集、狩猎）的对象、与人类生存关系密切、世世代代与之打交道的自然色彩。所以色泽鲜艳的花朵、茎叶、果壳、鸟羽、贝壳、兽皮、爪牙等成为最早的饰物。太阳的红色和植物的绿色是人类祖先最早迷恋的色彩。众多实验表明，人类对色彩的情感较之形状更趋于人的生理本能，情绪欢快的人一般容易对色彩敏感，心情抑郁的人一般对形状敏感。对色彩敏感的人性格外向，情绪容易激动。对形状敏感的人性格内向，不容易动感情。色彩是情感化的，形状是理智化的。因此，色彩的感情往往要与它依附的具体事物的形状联系起来，情感的具体指向才可以确定。形状是男性化的，富有气魄，果断、肯定有力。而色彩是女性化的，富有诱惑力，但光彩闪烁不定。

形状如果离开色彩与明度，就无法显现出来。因此，在这一点上，色彩对于视觉感知和造型艺术的重大意义非同寻常。

3．色彩感觉与生理机制

作为一种形式语言的语汇之一，形状比色彩简单有效。但是运用色彩得到的情绪感受不可能通过形状得到，那种微妙细腻的情感是不可言状的。色彩能较细腻地表达情感，这是胜于形状的。人们都认为色彩的情感是靠人的联想得到的，比如说红色之所以强烈、刺激、夺目，是由于联想到红色的火焰、血液、红旗；绿色之所以清新悦目，是由于联想到生机勃勃的大自然，绿色的植物是生命的象征；蓝色之所以舒畅冷静，是由于联想到海洋、湖泊、蓝天，等等。色彩和客观事物（如蓝色与海水）之间的这种情绪同构关系到底是怎样建立的？人们对色彩作用于主体时，对机体产生的影响和产生影响的生理机制，至今不能科学地圆满解释。但我们毕竟能找出一些受色彩影响的客观生理现象。

大量事实证明，色彩的色相（波长）、色调、亮度、纯度的不同，都会对人体的生理机能产生扩张、激动或收缩、安静的影响。这个事实是毋庸置疑的。色彩的色相的根本区别在于"冷"与"暖"，如同人的根本区别是男或女一样。而影响生理机能的也主要是色彩的色相冷暖性质。如何确定色彩的冷暖性质呢？首先要有个前提，冷暖非绝对，是相互比较相对而言的。例如，同种色中一色与某色相比是暖色的，但与另一色相比可能是冷色的。如大红比朱红冷，却又比玫瑰红暖。对于各类色彩的冷暖比较，大致有以下规律：

1）红色为暖色，蓝色为冷色，黄色为中性，红色与蓝色是暖色与冷色的标志。

2）混合色要单独看基本色彩（占主要成分的色彩）的色调倾向性（冷暖倾向性），如略带蓝色的红色是冷色的，而略带红色的蓝色却是暖色的。

3）在色彩梯次中，整体的色调冷暖性质仍以占主要成分的基本色的色性为依据。如果是两种对比色的比例对等的混合色，则不能显示冷暖色调，其为中性色，如黑色、白色、正灰色就是中性色。

4．色觉属性的延伸

色彩的性质为什么要以温度来表达呢？显然触觉与视觉之间存在着某种共同的联系。身体的温度关系到人的生死存亡。色彩的温度感也有一定的物理学客观依据，并非纯属主观感觉。英国物理学家赫舍尔曾研究过各种单色光的温度，发现紫色与青色对温度计的水银柱无反应，绿色使水银柱开始上升，黄色更高，红色最高。这证明色彩是有温度的，但并不是说色彩的这种触觉感知的客观温度和视知感觉的主观想象温度可以互换。

另外，色彩的冷暖性质，还产生于自然界，由色彩可产生有关自然事物的联想，由联想到的有关事物产生温度感。例如，由红色联想到火的温暖，由蓝色联想到水的冰冷。

温度感是色彩色相性质的核心，是色彩的情感的根源，是色彩调子的确定依据，是色彩对比的裁判，是混合色产生的基础。

色彩中明度高的为暖色，明度低的为冷色。波长与明度、温度成正比。

明度的不同是形成色彩胀缩感的主因，同一色相在明度增强时显得膨胀，明度减弱，膨胀感减弱。处于同一视距中的不同色彩，会产生远近不同的距离感觉。产生远距离感觉的色彩称远色或退色，反之称近色或进色。六种标准色由近至远的排列顺序为黄、橙、红、绿、青、紫，此排列与色的明度明暗排列一致。明度高的色彩易产生近感，反之易产生远感。纯度高的为近色，纯度低的为远色，近色明晰，远色模糊。面积的大小也影响距离感，同等距离的同种色，面积大则感觉近，面积小则感觉远。而同等面积的对比色，如红色与绿色，红色比绿色距离感觉近，然而一小块绿色处于大片红色之中，绿色反而凸出，则感觉近了。

重量感多是由色彩的明度联想引起，面积同样大小的黑白两色，感觉黑色比白色重。黑色使人联想到煤与铁，或向下坠入黑暗深渊等，产生沉重感。白色使人联想到棉花、白云，或向上飞向明亮的天空等，产生轻盈感。浅色密度小，有一种向外扩散的运动感，使人产生质轻的感觉。而深色密度大，给人一种内聚感，从而产生分量重的感觉。黑白是明暗明度的两个极端，重量感与明度关系极大，主要色按轻重依次排列是：白、黄、橙、灰、绿、青、紫、黑。

色彩的兴奋度与此排列也相符，可见色彩的兴奋度也与明度强弱有关。明度最高的是白色，兴奋度最强；明度较高的黄、橙、红各色均为兴奋色；明度最低的是黑色，感觉最沉静；明度较低的青、紫各色为沉静色；灰色和绿色的明度适中，为中性色。

上述各种色彩感觉是色彩属性的延伸，明度是产生各种色感的本源。各种色彩感觉是互相联系，密切相通的。

3.2.3 色彩的情感和艺用

色彩的情感就是色彩的表现性，表现性是由色彩的各种特性和属性决定的。这种特性使人把与其相通的生理、心理性质和社会功能性质联系起来，就会引发某种情感。这正是色彩作为艺术设计造型语言的语汇之一的功能作用所在。

歌德把黄、红黄（橙）、朱红划归为积极主动的色彩，认为能激发一种积极的、有生命力的、努力进取的情绪。把蓝色和紫色称为消极的、被动的色彩，适合表现那种不安的、温柔的、向往的情绪。

人类的色感形成之后，由于人类主体的生理、心理性差别和客观环境的社会性差别，对色彩产生了极为复杂的情感，形成了对色彩的鲜明的好恶感和选择性。

色彩的情感确定之后，人类在生产劳动、学习生活和艺术活动中广泛使用色彩，以达到实用和审美的目的。在此我们将主要考察色彩的审美价值，当然色彩在实用活动中不光是起功能作用，同时也会产生一定的审美作用，但那仅是附带的、被动的。只有在造型艺术中，色彩的审美作用才唱主角，才是独立的、主动的、超功能的。

人主体的生理、心理因素，如年龄、性别、种族、性格、健康程度、兴趣爱好、文化素养、职业地位等；还有社会环境因素，如地域、气候、国度、社会文化、风俗习惯、历史传统、宗教信仰、经济处境、现实生产、学习环境、生活环境等，各种或同或异的因素都会使人对色彩的情感产生微妙的、复杂的影响，从而使人们懂得怎样在艺术设计中正确使用色彩这一形式语言的语汇。

1. 色彩的情感

色彩的情感主要是人对色彩的好恶心理倾向，以及色彩对人的吸引力幻觉。

英国心理学家H·J·艾森克以1040年前各国的色彩研究成果作为自己研究的基础，发现人们对色彩几乎有相同的好恶，其顺序为蓝、红、绿、紫、橙、黄。美国科学家F·培廉的研究发现，对色彩的好恶儿童为蓝、绿、紫、橙、黄；成年人为蓝、绿、紫、黄，除红之外，基本一致。低龄男童喜欢柠檬黄等明亮色彩，大龄男童喜欢绿色、蓝色的低亮度色彩；女孩无论年龄大小，均喜欢明亮色彩，如红色、淡黄、淡蓝等。

从性别的角度，一般男子喜欢亮度较低、较沉静的色彩，如蓝色；女子喜欢亮度较高、较鲜艳的色彩，如红色等。从国度的角度，美国人喜欢明快的色彩，如淡黄、明灰、明蓝等；法国人喜欢沉静的色彩，如黑、白、灰、红、蓝、绿等；德国人喜欢冷色，如黑、白、天蓝、咖啡、浅蓝等；中国人喜欢鲜亮色，如红、黄、蓝、天蓝、浅蓝等；菲律宾人喜欢高亮色，如淡黄、黄、金等；印度人喜欢低亮度色，如红、蓝、绿等；埃及人喜欢冷色，如绿、冷红、黑、蓝、紫等。

从性格的角度，成年人善于控制自己的感情，往往喜欢蓝色、绿色和灰色，一般不喜欢红色和黄色。老成持重、阅历深的人一般喜欢沉静之色，不为流行色所动。长期受压抑的人不喜欢彩色和暖色，如清末的八大山人、石涛、郑板桥等多以水墨作画，不作彩绘。色彩的情感问题，复杂微妙，同一色彩也会因人、因时、因地的差异而引起不同的情感变化。例如，居住在寒冷地区的人喜欢沉静色；居住在热带地区的人喜欢鲜艳色；在室内的人喜欢素雅色，便于安静休息；在室外的人较喜欢艳丽色，便于振奋人心，加快劳作。色彩的好恶情感如果机械教条地与个性好恶相联系，往往不确切。要将它与色彩的功能用途以及具体环境结合起来，才能相符。例如，一个性格外向的人在舞厅里，热烈刺激的色彩对他是适合的，但在庄重肃穆和富于克制力的办公室或会议室，他不一定再喜好热烈而刺激的色彩。由于要思考问题，决策事务，须沉下心来，这种场合沉静雅素的色彩可能对他更为合适。

研究人员发现，一般生理本能性的好恶，将随着年龄增长而减弱。随着教育程度的提高，社会文化的影响，民族、国度、地域、风俗习惯、气候、宗教、历史传统造成的色感差异将逐渐缩小，而个人性格、兴趣爱好、文化素养、职业、地位所造成的色感差异却日益增大。生理本能性的影响相对稳定，而社会性影响极不稳定。

总括起来，鲜丽色彩是暖色系列、高明度、高纯度、色感轻盈、膨胀、扩张，距离感近。素雅色彩是冷色系列，低明度、低纯度、色感沉重、收缩，距离感远。一般鲜丽色彩感觉进取、兴奋、美丽、灵动、温暖、开朗、不安、明亮、强烈等，有硬度力感。而素雅色感觉退却、消极、沉静、调和、静穆、寒冷、抑郁、安定、昏暗、沉闷、清淡、庄重、自然等，有意境魅力。

2．色彩的艺用

随着人类对色彩的情感日益社会化、功能化，赋予色彩的象征意义也越来越多，色彩情感的联想内容同时逐渐从具体事物变为抽象的情绪和意境。色彩成为具有普通意义的某种象征时，便会帮人传递相同的心像和含义。外界的自然色彩及日常生活中的实用性色彩的情感和造型艺术中色彩的情感是一致的。人们可以借用色彩来作为造型艺术的媒介语言，表达人们的情感和思想，或用来美化环境和人造物，增加视觉审美感，升华精神。为此，我们研究一下主要色彩的象征意义。

红色：象征喜悦、热情、爱情、革命、热烈、活泼、忠诚、幼稚、速度等。

黄色：象征希望、愉快、可爱、明快、年轻、冷淡等。

蓝色：象征沉静、深远、宽阔、悠久、理智、冷清、消极等。

橙色：象征积极、跃动、温顺、任性、旺盛等。

绿色：象征青春、平静、和平、安全、亲切、智慧、稳重、公平、理性、朝气、柔和等。

紫色：象征神秘、温厚、永久、高贵、不安、浪漫等。

黑色：象征寂静、悲哀、绝望、沉默、坚实、严肃、稳重、黑暗、罪恶等。

白色：象征明快、洁白、纯真、神圣、素朴、清纯、清新、高尚、悲壮等。

下面按色彩的冷暖分类，来分析、考察各色彩家族的艺术作用。

（1）暖色系列

红色类是暖色系列的代表，色性最暖，明度较高，是最具积极性的色彩。我国民间婚事，逢年过节，迎宾、庆典等场合多用红色之物，如红对联、红喜字、红请帖、红灯笼、红地毯、红蜡烛、红窗花、红鞭炮、红头巾、红葡萄酒等。西欧国家常以红玫瑰花作为见面礼品，以示爱情、友谊、真诚、美好之意。红色还具有英雄主义精神象征，如浴血奋斗，勇敢的精神，胜利的信心，光荣的自豪感等，有鼓舞向上和积极进取的革命意义。红色又有平安健康、甜蜜幸福、充满活力的意义。红色的血是生命的象征，幼嫩可爱的小娃娃脸蛋总是红扑扑的，健壮的运动员肤色总是黑里透红。营养丰富、含热量高的滋补食物也多为红色，如红枣、荔枝、红苹果、橘子、枸杞、红辣椒、西红柿、红高粱、红豆、红薯、牛肉、羊肉等。红色又有尊贵、庄严之意，如印鉴多为红色，还有北京的天安门城楼、城墙，我国明时的官服，一些国家的仪仗队的制服等也为红色。红色的积极意义占绝对优势。

红色光波长，穿透力强，视度高，作为一种警醒色很合适。红色是血与火的象征，又具有一种激烈、紧急、危险的含义。所以世界各国都用红色作为报警、报急、报讯器物的颜色，如红色信号弹、警栏、消防车、交通信号灯、信号旗、红十字标志等。

黄色类色性暖，明度很高，与光谱的整体色相近，它和东南亚温、热带地区的黄色人种关系密切，如该地区崇尚黄色，佛教建筑、服装及一切装饰色都为黄色。黄色偏暖又偏中性，有素雅、温和、绝俗超然之义。黄色又是我国古代帝王喜欢的色彩，是皇权的象征色，御服曰"黄袍"，诏书曰"誊黄"，御车曰"黄屋"，出巡用黄旗，印绶用黄色织物等，均是取黄色光明、高贵、辉煌、豪华之意。淡黄有一种幼嫩、稚弱之感，如雏鸡的黄嘴称"黄吻"，三岁以下的儿童称"黄口"等。黄色又象征丰收，如黄灿灿的稻谷、油菜花、葵花等。但黄色也有消极意义，多指那些纯度、亮度低的黄色，如枯黄的落叶、黄色沙漠、蜡黄色的病人、黄河水、黄连等，这种黄色均具浊、暗、深的特征，色调逐渐从暖向冷转化。

橙色类是由黄向红转化的色彩，基调是暖色，具有热烈、光明、温暖的特征，如现代非洲妇女喜欢用橙色，我国室内木制家具也多用橙色等。橙色与金色接近，又有高贵、富丽之感，故古代皇宫及寺院建筑多以橙色为主色。但橙色亮度、纯度低时也与冷黄色一样具有消极意义，如枯萎的植物、贫瘠的黄土高原，就是这种橙黄色。

（2）冷色系列

青色与蓝色类，物理性质与情感象征基本一致，属冷色调，亮度低，是沉静色。青色是原色，纯度较高。天空、海洋清澈透明，开阔舒展，呈湛蓝色，所以有蓝天碧空如洗、"春来江水绿如蓝"之说。基督教绘画里的天空、圣母的服装多用青色，象征高远、永恒、纯洁、超凡脱俗。青色虽冷，但含生命之源——空气与水的固有色，具有高贵、朴茂、滋长、朝气、活力之意，如年轻人称"青年"，年轻时光称"青春"，挺拔的松树称"青松"等。我国价值较高的古籍文献都用青色封皮，表示流传久远，长存于世。

青色是冷色，它与暖色是对立的，对于人的情感来说自然有些消极，有时它象征冷落、凄凉、忧郁、寂寞、孤独、贫寒，甚至恐怖，如脸色发青，青面獠牙，地震时闪过的蓝光等。

绿色类是植物的基本色彩，阳光和雨水（黄与青）的基本综合色。它是最具生命力的色彩。绿色的亮度中性偏暗，色温介于青与红之间，其本身是冷暖偏中性的色彩，有温柔、舒适、和平、安全、静谧、亲切之感。例如，我国邮递工具均用绿色，以示平安畅达。西方橄榄枝表示和平友谊。室内的绿色油漆墙裙、绿色窗帘，除避免污垢和遮挡阳光外，还有减少刺激、消除疲劳、镇静安神的功能。亮度高的浅绿、嫩绿具有鲜活、清新、生动的生命意义。翠绿等饱和度高的绿色更具兴旺茂盛、朝气蓬勃、健康向上之意。

绿色在亮度、纯度降低时，也具有消极性意义，如森林浓密处的深绿，绿色磷火有幽暗恐怖感，眼睛、皮肤发绿为病弱征兆，食物生绿霉证明已腐烂变质。

紫色类是各色中波长最短的，纯度低，明度低，是红与青的混合色，也是冷暖色强烈对比的强制性结合色。红色热烈兴奋，青色沉静抑郁，二者混合成的紫色便处于矛盾不安的动荡之中，情绪不稳，性格双重，加上明度较暗，纯度浑浊，寓有阴暗、险恶、悲哀等意味，故紫色以消极意义为主，如伤口发紫，龙胆紫是溃烂肮脏的颜色，讲"红得发紫"意在走向反面，变质变坏了。

紫色内含有红色，纯度较高的浅紫色也有某些积极意义，如紫檀木，古代将相佩带的"紫金带"，北京的紫禁城（故宫）等，均有高贵、庄严之意。古装戏剧中的老者、员外等角色也多穿紫色戏装。

(3) 极色系列

黑色类属极色，色温中性，给人以重、暗、退之感。黑色有时被视为不幸、没落，有黑暗、死亡之意。但由于黑色响亮、厚重、沉静，因此又有权威、尊贵、高雅、渊博之意，如西装、博士服等多用黑色。尤其是纯度高、发光泽的黑色，具有健康、精干、稳重、精神焕发的特征，如乌金是形容优质的煤黑得像金子一样发亮，黝黑的皮肤是健康的颜色，乌黑的秀发和黑亮的眼睛表示青春靓丽，楚楚动人。

白色类属于轻、明、进的极色，亮度、纯度极高，与光谱的整体色相同，象征光明、纯洁、唯美，如白色的婚纱。热带地区的建筑也多用白色，由于高亮度色的反射力强，减弱了太阳的辐射热，而且白色显得凉爽、飘逸、洁净、明亮。美国的白宫及中国北京天安门的汉白玉华表、石栏、石狮等，都象征着圣洁、崇高、庄严、华贵。白色显得清洁卫生，故实验室、医院、厨房、厕所、浴室的设施，尤其是盛放食物的器皿等，均宜用白色。白色还象征青春娇美，如白胖、白嫩等。白色还有轻盈、柔软、素洁之意，如白雪皑皑，白云朵朵等。

白色也具有消极性，如祭奠用的花圈、白花、孝服均表示悲哀、悼念之意。古装戏中的丑角一般都画上白鼻子，奸雄都画上白花脸，以示其滑稽卑劣、阴险奸诈。总之，白色中性而略偏积极意义。

金银色类是一种辉煌的光泽色，明度、纯度高。金色是黄金的固有色，具有坚韧、贵重、豪华的特征，表示光辉灿烂、光明美好之意。一般豪华高贵、富丽堂皇、神圣崇高的场合用金色恰到好处，如皇宫、教堂、银行、纪念馆等建筑，以及国徽、皇冠、宝座、讲坛、厅堂匾额、名店招牌、奖旗、徽章等大都用金色来装饰。高档商品的包装也常用金色。但金色如果在日常生活中滥用，就会显得轻浮卖弄，华而不实。秋天是丰收的季节，稻谷金黄，玉米金灿灿……所以称为"金秋"，有金子的色彩，有金子的富足。

银色也是光泽色，与白银颜色相近。银与金一样，不但具有经济功能价值，还具有超功能的形式美感。银色亮度、纯度高，富有光泽，具有静穆、洁净、高贵、明亮、柔和、典雅、圣洁的含义。

金银色大都用来做装饰色，它们的象征意义几乎全都是积极的。

灰色类包括无彩灰色和有彩灰色，它们的情感倾向如果抽象地判断，无彩灰色主要取决于它的纯度，而有彩灰色则主要取决于它的色调。灰色虽有冷暖倾向性，但基本上都是调和折中、模棱两可的中性色，情感象征含义较模糊暖昧。

灰色和谐柔美，层次丰富微妙，意境深远，耐人寻味。一般艺术家和文化层次高的、有色彩经验的人都喜欢灰色，掌握灰色的运用规则需要细致入微的分辨力和想象力。

一般抽象的灰色很难确定它的情感象征是积极还是消极，好恶也无法确定。灰色的梯次跨度大，仅黑与白之间的层次就达500级，红、黄、青之间的彩灰色层次级数就多得更加惊人了。因为它们是混合色，极不稳定，可变性极大。要确定它们的象征情感须具备四个前提，就是色相（冷暖色性）、明度、纯度、色彩表现的具体事物或色彩载体，四者缺一不可，而且要协调一致。如果色相暖，而明度纯度低，或色相冷但明度、纯度高，情感就会产生矛盾。例如，青色，与孤寂、破旧的事物结合在一起，显得冷落、贫寒；而与贵重、纯净的事物结合在一起，就显得尊贵、朝气。前者抑郁，后者振奋，情感截然不同。所以色相、明度、纯度、色彩载体四者必须统一，尤其要结合具体的事物来判断，这样确定的情感才准确真实。如果艺用灰色偏暖色相，亮度、纯度也高，并且与积极的事物相结合，无疑这种色彩的象征性是积极的，反之就是消极的。其中起决定作用的是色彩表现的具体事物和色彩载体，它的情感具有导向性、明晰性。

通过对基本色彩的情感象征意义和它们在艺术造型中的运用的研究，我们便可以根据这些象征含义和作用举一反三，能动地运用特定的色彩语汇来进行艺术设计造型，从而准确地表达作品的思想情感，美化人类的造物和环境。

3.3　空间

3.3.1　空间的观念

空间是指物体与物体之间的距离、方向和大小关系。古希腊人心目中的空间实际上就是物体的位置、距离、范围和体积。现实世界中的空间是没有形状的，它完全是科学思维的抽象，这是人们全部经验的基础。它从来不是实物，那么，怎么能把它"组织"形成"连接"起来呢？

1. 具体空间和普遍空间

空间本身具有两重性，一方面，它是物质形态的一般广延；另一方面，它又是各种不同的物质形态的并存系列。前者即空间本身是统一的，后者是有内在差别的。空间在本质上是物质形态，内部的各种相互作用借以保持整体平衡的普遍形式，因而也是并存着的一切物质形态借以进行相互作用的相对固定的形式。空间本身表现为物质形态普遍固有的广延和各种物质形态并存系列的统一。空间范畴表征着并存物质形态之间普遍的相对稳定的外部联系。

空间以可见物体出现时是物质空间，即物质形态并存系列的具体空间；不以可见物体出现时是空间关系，即物质形态的一般广延的普遍空间。

尽管统一的空间不能独立存在，但它们确实是客观地存在着的，它存在于占据空间位置的万物之中，存在于彼此区别着的各个具体空间区域的联系之中。

2. 空间和时间

空间是物质形态的并存序列，时间是物质形态自身状态的交替序列，空间和时间都只是物质形态之间普遍的外部联系的一个方面或一个环节。只有秩序才能把时间创造（或体现）出来，时间是以空间交替特征解释的。例如，中国民间用吸完一袋烟，燃完一炷香的物质均匀转换形态来表明时间的概念。时间总是位于记忆痕迹的某一位置上（不是日期），时间是各种成分的前后相继。一幅画、一座建筑、一个产品实际上是时间在空间上的分布，地球上出现一座新建筑（新的空间区域形式），好像世界上增添了新东西。其实，什么东西也没增加，仅仅是一种空间物质形态的变化转换，仅仅是一种空间关系的变化调整。例如，小块的砖石垒成了整块的墙壁，长方条的水泥预制件拼成了大面积的楼板和屋顶，小山一般的建筑材料变成了一个个巨大的楼房。原来那些处于静止状态的建筑材料砂石、水泥、钢筋、砖瓦等，通过运输和建筑施工，即物质重新组合的时间，在另一种新的物质形态（建筑物）上固定静止下来，建筑材料的物质形态被楼房的物质形态取代。显然，物质本身的空间存在并未变化，变化的是空间关系和物质并存的秩序。具体地说，变化的是空间意义上的位置、距离、范围（面积）和体积。这些都是运动时间的各不相同的分布在起作用，空间—时间—空间。可见空间的物质形态并存序列是由时间秩序的交替变化来加以不断调整和改变的。时间的静止是空间，空间的运动是时间，所以空间是物质形态的平衡静止状态，时间是物质形态的变换运动状态。在造型艺术中，可以通过平衡静止状态的偏斜位移和正常物质形态空间关系的改变来表现运动，表现时间。在二度平面的绘画艺术中尤其如此，在三度体积的雕塑和工艺美术中也是如此。不同的是在建筑艺术中，以及圆雕和工艺美术品器物上，运动和时间的表现还要结合观察者亲身的空间体验和自身的运动感知来获得，如围绕雕塑观看，进入建筑物内环顾欣赏等。

3. 艺术空间

虚幻空间即艺术空间，作为完全独立的东西，它不是实际空间的某个局部，而是一个独立完整的体系。不管是二维还是三维，均可以在它可能的各个方向上延续，有着无限的可塑性。造型艺术空间既以实际空间作为媒介和载体，又不破坏它的完整性，而与它同一，就好像容器与水的关系。绘画、雕塑、建筑是空间概念的主要艺术表现形式。

物体的空间形态在时间静止状态下是恒常的，不会自变，但是它在人的眼睛里却会经历一系列的变形，即产生视觉透视投影变化，这些变形实际上只是一种空间的幻象，不是客观空间的事实。绘画空间的视觉幻象是再现了视网膜上的变形形状，如远小近大，远模糊近清晰，远淡近浓等。

雕塑、建筑、产品是通过实际空间手段创造三维幻象，绘画是通过二维画面创造三维幻象。浮雕介于二者之间，既创造二维画面，又创造三维幻象。雕塑、建筑、产品是实际的真实体积，占据真实空间，但其运动是一种幻象，将物质性材料转化为造型语言媒介，也就是将触觉空间转化为空间幻象，专为视觉而存在。在建筑和艺术设计中，由于实用性占据极其重要的地位，作为艺术生命形式的绘画与雕塑只是处于附庸的地位，很少有像埃及的金字塔、狮身人面像那样独立的建筑雕塑形式。

3.3.2 二维空间造型

二维空间造型就是平面造型，除了装饰平面造型和现代派绘画的空间只是二维平面上进行平面分割和构成之外，再现性绘画的二维平面还要表现三维空间幻象。能表现物象间的距离和空间的纵深感，这是依据人对空间距离的知觉线索与透视知觉经验来组织画面形象的。二维空间表现三维空间幻象的基本方法有如下五种。

1. 透视变形

外界物象投射到眼睛视网膜上的形象叫做视象。视象是视知物体大小远近的重要信息。各个物体与人等距的情况下，物体大则视象大，物体小则视象小，物体同大小则视象同大小。如果大小相同的物体与眼睛的距离各不相同，视象就产生变化，距离近的物体视象大，距离远的物体视象小。这就是物体近大远小的透视原理，根据这一原理可以用来表现空间深度。

越接近视平线的物体，其形状尺寸越小。我们在看地砖、天花板与砖墙时，那些规则的砖、板结构越远，感觉越密、越小。任何几何规则结构的表面，都会随着距离的增加产生远处密集和近处稀疏的结构差异，从而产生空间深度的距离感。

平面中两条直线并列，两线间距宽的一端给人感觉近，间距窄的一端给人感觉远。

有一面与画面成平行的正方形或长方形物体的变形透视叫平行透视。这种透视具有稳定、平展的感觉，即物体垂直线、水平线与画面平行，只有近宽、高、面大，远窄、矮、面小的变化。在成角透视中，物体两个侧面的线条都是向左、向右两个"灭点"集中的。

动点透视是我国民族传统绘画所遵循的重要透视法则，所谓"步步移，面面观"，"似大观小"，"似小观大"等。动点透视不受视域的限制，不受焦点透视的约束，可将不同位置看到的形状有机地组织到一起，也可以将不同时间看到的形象组织到一起，相当自由灵活。装饰性绘画和现代派绘画都吸收了动点透视的长处，其特点是不拘泥于物体三维空间幻象的写实逼真，而是追求二维平面分割、构成的形式感。

2．重叠遮挡

空间关系实际上是一种并存序列关系，如果能表现出这种纵深的并存序列层次，就能表现出物体的空间感。两个物体的轮廓线相交，去除后面物体的交叉重叠部分的轮廓线，物体的空间感才能被暗示出来。每当一幅画的空间概念是依靠轮廓线进行确定，而不是依靠光暗和体积来确定的时候，重叠法则在决定物体在三维空间的前后深度感方面就有特殊的价值。

运用重叠遮挡来建立绘画空间，是我国传统山水画中特有的一种方法。在山水画中，山峰与山峰之间，山峰与白云之间，远近纵深中的相对位置，也都是通过重叠的方式建立起来的。

3．梯度关系

因空气层为蓝灰色，空气中还含有灰尘与水分，物体折射光受到空气和灰尘的阻挡，观看远处的物体就如同隔层蓝灰色薄纱，物体越远，纱层越厚，从而使物体的色彩、形状产生变化。明度和纯度越远越低，反之越高。越近明暗对比越强，越远明暗对比越弱。越近物体立体感越强，越远立体感越弱。所以利用物体的色彩与形状的清晰度梯次可以表现深远的空间，这就是空气透视。

在色彩、亮度、纯度、轮廓的清晰度等因素形成的梯度中，上述道理更为明显。达·芬奇提出的空气透视，就是越远色彩越灰、越淡、越暗、越冷，越近色彩越艳、越浓、越亮、越热，轮廓越远越模糊、越密集，越近越清晰、越稀疏。空间透视中，画面形象由近至远逐渐由大变小，由长变短，由宽变窄，由粗变细，由实变虚，由疏变密，由纯变灰，表现出来的透视变化与人观察实景实物的视象一致，其空间效果给人以真实感。

4．明暗关系

光照产生的明暗、阴影和投影都是空间的特定现象，体现了物质并存系列和广延的空间特征。因此正确地运用明暗及其暗影关系能产生三维空间感。投射阴影是指一个物体投射到另一个物体上面的影子，有时还包括同一物体中某个部分投射到另一个部分的影子。投射物体本身的暗部阴影实际上是与投射阴影直接相连的，并成某种角度。投影（包括间接光线的阴影）是三维空间的产物。它是非物质性的，可以随着被投射物体的空间体积形状而发生变化。因此，如果它是球体，投影就呈弧形；如果它是方体，投影就呈平面形；如果它是毫无秩序的非规则体，投影也就呈波折起伏变化的自由形。投影成了被投射体三维空间形态特征的鲜明标记。因此，投影是显示三维空间造型的有效手段，投影的变形程度越大，三维空间效果就越显著。如果物体明暗梯度柔缓，证明物体造型圆润；如果明暗界线分明，证明物体造型有棱有角。

5．空间方位

方位包括定向、方向与位置。定向是指物体在空间中的正立、倾斜、平卧、倒立，方向指在定向中物体的上下、前后、左右朝向，位置是物体在空间中所在的地点，三者均属空间知觉范围。方位如果离开了参照物就无法判断。例如，人对于上、下、东、西、南、北等方位的知觉是以天、地和太阳出没的位置为参照的。在绘画中，物体的方位是以画框为参照的，画框又是以直立的人为参照的。画框中取得定向的物体，并不会因为画框的倾斜而改变人们的方位知觉。

掌握空间方位有助于二维画面对于三维幻象的表现。

3.3.3 三维空间造型

雕塑、建筑以及艺术设计中的产品造型，都是利用实际的物质材料制作出具有实在体积与空间的艺术形象，这就是所谓的三维空间造型。运用体积创造体积，运用三维创造三维，它是一种可以触摸感觉的空间艺术。因观众的视点不同，三维艺术品放置地点的高低位置与光照的不同，以及采用的材料不同将使观众产生各种不同的视觉。

任何一个三维造型体的视觉概念都只能以三维物质媒介来加以再现，即以体积创造体积。无论是产品设计、雕塑、建筑都不例外，否则无法实现三维的造型。设计师通过实际的立体手段进行三维造型，从某种意义上讲，相似于画家通过二维平面进行绘画造型，他要像连环画家和长卷中国画家一样，要创造系列的连环画面。不同的是画家是在铺开的平面"画纸"上进行创作，而设计师是在环绕的竖立着的"画纸"上进行创作。尤其像浅浮雕，在严格意义上实际近于二维绘画，它和版画的木刻原版相差无几。

用木头、石头、塑料、金属等物质材料塑造的三维形象当然是无生命的，是艺术家、设计师赋予了它一种生命的形式，使人们对它像对待有机生命体一样，能激起情感和联想。它也是一种生命形式的空间幻象。

产品设计、建筑和雕塑同为三维空间造型，但产品设计、建筑的实用价值比审美更为明显，更为重要，所以它的"生命形式"常被人们忽略和遗忘，这里主要从造型艺术角度来分析。因为产品设计、建筑同样是占据三维空间的物质材料的造型，所以也叫空间造型艺术。它通过一个实际的场所（空间区域）创造"能动的体积"，如神庙、教堂、纪念塔、英雄柱以及最常见的房屋和各式各样的工具、生活用品。

有人称空间艺术为"凝固的音乐"，建筑是一种近似音乐的抽象表现艺术，又是空间造型艺术、视觉艺术。但不同于绘画二维空间和雕塑的三维体积，它是像容器一样内空的三维空间，此中二维平面、三维实体、虚实兼而有之。

3.3.4 建立在空间上的时间

建立在空间上的时间，对于造型艺术来讲，就是在二维平面或三维空间上，打破时空的局限，表现运动和时间。这必须借助人的情感与想象力以及丰富的生活和艺术经验。

1）可以运用连续性的组画、连环画、组雕、建筑群体形式，将运动和时间的各个主要环节、片段表现出来，以便于连贯成一个有机的时空系列。

2）选择典型的包含前因后果和来龙去脉的瞬间画面和动作姿态，扩大艺术意境，拓展时空。例如，利用自然界的周期现象，如月盈月亏、日出日落、春夏秋冬之景，以及人们的季节性行为，如春播、夏种、秋收、冬藏等，可以表现时间和季节。

3）运用比喻、象征手法刺激联想。这是利用某事物与时间概念的某种联系扩大意境，体现时空。例如，常利用有时间象征性的服装、物品来表现特定的时间段。根据不同历史时期和年代特有的人物服饰、发式、建筑、用具等造型的特点和生活风貌还可以表现特定的历史时期。这要求造型空间真实、含蓄而富于启发性和包容性。

3.3.5 空间的情感与欣赏

空间造型的点、线、面、体都是有表情的。点的大小聚散、浓淡疏密，线的曲直、立卧、粗细、平行与交叉、秩序与杂乱，以及面、体的不同形状均会引起不同的情感知觉。情感是随着形状的导向而变化的，形状抽象、模糊，情感也会抽象、模糊；形状具体，情感也会随之具体。

1．一维空间情感

点的疏密、聚散、小巧与粗重等，有轻松与紧张、运动与安静、轻盈与沉重的感觉。

线是点的运动轨迹，不同的线条能引起不同的情感联想。例如，垂直挺拔的线条使人联想起哨兵、旗杆、纪念碑等，产生一种刚毅、尊严感和升腾或下垂的力感；水平线使人联想起平原、大海、桌面、平躺的人等，产生广阔、平静、安宁、舒展的感觉；斜线使人联想起歪倾的物体，人的跌倒、前冲等，给人以动乱、危急、惊险、不安的感觉；几何折线使人联想到霹雳闪电、山崩地裂、铜牙铁齿、缺损破碎等，给人以紧张、坚硬、残酷、痛苦之感；自由曲线使人想起轻烟、浮云、流水、飘带、长发等，给人以轻柔、飘逸、流畅、活泼之感。中国绘画对线的研究极为精致，通过线条的长短粗细、刚柔徐疾、浓淡干湿、抑扬顿挫等线形态势，表现洒脱、秀美、滑润、泼辣、凝重等情感。

2．二维空间情感

面是点的聚集、线的横移运动。方形给人以方正、坚实、平静、威严之感，正三角形有稳定感，倒三角形有危机感，多角形有放射、不安之感，圆形有运动、饱满、完整、充实之感。

二维平面的造型无非是面积的分割和构成。作为写实性二维造型的空间情感自然要联系艺术形象的性质一起分析，如广场上的红旗与战场上的红旗其情感不同的。这里只就抽象的二维平面造型进行探讨。

（1）平面分割

以直线分割成两部分的对等面，呈对称状，有统一感；分割成不等同的面，大面有挤压小面的排斥感。曲线分割的面，呈凹凸自由形，互推互让，有一种对抗交流的热烈氛围。弧线分割的平面，半圆与半环有深入、亲和与开放、包容之感。

（2）平面构成

构成的面积大时，给人以阔大充实之感；面积小时，给人以孤零、冷清之感。构成的平面零碎散乱、不规则时产生混乱不安和晕眩感；构成的平面规则、整齐、秩序时，产生平静、和谐、安定感。平面分割中有种著名的黄金分割法，它将画框长与宽的边线长度规定为特定的比例，即宽:长=长:(宽+长)，比值为0.618，就是说这样划分的长宽比例的画面结构能获得最佳的均衡美感。

造型艺术中最富表现力的恐怕要数二维平面艺术——绘画了，因为它在情感的表现上最为集中、方便、自由。绘画可以表现灿烂的阳光、丰富的色彩、广阔的空间、剧烈的运动，表现现实与幻想、思想与行为。色彩与形状还可以表现触觉的冷暖、轻重、软硬、涩滑，表现味觉的甜、酸、苦、辣，表现平衡的动静、正斜、俯仰、旋转。

3．三维空间情感

影响三维空间情感的因素很多，如量感、质感、触感、节奏、运动、光影、色彩等，但作为三维实体艺术，基本艺术语言是体积，还有与之紧密联系的不可分割的空间关系。虽然空间无处不在，但是作为视觉艺术造型语言，毕竟要通过可见的实在体积（可见空间）这一物质媒介才能表现出来。无论是长方体、球体、圆柱体、圆锥体、三角体等各种三维造型形式，都具有各自的情感特征，或庄严，或活泼，或坚忍，或傲慢，等等。它们既基于基本形体的形式情感，又不脱离特定内容的规定性。罗丹的《思想者》中紧缩低垂的形体表现了思想的困扰。当然也有些三维造型形式不表现任何具体的内容，只表现一种建筑学意义的韵律节奏美感，这也是人们所需要的。例如，我国葛洲坝水电站的三角体几何雕塑，这是三维造型空间情感的直接外化。

三维空间造型是实在的立体物，故它不如二维造型那样表现得自由，但它有凝重明快的特点。美术家通过对素材的提炼取舍，塑造的三维形象能使人联想到没有被直接表现出来的行动与思想。凭借有限的动作姿态、体型服饰、结构和空间语言，表达更多的情感内容。比如，我国霍去病陵墓石雕的卧虎，只在一座巨石上略加雕琢，刻出几条凹痕，几乎是一个石头毛坯，但其勇猛雄健之形态昭然。

建筑是空间艺术，由于人们欣赏建筑空间时是非静止的，建筑艺术对人的感染不只限于一瞬间，而是一个时间的流动过程，因此也可以称为四维空间艺术。空间的形状、大小、方向、开敞或封闭、明亮或黑暗都可以对情绪产生影响。比如，一个宽阔高大明亮的大厅，会使人心情舒畅；一个虽宽广但低矮且昏暗的庙堂，会使人感到压抑甚至恐怖；一个狭长而无比高大的哥特式教堂，将使人联想到上帝的崇高与人的渺小；紧凑的住宅空间使人感到温馨亲切；开阔的大广场令人振奋，等等，不同的空间会表现出不同意趣的感染力。

自然的尺度感意味着建筑形式平易可人，偏于实用性与理智性；迷人的尺度感，源自优美的建筑形式，其特点是温馨宜人；撼人的尺度感，源自壮美或狞厉的建筑形式，或其形象突兀乖张，夹带着崇高感或恐怖感。

中国建筑讲究铺张舒展，和环境照应；西方建筑讲究突出主体体量，突兀高耸。人们感到庙堂神圣崇高，宫殿堂皇富丽，园林幽静清雅，住宅恬适祥和，这是建筑的风格气质和人的生理机制、心理情感相一致的结果，是种"物我同一"的表现。

建筑的审美感首先由环境与空间关系所引起，建筑与自然环境的地形、地貌的不同匹配，以及大建筑群的不同组合形式所构成的观赏序列，可以形成不同的美感效应，如开朗、幽深、雄健、柔和、神圣、亲切、恬适等感觉，这种感觉是感性的、朦胧的，只可意会不可言传，比较抽象。由建筑空间的实体造型引起的情感是较深入的层次，可摸可触，掺入了认识的理性因素，经过分析综合，能细腻而透彻地掌握建筑的气质与风格，这时建筑的形式美中融入了社会性、时代性和民族性。比如，古希腊建筑潜心推敲各部分的和谐比例，罗马建筑致力于表现巨大豪华，哥特式建筑追求飞腾朦胧感，文艺复兴建筑又转而寻找肯定感和节奏感。中国建筑不追求单座建筑的新奇，而讲究运用最简单的单元组成最丰富的群体，即使一座单体建筑也是由若干最基本的单位重复组合而成的，这是中华民族的群体意识、利他意识、统一意识等民族意识积淀而成的。这就不只是情感知觉了，还包含了一定的社会道德意识和哲学观念。

3.4　材质

3.4.1　材质艺用的历程

艺术设计成果的认识只有通过物质的表现传达出来，这种艺术设计的表现才算完成。如果没有材料这一沟通主观认识与客观表现的语汇，艺术设计只是意象而不会成为对象化的物化的造型。所以没有材质，便没有艺术设计的造型。材质范围很广，矿物、植物、动物、土、石、金属、水、油及其人工合成材料等都是艺术设计造型的物质材料。物质的客观性、物质性、三维空间性适应了艺术设计造型的空间性、可观性和永久性。作为现实存在的物质材料，它是艺术设计的造型得以形成的基本前提。人类将物质材料运用于审美功能方面的历史悠久，从最早的石器时代到当代信息时代，无时不在。石器的磨制，让人们喜爱上各种石料的色彩和光泽；骨、角质的洁白单纯和细腻柔润，被人们常用做装饰品，如项链、手链等。在石刀、骨刀、象牙筒、陶器上刻绘饰纹图案，并且还有木、骨、石、玉、陶等各种质料制作的专供巫术、审美性功能用的最早的工艺品，如祭器、随葬器、护身符、各种崇拜物等。实用器一旦采用稀有珍贵的材质，且经过高精度加工，使之几何化、完美装饰化，它们就会逐渐脱离实用功能，而成为独立的审美艺术品。

材质作为现代设计形式语言的主要语汇之一，其重要价值还主要体现在艺术设计的造型上。比如，现代电子产品常用的各类塑料，金属工艺常用的铜、锡、铁、铝等。剪纸、风筝、纸花、彩灯等多以纸为材质。贝壳镶嵌、羽毛贴画、驼毛贴画、皮毛画、象牙雕刻等在运用动物材质上有新的发展。树皮贴、麦秆贴、竹刻、椰雕、木雕、藤编、草编、棕编等充分利用植物材料的天然色泽和柔韧性质，用精巧的手艺将普通的材料编织加工成实用美观的工艺物品。

当然，直接用做绘画造型材质的颜料、调和剂、墨、画布、画纸、壁面及其他绘画载体等，能够更直接作用于艺术审美，其材质特性自然不可忽视，但它们本身天然的特质，如色彩、光泽、纹理、肌理、结构密度、硬度等的独立美感价值不如非绘画的造型艺术的材质美重要。在以三维空间为主的现代艺术设计的造型中（如环境艺术设计、产品设计、服装设计等），天然材质和人造材质不仅起着物质媒体的重要作用，而且本身的材质美有着独立的审美价值，它们本身虽非艺术形象，但能传递某种抽象的情感。

3.4.2 材质的表现力和因材施艺

艺术设计中的造型艺术既是视觉艺术，又是空间艺术，它的物质材料媒介对造型既有制约作用，又有支撑作用。材质的物质性是客观存在难以改变的，我们应该从实际出发，加以选择、利用，发挥它与特定造型相适应的质地特性和表现力，因材施艺，使其为艺术造型服务，增强审美价值。

大多数艺术设计品都是根据材料的质地，特别是材质的固有色和天然纹理，加以充分利用，并在此基础上进行造型设计的，这会使材质的天然美得到保持和发挥，这比人为地加工更显自然、智慧、亲切和美妙。如果强制性地改变天然特质，会显得做作，费力不讨好。由材料得到启发，由设计而使材料的美感发挥到极致，取得设计思想与材料特性的和谐统一是造型艺术的原则。材质的质量特征须符合一定的造型需要，不同的材质如金属、合金、石、木、塑料及其他合成材料等，应使用不同手法以发挥其质料的长处，合金、木材、塑料等用来体现灵巧，重金属、石材等宜用来表现凝重浑厚。

材料的质感在造型中不可忽视，因为人们对于空间艺术除视觉外，还喜欢触摸，货真价实的质感，使人产生一种信任感。如紫砂陶器，本身质地温润，光泽含而不露，有一种与生俱来的自然美，只需稍加装饰点缀即可；如果画满繁琐的纹样，涂上复杂的色彩，反而会弄巧成拙。玻璃器皿通明透亮，光泽夺目，如果大施纹彩，反而会弄得暗淡无光，破坏了原来的质地美。艺术设计的造型要能充分恰当地利用质料本身的天然之美。这种"利用"不是偷懒，而是一种创造，要善于发现材质美，利用材质美，使设计与材质吻合得体。

材质的天然特性真实亲切，自然淳朴，长期接触使人感到适宜可靠。自然材质的加工难度较大，精工制作的技巧和手工劳动使造型又增加了技巧美感，给艺术设计作品增加了附加值。历史的积淀，使人们偏爱用天然材质，即使当今随着科学的发展，新材料、新物质不断涌现，但是人们对于天然材质的偏好始终未减。钢铁、玻璃、塑料、化纤等人造材料大都给人以生硬、冷漠、疏远等不适之感，人们为了改善人工材料与人类感官的亲和性，便以自然为师，制造大量的"仿真"材料，如仿珍稀木材、仿天然大理石、仿真毛、仿真皮、仿真丝等，它们除了外观逼真，在各种理化指标上也尽量接近或超过天然材料，有的甚至达到真假难辨的程度，使人造质材具备了天然质材的实用与审美价值。例如，毛茸茸的玩具熊猫，造型新颖的仿真皮手袋，紫檀木似的组合家具等，人造材质的表现力比天然材质丝毫不逊色。

建筑材料的质地尤其影响其造型表现力。或生硬或柔和，或粗糙或细腻，或坚实或疏松，等等，建筑材料性质不同，建筑形式给人的情绪感受也就不一样，从而影响建筑形式的审美风格。石材给人的感觉生硬冷峻，木材给人的感觉温和亲切。冷峻的建筑重理性显其崇高，温和的建筑重人性显其优美。建筑材料在公共建筑物的外墙宜多用石料，外部造型就显得坚固、挺拔、粗犷、雄伟、稳重有力，有撼人的气势。但是内部装修的材质如再用石料或者金属材料，就会显得冷酷、疏远、阴森不适、不近人情。最好使用天然的动植物材质，如地面用木质地板，铺地毯，四壁粘贴装饰墙布等，这样的材质氛围一定会给人以温馨、亲切、安宁、舒适、极富人情味的美感。

建筑材料的质感，可以通过一定的技术和艺术处理，改变其质料的外貌而获得新的情绪感受。如嫌水泥柱子过于生硬，可将它的外形与色彩做得像竹或木柱子一般光润温和。通过加工可掩盖或改变原建筑材料质地生硬粗糙的外貌，也可使本来细腻光滑的材料外观变得粗糙生硬，以获得粗犷崇高感。

花岗岩石、沉积岩中的石灰岩和砂岩、大理石等种类繁多，加工较方便，是现代建筑、雕塑常用的材料。

金银是贵重的金属材料，光泽夺目，适于制作小巧精致、华贵的装饰物品，如首饰、佩饰、奖杯、徽章、皇冠、金印、高级餐具、灯具、货币、钟表、笔尖等。但如果滥用，不仅不经济，反而失之轻佻。

各种各样的材质都有其独特的艺术表现力，只要因材制宜，因材施艺，就能有效地丰富造型艺术语言。

3.4.3 材质美和技巧美

造型艺术需要用现实的空间实体来创造艺术的空间，用三维的物质材料创造艺术设计作品。艺术设计包括建筑环境艺术设计、服装设计、工业设计、平面设计等，它们的艺术审美价值和艺术创作技巧是众所周知的，但是用来创造艺术设计空间的造型语汇之———物质材料本身所蕴含的自然美和通过移植、重构、征服这些材质的技巧美，则往往被人忽视和误解。只有艺术设计师自己和有这种审美修养的人，才会有清醒的认识和理解，并把造型艺术中的材质美和技巧美当成不可缺少的形式美因素，并予以足够的重视。

因为材质美和技巧美是客观存在的，并且在艺术造型完成的同时，深刻地影响着审美情感。材质客观存在的自然美与人的审美理想相和谐，使它成为人的审美对象。材质美是自然天成的，不是人工创造的，由它引起的联想、想象、比喻、象征及审美情感是由于这些自然材质本身包含着与人的社会心理相适应的审美客观性。

生理快感、舒适感是美感赖以发生的基础。造型艺术中的建筑和艺术设计作品，人们对于它们的占有不同于绘画和雕塑，首先是作为物质性使用对象的占有，往往精神欣赏性是在物质性使用过程中和过程后实现的。

材质是造型艺术的物质基础，是构成造型艺术形式美的第一要素。造型艺术的各个门类使用不同的物质材料造型，从而可形成各不相同的艺术特色。用于造型的材质很多，材料的硬度、柔韧性、吸湿性、透气性、热导系数、光学性能等材质素质、外观和触感千差万别，它们给人的感觉也各不相同，有宜人的，也有不宜人的，这样材质的审美情感便有了优劣、美丑之分。

1．材质美

材质美就是材料的质地与肌理给予人的快适感受。研究材质的目的，是为了恰如其分地选择和配置材料，加强材料的表现力，使材料合乎艺术设计造型整体的美感要求。

同一种材料由于加工工艺的不同也会导致表面质感、色泽、肌理的变化。如同是玻璃，但透明的、磨砂的、乳白的、刻花的、茶色的、镜面的等不同性质的玻璃会给人不同的美感。不同品种的木材，如花梨木、水曲柳、松木、白蜡木等，各具不同的审美特色。纺织品由于原料、纱支粗细、经纬纹理、织法与手感的不同，更会千姿纷呈。

材质美如此多样，我们必须从功能性和宜人性出发加以选择。比如，室内设计中，卧室宜亲切，应多用柔软材料，少用冰冷的生硬材料。厨房与卫生间要保洁，相反可用硬材料，如瓷、石、水泥、金属等。人的肌肤常接触部分，如床垫、沙发垫、靠背、扶手、器物工具的把柄、墙裙等，宜用竹、木、草、藤、橡胶、皮革、棕、麻等中性材质。衣服、鞋帽、手套、头巾、被褥等，宜用棉、麻、毛、呢绒、丝绸、纤维织物等触感舒适材质。

用不同的材质造型可以产生不同的审美风格。比如建造同样的中国式亭阁，用木材或用石材，虽都造型优美，但前者是"温情脉脉"的优美，后者是"冷美人"式的优美，个性风格不同。木材、石材、青铜等材质造型能给人以古典式美感，铝合金、钢筋、水泥等材质造型则具有现代风貌，玻璃钢、塑料和人造板材等材质造型现代感将会更强烈。可见材质对艺术造型风格有很大的影响。

2．技巧美

《考工记》中提出"天有时，地有气，材有美，工有巧，合此四者，然后可以为良"。说明材美还要工巧相配合。材美包括材质的物理性能、体表形状以及蕴含的审美因素，大多数材质美要经过人力加工才能显露，"玉不琢不成器"，再名贵的木材也要靠表面的刨平、磨光、打蜡或漆饰，才能展示其美，所以技艺技巧的美不可忽视。所谓"审材度势"、"因材施艺"，艺人要顺应材料的天然条件施展技巧，匠无良材如同巧妇无米，材质美是基础，但有良材而无加工技巧，材质美是不能被充分显露的，只有材美工巧，方可完美展现艺术设计的美。

人工技巧表现了人的本质力量和智慧，突显出一种人工的"技巧美"。

材料的物质特性为艺术表现提供了一种可能性，而衡量艺术表现力的高低则取决于对材料特性的熟悉与技巧的运用，好质材还要好的加工技巧，征服材料和发挥材质特质的巧思与技能体现了人的创造力与智慧，注入了人的劳动与情思，这种人的本质力量的美——技巧美也是人的审美对象。人的本质力量对象化、物化为造型艺术品，而人反过来又从造型艺术作品上欣赏自己的劳动创造，直观自身的本质力量，在情感上获得愉悦，这就是技巧美的欣赏。罗马圣彼得大教堂，巴黎圣母院、埃菲尔铁塔等建筑的材料中体现着石头和钢铁的硬质美，同时表现出建筑艺术家们的材质征服技巧和聪明才智，体现了当时人们自信、宏大、雄伟、崇高的人本主义美学理想。

本章小结

　　本章重点讲述了现代设计的形式语言中存在的基本语汇，解决设计的形式语言形成的基础问题，详细地对形态、色彩、空间、材质等形式语言的基本语汇的原理、实用功能、情感表达等内容，逐一进行分析，为后面的实际应用打下良好的基础。

思考题与习题

（1）收集关于形态、色彩、空间、材质等方面的图片，对照本章的内容，加深对其理论知识的理解。本章没有附图的原因是给大家以更多的想象空间和资料收集空间。

（2）从以上收集的资料中寻找新颖而独特的知识点、观点，或是有趣的设计图片，整理归类，相互交流讨论，试着撰写论文。

（3）思考在今后的设计中如何运用形式语言的基本语汇，画一些基本语汇的资料收集草图，既练笔又梳理了思路，一举两得。

第 4 章 形式语言的基本语法

学习目标

（1）了解形式语言的基本语法知识。

（2）掌握加法、减法、挤压法、变形夸张法等形式语言的基本语法的概念及其实际运用等核心内容。

学习重点

加法、减法、挤压法、变形夸张法等形式语言的基本语法核心概念及其使用方法。

学习建议

（1）将本章所学的语法知识运用到设计实践中，在具体的设计实践中体会形式语言的语法运用方法。

（2）到现实生活中寻找一些形式语言的基本语法应用的案例，加深对本章理论内容的理解。

（3）多参与设计实践，结合前几章学习的内容尝试完成既定设计命题。

上一章主要讲解了形态的千变万化，空间的多姿多彩，色彩的丰富多变，材质的林林总总，如此丰富的语汇，靠简单的排列是无法组成我们需要的形式语言，它需要有效的语法来组织。正如文字，乱排一气是无法看懂的，有了语法，就能形成不同的句型，表达不同的意思、情感、意境，形式语言的语法就是这个作用。

现代艺术设计中的形态分为有机形态和无机形态两种类型。有机形态具有生命特征，在设计中，创造具有生命的形式特征与生命力的情态特征的有机形态（曲面形态）是一个常用的手法。另外，在现代艺术设计中，更具时代和流行特征的产品都是以无机形态呈现的，这类形态从纯粹性的几何形体出发，体现出严谨、理性而冷漠的特征，在工业化批量生产的时代，更像是现代化的符号。现代设计中最为常见的形式语言语法有加法、减法、挤压法、变形夸张法和符号学等。

4.1 加法

加法也称叠加或组合，主要是指由两个或两个以上的相同或不同的基本体（如球、锥、立方体、面立体、线立体等）进行直接叠加或嵌入叠加。

形态组合的形式语言主要运用在解决产品构成形态之间的关系方面。通过叠加效应的形式语言使产品造型形态更为饱满和更具变化，叠加形相对于产品的整体而言，呈现出线或面的感受，同时线与面呈现出不同的体量感。这种形式语言，尤其在高科技产品与电子类产品中的运用，使产品令人感觉更富现代科技感。形态组合形式语言在运用上还有两种特殊情况：

1. 环绕——线的叠加

运用直线、曲线、规则或不规则的线条对面进行叠加。图4-1所示是德国Sedus Stoll公司的Crossline系列椅子，用环绕的形式语言强调形式之间的灵活的内饰结构和固体椅架和谐共生。图4-2所示是一款Schultze WORKS复古计算机设计，这款计算机即使是如此复古的造型，也并不显得陈旧，反而有一种反现代的时尚感。这一套产品中，显示器、主机及键盘皆运用了"环绕"这一形式语言，用高亮光的金属材质将各部件环绕一圈，起到了很好的装饰作用。图4-3所示是索尼公司的产品Rolly，其集合了MP3、蓝牙音箱、玩具等多功能于一身，环形灯嵌入到扬声器单元，使蛋形的产品充满了科技感和生命感的交融。图4-4所示是Mazda-cx-7的中控台设计，用金属材料以线条环绕的形式使中控台的造型简洁醒目并具有科技理性的色彩，这类环绕的语言在汽车的设计中尤其盛行，如镀铬条形在车身及内饰设计中的大量运用。

图4-1　德国Sedus Stoll公司的Crossline系列椅子

图4-2 Schultze WORKS复古计算机

图4-3 索尼公司的产品Rolly

图4-4 Mazda-cx-7的中控台设计

2．包裹——面的叠加

运用各种不同特征的面对整体进行局部叠加，局部与整体之间的比例与体量的关系使整体形态变得生动而富有变化性。图4-5所示是飞利浦SPA5300音箱，大体积的低音炮和小巧的卫星音箱，均采用开放式的前脸设计，为增加前脸形态的丰富性与空间感，其设计语言采用了对称曲面的叠加——包裹语言。图4-6所示是索尼公司的Cyber-shot DSC-T77数码相机，在有目的地抽离装饰元素所形成的简洁的风格特征中，采用了平行直面的包裹语言。图4-7所示是X-Pro剪刀，通过橡胶材质的包裹语言的运用获得更好的手感，该产品通过杠杆结构和优良的人机工学，能够精确切割50mm^{2}截面的铜或铝制电缆。图4-8所示是日本日立电动工具，通过包裹语言的运用，使原先的电动工具常见的形态产生新的变化——充满力量感和速度感，很好地凸显了电动工具的性能，并与电动工具其他品牌形成差异。

图4-5　飞利浦SPA5300音箱

图4-6　索尼公司的Cyber-shot DSC-T77
　　　　数码相机

图4-7　X-Pro剪刀

图4-8　日立电动工具

4.2　减法

　　减法也称减量法，包括分割、切削（形体表面的削减）、叠减（不同形态的重叠部分相减）、镂空等。

　　产品结构、功能的语意传达，可以通过形体分割切削的形式语言得以实现。分割语言是通过将整体或有联系的形态、构件分开，切削语言则是通过将整体形态进行局部去除。通过形体分割切削的形式语言，产品能避免形态上单调的感受，获得新颖的和富

图4-9　诺基亚7500

有联想的形态。图4-9所示是形体分割切削的形式语言在诺基亚7500手机造型中的运用，棱面屏幕和菱形键盘与直板手机采用的形态相比，进行了一定的切削，按键之间采用钻石切割形式，使该款手机更加简洁时尚。

形体分割切削形式语言在运用上主要有以下三种情况。

1．分割

分割主要指在已形成的形体表面，用凹凸线条进行规则或不规则的划分。分割主要通过几何线形式，通过规则间隔形成隐性分割线或者结构线、分模线的实际分割线。分割的形式语言在丰

图4-10　诺基亚N82手机　　　图4-11　LaCinema坚固硬盘

富产品形态的同时，能使形态单调的产品更具理性和可理解性。图4-10所示是诺基亚N82手机按键的分割线，将按键中的功能键与数字键进行有效的分割，增加对操作功能的理解，产品显得更为理性。图4-11所示是LaCinema坚固硬盘，在简洁的形态中运用分割线的语言，使原有形态不再显得单调。

2．切削

切削主要通过几何面形式，增加衔接面或者对面的直接切削。切削的形式语言在形式上的运用，主要体现为内陷切削、外凸切削和功能形态切削三种形式。图4-12所示是滑盖手机设计和机顶盒设计，分别采用内陷切削和外凸切削的形式语言，以丰富局部形态，同时体现出形态契合的理性与科技感。图4-13所示是针对操作区域的功能形态切削，使产品的功能得到进一步理性凸显。图4-14所示是威刚N702U盘，采用菱形钻石切割的外观设计，同时搭配镜面铝合金的材质，使简洁的方体产生科技与优雅的美感，既是U盘又是挂饰。

图4-12　滑盖手机设计和机顶盒设计

图4-13　针对操作区域的功能形态切削　　　图4-14　威刚N702U盘

3.镂空

诸葛铠教授在《图案设计原理》一书中是这样说的：当立体的或半立体浮雕式的造型中出现封闭的图形时，就产生了镂空的效果。镂空的形状同样是内部与外在的一部分，是一维分界

线的内部轮廓……镂空可能因功能而产生，或者仅仅是装饰的需要。这段话不仅对镂空下了定义，而且指出产生镂空的原因，或者说对镂空进行了两种形式的划分，即功能性镂空和装饰性镂空。

人们对建筑与产品的物质功能和精神功能的追求，使人们更加认识到镂空在现代设计中的重要性。

首先，功能性镂空在建筑和产品设计中占据了很重要的地位。所谓功能性镂空，就是指因为功能的需要而产生的镂空。一般设计者只能决定其形状、大小、多少，而不能决定其取舍，如建筑设计中的窗，产品设计中家电的散热孔，汽车的玻璃、窗轮毂等（见图4-15）。这些因功能而产生的镂空，在设计中也称为虚形，其形状、轮廓的设计，在设计中与实形设计同样重要，甚至更重要。如果一辆流线型的现代的轿车，配上古老的中国式花格窗，其效果是滑稽的。虽然它很有个性，也具有原创性，但是它对镂空部分的处理没能和整个车的造型完美地结合起来，忽略了镂空（虚形）的轮廓设计，故而产生的造型是失衡的，不协调的。所以，在现代设计中，一定要注意功能性镂空（虚形）部分的轮廓线的设计。一个好的功能性镂空的设计不仅能完善建筑或产品的功能，而且对产品造型的整体感和协调感也起着重要的作用。

图4-15　功能性镂空在产品中的应用

在具体的设计实践中，功能性镂空的设计要注意以下几点：

1）功能性镂空的设计要做到镂空部分（虚形）的轮廓线和实体造型的线型风格的统一和协调，切不可因功能需要而生硬地镂空，否则会画蛇添足。

2）功能性镂空的轮廓线在和实体造型风格统一的同时，还要追求最大限度的变化，尤其是在方形实体的造型中。如果一味地追求功能性镂空的轮廓和实体造型的线型风格的一致，则会产生单调、生硬感。

可以利用纯几何图形形成的点状来丰富功能镂空的轮廓形状，最大限度地让产品造型的线型风格与功能镂空相互协调，而又生动活泼，富于变化。

3）由于功能性镂空的不可舍弃性，往往会给造型的整体设计带来很多障碍，使造型的实体空间和虚体空间产生矛盾，如散热孔的位置，喇叭音窗的位置，车轮轮辐的形状，紧固螺钉的位置等，因而在产品设计中，产品造型设计师要与结构设计师和电器设计师协调，共同利用好功能性镂空所带来的空间，使功能和形式达到完美的统一和协调。

装饰性镂空在产品设计中也起了很大的辅助作用。装饰性镂空就产品设计而言是一种设计的装饰手段，它能使产品的局部与整体协调，也能使镂空产生的背景和整个环境相互"流动"，随环境的变化而不断变换背景。例如，座椅的靠背，有几何形的镂空，也有网格的结构，也有具象的镂空。有些家电为追求对称或形式美也做镂空装饰（见图4-16）。但从总体上看，现代设计的装饰性镂空形状趋于简洁，不提倡精雕细琢繁琐的镂空。

图4-16　装饰性镂空

因而，现代设计中装饰性镂空设计一般遵循以下原则：

1）可有可无的装饰性镂空坚决舍弃。

2）为了配合功能性镂空而设计的装饰性镂空要尽量简洁，并与功能性镂空相匹配，相协调。

3）装饰性镂空的形式要简洁，而且要有规律。

总之，在产品设计中要充分利用现代新科技、新材料、新工艺的优势，科学合理地运用镂空原理，使虚实间的结合多种多样。有效地利用构成原理，使产品的镂空设计符合形式美的基本法则，如比例与尺度，均衡与稳定，统一与变化，节奏与韵律等。通过镂空原理在现代艺术设计中的运用，使现代设计的内容更加丰富。

4.3　挤压法

挤压法是对已形成的形体，根据力学原理，在一个或多个面的整体或全部施力所形成的结果。

挤压是用冲头或凸模对放置在凹模中的坯料加压，使之产生塑性流动，从而获得相应于模具的型孔或凹凸模形状的制件的锻压方法。坯料一般为金属材料和塑料、橡胶等非金属材料。挤压的结果产生凹凸造型，挤压造型在产品中的表现形式有凸起、凹陷和咬合（见图4-17）。凸起、凹陷和咬合语言运用在造型处理上，形成点、线、面的特征（形态元素特征），通过形式和功能说明的手段进行语意传达。现代设计中，由于信息技术的发展，许多产品形态呈现为高科技特征下的盒子形态，而千篇一律的盒子形态会让产品变得乏味，因而在形式语言的运用上，采用挤压造型一方面能够丰富产品形式，这种丰富本身带来形式上的视觉美感，如消除高科技产品的冷漠感，增强形式上的意象（见图4-18）；另一方面能够进行更多的功能说明。例如，通过凹凸增加摩擦力获得更好的支撑防滑和操作手感（见图4-19），或者阿斯顿·马丁汽车造型设计中通过凹凸造型提供出色的空气动力学效应（见图4-20），再或者电子产品设计中通过凹凸造型对操作功能区域、显示功能区域进行有效说明（见图4-21）等。

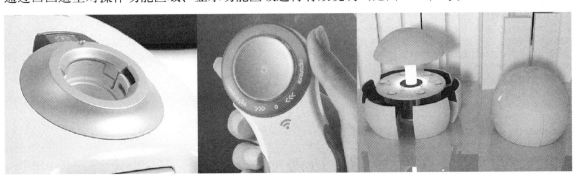

图4-17　凸起、凹陷和咬合

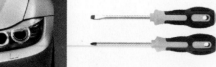

图4-18 宝马汽车车轮外凸令车身更显宽厚而结实

图4-19 手柄部分的凸出和凹陷

图4-20 车身侧面与车尾导流槽

图4-21 显示屏的凹陷与操作按键的凸起

挤压造型在运用上主要有以下两种情况：

（1）整体形态

现代产品往往在形态上趋于整体化、简洁化，如消费类电子产品的设计，大多是从盒子形态出发，但是大面积没有变化的平面很容易给人枯燥乏味的感觉，通过对形体形态进行凸起、凹陷或咬合，形成整体形态的某种倾向性变化，可以获得更丰富的视觉感受或满足使用功能。图4-22所示是普拉斯顿公司的加湿器，整体形态在圆柱体的基础上进行整体的微微凸起，形成整体形态上更为稳定的视觉倾向。图4-23中，键盘在设计中针对面的整体凹陷，使键盘在形态功能上体现为操作更舒适。

（2）局部形态

产品设计中一方面局部形态上运用挤压造型的形式语言，能使整体形态产生丰富的细节感；另一方面因为产品结构或功能的需要，在对应的局部形态上运用挤压造型的形式语言，能使整体形态更为紧凑，或者使产品功能形态得以凸显或区分，如操作功能区域、显示功能区域的凸显或区

图4-22 普拉斯顿公司的加湿器

图4-23 键盘设计

分等。图4-24所示是韩国三星的WF337洗衣机，整体形态在方体的基础上，将面板区域的形态相对于操作者进行10°的倾斜，在视线水平提高人体工学的舒适度，柔和圆润的简约设计以视像化凸显产品的品牌形象。图4-25所示是韩国Woongjin Coway公司的Petit净水机，在操作功能区域的形态上运用凸起与凹陷，丰富面板形式的同时，也强化了产品的功能。图4-26所示是三星SGH-U600手机和WEP410蓝牙耳机，运用挤压造型语言分别对功能按键和数字按键进行强化。图4-27是中国台湾大同

图4-24 韩国三星的WF337洗衣机

图4-25 Petit净水机

公司iHaloo VOIP网络电话摄像头，显示屏的凸起形成Z形线条形式，既将显示区域与操作区域进行合理区分，又是人机工程学考量的结果，让使用者通话时体验绝佳握感。

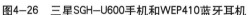

图4-26 三星SGH-U600手机和WEP410蓝牙耳机

图4-27 iHaloo VOIP网络
电话摄像头

4.4 变形夸张法

变形夸张法是指对所塑造的具象形态和抽象形态的整体或局部特征进行适度的夸张变形（包括形态、色彩、材质等），以夸大其表现力。

4.4.1 变形

广义而言，变形是指客观事物反映到主体意识中，其形象所发生的有别于客观形象的一切改造，包括整体变形和局部变形，既有夸张又有削弱。狭义的变形是指违反生活真实性和视觉形象客观真实性的改变。艺术设计中的变形是基本的造型手法，而建筑的空间关系的处理渗透着某种社会意识，对生活的变形更为隐晦间接。在艺术设计的造型上，对事物形象加以变形描绘，对不容易一目了然的、引起观众猜疑的形象用变形和夸张的方式来表现，为的是更清晰地显示它的本质特征。在形式感上，则突出矛盾特点，强化差异，产生审美亮点。

1. 客观事物在头脑中变形的原因

由于艺术是社会生活在人的头脑中反映的产物，事物进入头脑的第一关是感觉，感觉都是主观的，这是艺术变形产生的根本原因。其一，人的视觉器官存在差异，视觉器官并非物理仪器，经常受到主体生理机能的各种影响和限制，时时会产生错觉和幻觉。其二，人的视觉不是眼睛在孤立地行使，而是人的整个视知系统在工作。人对于外界事物纯粹的生理感觉和知觉也是极为罕见的，客观事物通过视觉感官映入大脑，必然要和以往的感觉经验以及特定的心理状态相结合，而客观的物理状态与主观的心理状态无疑存在着差异和矛盾，客观感觉总是要受主观心理的影响而发生改变。其三，客观存在事物一旦通过视觉感官感知，并以印象记忆方式储入大脑后，随着时间的流逝，这一印象必然要受遗忘的淘汰筛选，同时又受到新的外界映像的烘染、辉映、浸润和补充，使它某些方面增强突出，而某些方面削弱冲淡，这自然要发生一系列变化。

由此可见，客观事物反映到大脑在未进行艺术创作之前，就由于上述原因而有所变形了。

2. 客观事物在艺术创作中的变形

对上述感性材料的加工创作，更是主观性的创造活动，艺术地把握世界是一个将客观事物加以审美意识化的过程，这一过程中情感活动极为重要。情感是个极不稳定的东西，受客观刺激以及个人气质、素养、性格、心境等种种因素影响，变化无常。另一方面，加上特定创作需要的能动的改造、重组，通过想象、移情、象征等方式，对外界映像进行又一次变形。

在将构思加工好的艺术意象客观化、物化的创作表现阶段，又会由于艺术设计类别、造型物质材料、造型表现手段和技巧的不同，需要对艺术形象再次进行变形。

总之，从客观外界事物的自然形态到一件完整的艺术设计作品的诞生，是一个复杂的千变万化的过程，这个从物象到意象，再到艺术形象，即从"眼中之竹"、"胸中之竹"再到"手中之竹"的过程，就是造型艺术创作变形的全过程。

3．艺术设计和装饰的变形

由于实用的需要，艺术设计受物质材料和工艺制作的限制，必须对造型形象进行变形，改变正常的模仿形象。因为从生活中或自然中得来的客观形象是粗糙的素材，不一定合乎设计要求，必须经过整理、改造、取舍，即经过变形处理，才能用于艺术设计。自然形态的素材多而杂，带着原来的自然本质，不易符合工业生产的制作条件，需要提炼加工，使之适应一定的制作材料、生产工艺与实用功能。这个提炼处理过程就是变形设计过程。

尤其是艺术设计和建筑艺术设计，不仅要符合实用需要，更要讲究审美需要。美观、宜人、实用是艺术设计的主要目的。因为艺术设计，尤其是产品设计，不像美术作品专供人们欣赏，它们处在生活的汪洋大海，即受诸多条件的限制，因此必须鲜明、简练、强烈、夺目。这就决定了艺术设计装饰的基本特征。为了创造引人注目的外观形象，必须对客观事物的自然形态做人为的加工与改造，要强行改变，甚至"削足适履"，这在产品设计中表现得尤为明显。装饰色彩也要求化繁为简，不拘泥于光色的千变万化，强调应用性色彩，偏重固有色的对比与调和。讲究以少胜多，以一当十，使所设计的形象单纯化、平面化、秩序化，强烈鲜明，一下子能抓住人的目光，如图4-28所示。

图4-28 产品设计中的变形

4．变形是造型艺术表现的基本法则和普遍手法

变形是艺术设计创作中重要的艺术手法，也是符合艺术科学规律的艺术必然现象。变形即在创作过程中对客观事物的固有形态做出有意或无意的改变，这种改变可以是形态上的，也可以是空间上的，还可以是色彩和材质上的，甚至可以是心理上的。具体地讲，有形状姿态的变形，也有色彩的变相，还有材质、空间距离和位置的改变等。例如，正方形变斜方形（平行四边形）、梯形，或圆形变椭圆形，平面就有倾斜之感，还有向第三度纵深过去的空间感。

对于具体的作品，如一座建筑，一尊雕塑，一幅绘画，一个产品等，其变形往往不是单一的，而是综合性的。不同的艺术设计创作方法，变形的角度和程度会各不一样，如现实主义的设计作品变形较谨慎、细腻、隐蔽，而浪漫主义的设计作品变形较显著、强烈、夸张。

不管你愿意还是不愿意，造型艺术中或多或少都会有变形的现象产生，有的是不自觉的，有的是自觉的。不要把变形看成是非同寻常的偶然性的东西，它是艺术造型表现的基本法则和普遍使用的艺术手法。艺术设计变形应该遵循实用、美观、宜人的规律，遵循内容与形式辩证统一的规律，遵循艺术反映生活的规律，并适当考虑民族的欣赏习惯与消费者的欣赏水平。

4.4.2　夸张

夸张是艺术设计变形手段之一，是一种更为强烈的变形形式。变形不一定都用夸张，而夸张却是与写实相对立的一种变形。艺术设计中的夸张对表现事物本质特征是有益的。艺术设计中的夸张是一种有目的、有节制的艺术表现强化剂。当艺术设计要表现事物的特征和本质时，不能不借助具体形象与某些生活情节的夸张。为了使表现取得既省笔墨又鲜明准确的效果，必须舍弃和剔除一切繁琐杂乱的东西，集中突出本质的东西，使艺术设计作品比现实生活更高、更强烈、更集中、更理想。

夸张的具体手法就是对表现有关本质和特点的部分加以特别的强调，但不能脱离生活和事物的本质做随意的变形，要以生活为依据，不能无中生有。夸张中必须借助艺术的想象力，丰富的想象力是夸张的源泉。

在造型上的夸张，要鲜明有力地突出所设计作品形象的本质特征。根据创作的特定需要，对物体的形状、色彩、材质以及空间关系按理想进行夸张变形是必要的。哥特式的尖屋顶在实用上未必需要那么高，但为了表现人们那种向往天堂、崇拜上帝的宗教热情，故意将屋顶拉长升高，这是一种建筑艺术形象的夸张，如图4-29所示。

图4-29　哥特式建筑

总之，夸张手法在构思构图、塑造形象、空间透视、用笔、用色等方面都可以运用。夸张不单是指对事物形象的显著改变，也是对主体感受的一种强化。对事物本质的透彻的了解与掌握，会情不自禁地使用夸张，企图使其本质印象深刻。当然，如果夸张不切实际，就会陷于盲目，流于荒诞，也就达不到强化事物本质特征的目的。

4.4.3　变形夸张的本质

变形不外"整平"与"尖锐"二法。"整平化"就是简化，使构图统一，使对称加强或重复，剔除不适宜的细节，消灭倾斜等。"尖锐化"与此相反，它产生偏离，加强差异，强调倾斜等。夸张则把二者强化，推向极端，强化表现对象的某一视觉特点。例如，现代建筑的繁密，交通的发达，都有各自的本质特点。抓住这些特点进行强调，可以以"高楼如林"、"公路如网"来形容和表现。运用夸张是一种行之有效的方法。变形与夸张是为了使造型艺术形象强烈、鲜明、突出，但须破坏客观事物原有的和谐统一与平衡，人为地制造不平衡和差异偏离，以强化事物的本质特征。例如，通过扭曲变形、上下颠倒，或从空间的水平和垂直方向的倾斜，会造成一种正常位置的偏离。变形夸张的式样都是一种张力强化的式样，如图4-30所示。

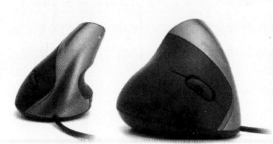

图4-30 张力强化的变形夸张

在表现内容上，变形夸张能通过提炼和概括、省略和强调，人为地制造矛盾与统一、差异与平衡。为了达到某种审美目的，表现某种特定的情感，可以大胆夸张，以强化某种情感和思想主题。变形不仅是形式的改变，而且涉及思想内容。形象的变异不仅是形的夸张，更重要的是思想情感的夸张。常用的方法为"换位法"，即将不同物象的局部组合于一体，创造出一个新的奇异形象。以换位法创造的变异造型形象，常常把一些毫不相干的事物结合在一起，或者将物体肢解而另行组合，创造出意料之外情理之中的独特造型，创造出离奇的设计世界。

4.4.4 变形夸张的类型

变形夸张是艺术造型的普遍表现手段，是绝对性的，只有运用程度的不同；而写实是相对的，时有时无。变形夸张手法多种多样，从生理学、心理学角度而言，总的来说可分成两大类型，一类是非理智性变形夸张，另一类是理智性变形夸张。

非理智性变形夸张是一种想当然的自以为是的变形夸张，完全出于主体本能的心理的自觉要求，他们自己不觉得这是什么"变形"，认为应该这样处理才是正确的。对主观世界来说，可能是正确的；但对照外界客观事物来讲，那些处理未必正确，显然是被歪曲了的，而这种对客观事物的歪曲变形是不自觉的，设计师自己并不知道歪曲了客观形象。

另一类为理智性变形夸张，这是一种主观能动的有自觉意识的变形夸张。设计师有相当的造型表现能力，能正确地再现客观事物，但为了追求稚拙美，刻意追求变形，他们再现客观事物不是力不能及，而是有意不及。

再者，设计师根据实用需要、创作内容需要、审美形式需要，以及个人情趣和个人所长，有意识地追求"装饰味"、"程式化"和变形夸张，对客观形象进行高度的提炼、概括、"整平化"和"尖锐化"，创造一种符合理想化的变形形象。对于创作者，变形夸张都是事先预谋的、故意的、有目的、有意识的歪曲偏离。

变形夸张的形象尽管千变万化，但万变不离其宗：一是不失事物基本本质特征，二是主要形迹落实在形状上。

从艺术审美学和艺术设计的形式语言角度而言，变形夸张大体可分为三种类型：一是基于形体结构的变形夸张；二是基于审美情感的变形夸张；三是基于几何形态的变形夸张。

1．基于形体结构的变形夸张

这种变形夸张注重形体的结构，忽略形体的明暗光影，注重以线造型，用线表现结构，对体面关系进行简略或舍弃，将形体结构作为变形夸张的主要对象和核心。

（1）简笔变形夸张

简笔变形夸张就是简化形象，提炼和概括形象的本质特征结构，将自然形象中非本质的东西去掉，以突出主要结构，求得形象特征的鲜明、典型。这种变形大都以客观自然结构为基础，讲究不似之似，与客观物体相似而又不等同。造型简练概括，以少胜多，特征突出，形象鲜明强烈，不求光暗层次，强调造型的平面化、单纯化。这种变形是整体性的，必须注意和谐统一，以形体结构为准绳。艺术设计可以借鉴国画中的一些画法，如国画中将竹叶、竹枝画成剪影形式，花朵、蜻蜓只取其俯视角度，走兽飞禽只取侧视角度，还有线描漫画等，都是企图获取一种结构简化单纯而又特征鲜明的艺术形象。

（2）局部结构的变形夸张

对于一些最能体现事物本质特征的美妙有趣的物体局部，只需在局部范围里加以变形夸张，甚至简化为程式符号，这在"设计符号学基础"一章中将有专门的介绍。

（3）改变形体比例的变形夸张

保持原有结构特征，只改变形体比例的变形夸张在艺术设计中较为流行，因为艺术设计的欣赏者是人民大众，这种较温和的变形样式正适合通俗化的社会要求。艺术设计由于受到材料、加工工艺手段的限制，造型形象必须服从有限的特定客观条件，有时为了适应材料的自然形状和体量，只能因材施艺，缩短其形体比例，省工省料。形体比例改变后，不仅无损形象，而且显得饶有生趣。无论在结构比例和构图安排上都做了主观的、较大的匠心处理。

2．基于审美情感的变形夸张

人们对于外界事物的感觉不可能是纯客观的，由于种种原因，感觉中的对象无不刻上主观的烙印。在造型艺术创作中，更由于艺术家的能动的创作情感意识，以及艺术所要求的特定的审美意识准则，即便是最写实的、最忠实于客观的再现作品也会有或多或少的变形处理。

下面集中讨论基于情感的变形夸张手法。基于情感的变形夸张比基于形体结构的变形夸张变化幅度要大得多，主观性更强，想象力更丰富，变形更为大胆，更为强烈，偏离客观形态更远。这种变形主要侧重于主观情感，所谓"不求形似，但求神似"。变形物象往往不再受客观形体结构的约束，只要求表达设计师情感及特定的思想主题、对象的神韵和本质特征，可以"放之于形骸之外"，形的客观性与结构的具体性不再对形象的造型起规定作用，而在于着重表达作者的主观感受。它可以表现眼睛所见到的，也可以表现眼睛见不到的，只要是想到的东西，就可变幻自如，任意错位，随心所欲，寓情于形，物我两忘。

（1）拟人化的变形夸张

造型艺术无论表现风景、静物或者动物，总要以人为中心，反映人的生活与思想情感，借景抒情，借物抒情，不管是直接还是间接。

拟人化的变形造型手法更是把这种自然的人化、人格化处理得更为直接具体。这在艺术设计中经常被借鉴，如民间艺术中的布老虎像小娃娃一样憨态可爱，胖头鲤鱼和小猴子像孩子一样活泼天真。象征统治者的威严冷酷和至高无上的老虎、狮子，却在民间艺术中的虎头鞋、狮子帽上表现出亲切温顺、平易近人的人情味。这些动物形象的艺术变形准则都是以人的情感为依托的，各种造型变化手段都要为注入人的某种心理意识和情感精神服务。

拟人化的变形夸张手法，并非仅局限于结构形体表面的变形夸张，而更注重表"意"，寓意于人的情感。也非只表现一般的物体，而更着意表现人。

建筑艺术中这种拟人化的变形也不乏其例。例如，古希腊建筑艺术中的陶立克柱式常比作男性，爱奥尼柱式常比作女性。中国建筑也是拟人化的，如主建筑为后，次建筑为仆等。

（2）重组性变形夸张

这种变形夸张手法要求想象力更丰富，变化更大胆，打破时空、结构的束缚，要求客观自然服从主观意识。改变自然物的客观关系，将各种客观物体分解，用来作为零件进行重组，重新组合成另外的新奇的物体。最典型的就是中国的龙，它是由牛的鼻子、鹿的角、虾的眼、鱼的尾、狼的牙、鸭的嘴、蛇的身、鹰的爪等组合而成的一种变形动物。中国传统的宝相花图案和西方古典装饰中的生命树图案是由多种植物的枝、叶、花、蕾综合而成的。重组性变形夸张手法在现代主义艺术中屡见不鲜。达利、毕加索等的作品就是将原物体形象肢解后再重新组合成重组性变形作品中的典型。重组性变形手法使艺术造型更为奇特，情感思维活跃，极富形式张力。

（3）隐喻变形夸张

这是用此物暗示彼物的一种象征比喻手法，它借助人们丰富的联想，将作品中的事物与经验记忆中的相类似的事物联系起来，从而领悟作品的内涵，体验作品的情感。

艺术设计中的隐喻变形夸张莫过于建筑设计和产品设计。建筑和产品不能像绘画、雕塑那样，能向人叙述情节故事，提供生活细节，描绘身形笑貌，反映思想情感。它只能通过抽象的建筑形象和产品形象，暗示高度概括的观念意识、情绪氛围，表现特定的象征性含义。例如，建成于1963年的柏林爱乐音乐厅，其外墙如包在共鸣箱外的薄壁一般，整个造型仿佛一件乐器。著名的悉尼歌剧院建筑外形犹如一艘巨型帆船，也像一枚枚屹立在海滩上的洁白贝壳，与海上的景色浑然一体。

现代标志设计中广泛采用象征手法。例如，骷髅头骨象征剧毒、危险，玻璃杯象征物品易碎，雨伞象征物品怕潮等。中国铁路行业标志用"工"与"人"两字组成蒸汽机火车头正面形象，"工"字也是工字形钢轨的横断面形状，象征铁路，而做圆形设计的"人"字既象征火车轮，又象征铁道工人，造型手法简练，内涵丰富，象征性强。

美国星条旗上的50颗星代表美国的50个州，13条红白相间的横条象征美国独立时最初成立的13个州；中华人民共和国的国徽也是象征性的造型，图中的天安门象征首都北京，五星象征中国共产党领导下的人民大团结，谷穗与齿轮象征着中国工农联盟。

3. 基于几何形态的变形夸张

无比庞杂的客观世界的一切形体，经过综合或分解，都可以归结为某种简单的几何形体。自然物中那些杂乱无章和不伦不类的繁琐形象，模糊不定，晦涩难解，往往令人厌烦，不能引起审美冲动，使人视觉感知畏难不前，甚至感到疲劳困惑。相反，规律性或条理性强的富于秩序感的定型特征和简化形象，则容易驱动人们的视觉，引发审美兴致。

造型艺术的几何形态变形法则是将客观世界的一切物象，都按几何形态归类变形，都一一与特定的几何形体相对应，使那些冗繁无序的杂乱形象，变成规则化的几何简化形象，按照形式美原则，将客观自然形体做人为地、主观地加工改造，并进行夸张和取舍，使其大大偏离原来的自然"母形"，然后重新组装。

这种几何变形夸张手法如果源于生活，仍以自然母形为基础，不管变形多么厉害，多么奇特，仍属于夸张性变形。它是半抽象的，即使是特别强调几何形的装饰图案也是如此。

造型艺术中完全抽象的艺术造型如建筑设计，纯几何形体的现代抽象雕塑、艺术设计和冷抽象绘画都是几何变形程度极高的艺术式样，几乎都还原成了纯粹的造型几何元素点、线、面、体。它完全只是一种形式构成，或许也表现某种程度的隐喻、象征含义。

基于几何形态的变形夸张手法分为如下三类：

（1）与自然形相类似的几何变形夸张

这种几何变形夸张手法是根据客观自然形态的基本特征，依照其基本倾向性，设法套上相类似的最适合的几何形，随形套用。然后将这些相对应的几何相适形体重新组合成整体形象，如对于人脸、花朵、瓜果、池塘等可以套用圆形或椭圆形；对于树丛、树叶、土堆、房顶、风帆等可以套用三角形；对于房屋、桥梁、铁塔、机械设备等可套用方形、菱形或梯形；对于山峦、道路、水波、河流、烟雾、飘带、头发等可套用波浪曲线形。在变形处理中，对自然界中的天然自由形物体进行几何改造较难，而人造物体几何变形最容易，因为其本身原来就是几何形体，只需将其简化提炼即可。与自然形相类似的几何变形是一种温和的几何变形手法，这种变形手法最常见于艺术设计和东方绘画中。

（2）抽象的几何变形夸张

造型艺术的抽象几何变形不可能是单纯的主观的产物，它具有一定的客观基础，但是其客观性十分模糊隐晦，十分抽象。抽象的几何变形夸张手法侧重于主观精神，强调主体意识，让想象的翅膀自由地翱翔，完全不受客观自然物象的局限和约束，它追求造型的极端抽象化、形式化、几何化和极端简化。要求客观形象服从主观变形，具象让位于抽象，含义让位于符号，内容思想让位于形式构成。在所有变形夸张手法中，抽象几何变形夸张是变化程度最剧烈的一种形式，已达到非艺术的临界点。

毋庸置疑，抽象的几何变形夸张法在建筑艺术设计和产品设计中大有用武之地，在现代主义雕塑、绘画中也开始盛行。抽象的几何变形夸张造型是赤裸裸地表现对立统一和形式张力这一基本造型规律，平心而论，它确能给人某种形式美感和精神力量，因为它同样来源于客观自然。

（3）半抽象的几何变形夸张

这种变形夸张手法将自然客观物象和主观意识相结合，既保留客观自然形态的基本特征，又根据主观精神与意念对物象做了大胆的几何夸张变形。在客观自然界根本不可能产生这种变形物体，但能够通过几何变形形象，辨认出自然客观的母形特征。这种变形界于抽象与具象之间，半具象半抽象，虽有一点客观现实的影子，但比起"随形套用"的适合几何变形手法，离客观自然仍很远，因此它是超现实的，非具象的。在造型艺术的变形夸张手法中，它属于剧烈变形；而在几何变形中，它则居中。几何形态的变形样式，形象简化单纯，凝练概括，鲜明强烈，形式特征突出，极富张力感。

形式语言丰富的语汇加上灵活多变的语法，就形成了多姿多彩的形式语言。下一章将重点介绍在现代设计中常见的几种形式语言，其中设计符号学及其相关的设计语义学将在后面的几章中重点讲述。

形式语言及设计符号学

本章小结

本章利用大量图例重点讲述了形式语言的基本语法，解决设计的形式语言形成的结构问题，详细地对加法、减法、挤压法、变形夸张法等形式语言的基本语法的概念及实际运用等核心内容逐一进行分析。本章内容是形式语言学习中的重点部分，读者应熟练掌握。

思考题与习题

（1）收集一些运用加法、减法、挤压法、变形夸张法的设计图片，对照本章的内容，加深对语法的概念及实际运用的理解。

（2）想一想在今后的设计实践中，如何结合形式语言的基本语汇综合运用这些基本语法；根据授课老师的命题和要求，设计几张构思草图，并进行交流探讨。

第.5.章 现代设计中形式语言的探索

学习目标

（1）了解仿生设计、绿色设计、人性化设计、概念设计、稚趣化设计等典型形式语言的形成过程。

（2）掌握仿生设计、绿色设计、人性化设计、概念设计、稚趣化设计、趣味化设计、情感设计和设计符号学等形式语言的设计方法和组成结构。

（3）掌握仿生设计、绿色设计、人性化设计、概念设计、稚趣化设计、趣味化设计、情感设计和设计符号学等形式语言在实际设计中的应用原则和方法。

学习重点

（1）仿生设计、绿色设计、人性化设计、概念设计等七种形式语言的设计方法和组成结构。

（2）仿生设计、绿色设计、人性化设计、概念设计等七种形式语言在实际设计中的应用原则和方法。

学习建议

（1）学完本章后，不妨系统地梳理一下所学的知识内容。同时，多参与设计实践，在具体的设计实践中加深对形式语言的理解。

（2）阅读相关的参考资料，扩大知识面。

在现代设计中，新的形式语言的探索与发展，将逐渐从功能性的表现转向语义学的表现，这是一种趋势。在对以下几个符合现代设计潮流的形式语言的介绍中，我们将看到新的形式语言的演变与发展。

5.1 仿生设计

"仿生"这个概念由来已久，它一直伴随着人类生存、发展，从远古到现代，虽然古老、传统，却一直因时而变。仿生法，从形式语言的角度来看，主要是指根据设计需要，参照自然界的动植物的形态，或直接取其形、影，或对其进行抽象、概括，取其特征，进行二次造型。它是人类审美的需求和精神的寄托与归宿。

图5-1 吉利"熊猫"汽车

人类的设计是从模仿和学习自然开始的。大自然的形态具有很好的情趣性、可爱性、有机性、亲和性和自然性，人们普遍乐于接受。仿生设计从形态、功能、结构、材料的角度进行仿生。图5-1所示为吉利的汽车，提炼熊猫的形象特征用于微型车的设计中。

5.1.1 仿生的概念

早在地球上出现人类之前，生物种群就已在大自然中生活了亿万年。在为生存而斗争的长期进化中，它们获得了与大自然相适应的能力。面对自然环境的种种考验，人类除了自身的进化以外，还要不断地向其他生物学习生存技能，取长补短。例如，远古人类模仿鱼刺制造出骨针等工具；模仿鸟类在树上营巢，以防御猛兽的伤害等。这是人类最初级的创造性活动，是人类为生存而表现出的仿生意识与行为。虽然这些活动直接而朴素，但却是仿生概念与思想发展的基础，是现代仿生学与仿生设计的起源雏形。

形式语言中的仿生设计是一种独特的语言，主要是通过研究生物系统的功能结构、形态外观，以及色彩等各种生物特征，并参照研究结果，利用形式语言的语汇重新组构，并将它们应用到建筑设计、产品设计等设计系统或工程系统中去，以创造出实用、经济、美观的建筑和产品。它能为我们提供新原理、新材料、新方法、新外观、新技术和新工艺思路与背景，还能为我们进行未来设计、概念设计提供广阔的研究天地，以创造出全新的形式语言，来设计和制造新产品或新系统。

5.1.2 仿生设计的内容

由于仿生学及仿生设计的研究领域非常广泛，所以形式语言中仿生设计的内容可以归纳如下：仿生物形态的设计；仿生物表现肤理与质感的设计；仿生物结构的设计；仿生物功能的设计；仿生物色彩的设计；仿生物形式美感的设计；仿生物意象的设计等。

1. 仿生物形态的设计

仿生物形态的设计是在对自然生物体，包括动物、植物、微生物、人类等典型外部形态的认知基础上，寻求对产品形态的突破与创新。仿生物形态的设计是仿生途径的主要内容，强调对生物外部形态美感特征与人类审美需求的表现。

2. 仿生物表面肌理与质感的设计

自然物体的表面肌理与质感，不仅仅是一种触觉或视觉的表象，更代表某种内在功能的需要，具有深层次的生命意义。通过对生物表面肌理与质感的设计创造，增强仿生设计产品形态的功能意义和表现力。

3．仿生物结构的设计

生物结构是自然选样与进化的重要内容，是决定生命形式与种类的要素，具有鲜明的生命特征与意义。结构仿生设计通过对自然生物由内而外的结构特征的认知，结合不同的产品概念与设计目的进行设计创新，使人工产品具有自然生命的意义与美感特征。

4．仿生物功能的设计

功能仿生设计主要通过研究自然生物的客观功能原理与特征，从中得到启示，以促进产品功能的改进或新产品功能的开发。

5．仿生物色彩的设计

自然生物的色彩是其生命存在的特征与需要，对设计来说，更是自然美感的主要内容，其丰富、纷繁的色彩关系着个性特征，对产品的色彩设计具有重要意义。

6．仿生物形式美感的设计

从人类的审美需求出发，发现和归纳自然生物所蕴涵的美感规律，更好地进行产品美感与意义的整合设计。

7．仿生物意象的设计

仿生物的意象是从人类认识自然的经验与情感积累的过程中产生的，仿生物意象的设计对产品语义和文化特征的体现具有重要的作用。

5.1.3 仿生设计的原则

作为艺术设计的一种创新思维与方法，仿生设计应遵循以下原则：

1）艺术性与科学性相结合。尊重客观审美规律的同时，应用先进的科学技术进行设计的产品化与商品化。

2）功能性。应该是合理、有效的基本功能和方便、安全、宜人等多层次功能的综合体现。

3）经济性。从标准化、系列化要求着手，同时兼顾制造成本、使用寿命、方便运输、维修及再生回收等因素，通过设计追求自然资源、设计资源的无限可逆性循环利用。

4）创造性。在概念、思维、方法、表现、使用等方面的独创性。

5）需求性。对不同时间、地点、环境、年龄、人群等多元化需求的差异性设计，满足并创造需求。

对形式语言中的仿生设计来说更加强调以下三个方面：

1）设计的合理性与目的性。对自然生物相关概念分析、概括与设计应用的合理性。

2）设计的创造与再造。对自然生物模拟及更高层次设计应用的可持续性与可逆性创造。

3）设计的多义性。理解自然生物有意义的形式，赋予产品多样化的美感和含义。

5.1.4 仿生设计的方法

首先，仿生设计的创造性思维是人类独特的思维模式之一，具有以下特征：

1）跃迁性。跃迁性指从逻辑、推理演绎思维中的飞跃，是思维潜能的突发与质变。

2）独创性。打破习惯和固有的思维模式，以思维的流畅、变通、超常、想象、洞察等因素为基础，求新、求异，是开发潜能的有效途径。

3）易读性。设计和创新要通过一定的语言进行编码与解码，完成表达和理解的转换。其效果与信息传递的图像性与适应性、指示性相接近，并与象征性和选择性等相关。

4）同构性。在设计过程中，主观经验与客观信息特征可以通过衔接、顺应、通话和再现等方式实现设计沟通与认同的过程和结果。

鉴于以上特征，仿生设计的思维类型一般有以下七种：

（1）发散思维

发散思维是求异、穷尽和开放性，并具创造性特征的思维方式，一方面运用直觉思维，发挥想象力的作用，寻找以往知识限定的缺口，通过浓缩、转移、象征、同化和异化的方法，建立已知和未知的通道；另一方面运用逻辑思维对设计进行科学的排列、组合，从而获得多种结果。

（2）聚合思维

聚合思维是求同、有序的思维方式，是在已有知识的基础上，从不同的方向和层面运用联想、类推等思维跃迁性的逻辑演绎产生新结果。主要表现为聚焦收敛和推理收敛两个方面。

（3）逆向思维

逆向思维是采用与一般现实不同的或是相对的思维方式，运用反向选择、突破常规和矛盾转化等方法获取意想不到的结果。

（4）联想思维

联想思维是建立已知和未知的对应和联系，把握两者之间的相关性，运用因果、相似、对比、推理等方式的联想，产生多种创新结果的思维方式。

（5）灵感思维

灵感思维是人类多种知觉与思维能力综合积累的激发，具有跃迁性、超然和创新的特征。涉及思维定向、思维持续、个性特征等多个方面。

（6）模糊思维

模糊思维是强调和突出事物的普遍联系以及不稳定、不确定、边缘化、互动性、偶然性等特征，在潜意识、朦胧意识、直觉、本能等的综合作用下，进行模糊概念的感知和控制，从而产生新构想。

（7）概念思维

概念思维是首先将设计目标的本质与特征进行科学、准确的概念化，确定概念化的目的，然后调控概念内涵与外延的比例进行概念的联想与想象，从而产生新概念的思维方式。

仿生设计不仅面对自然生物的千差万别，同时还要面对不同的设计概念和构成要素，以及各种各样的设计需求和目的。所以，仿生设计是一个复杂的过程，在设计的过程中应根据具体情况，采用符合目的和需要的具体方法。归纳起来看，生物特征的具体设计转化主要是通过对生物特征的直接模拟设计或间接演化设计来完成的。可以通过以下步骤实现：

（1）生物特征的记录、描绘与抽象、概括

对生物特征进行观察、认知是仿生认知的基础，在此基础上才能更好地进行有目的的设计。所以在生物认知的过程中，通过一定的方式对生物特征进行描绘、记录和一定层面的抽象、概括和提炼是非常关键的设计准备工作。生物特征的描绘和记录，可以利用影像设备和技术，也可以利用徒手速写、绘画等方法具体地描绘与记录自然生物从细节到整体、从外到内的多角度、多层次的形态特征的表现，并且应尽可能地详尽、完整、客观、真实和准确，为后期设计提供充足、有价值的资料和素材。

另外，在生物认知过程中，还要根据具体情况和需要对自然生物特征进行归纳、概括和抽象、提炼，使生物特征更加鲜明、突出、富有个性，也更有利于仿生设计的应用。对自然生物特征的概括和抽象要避免主观、唯心的夸张和变形，必须以生物的客观、真实为基础，对生物特征进行最本质性的体现。在具体的概括和抽象过程中，可以根据认知对象特征的属性、尺度选择标本化、复印、拓印、透射等方法，直接对生物进行处理和制作，或通过手工描绘、模型、计算机处理等方法表现。

一般来说，生物特征的描绘、记录与抽象、概括主要表现为二维的影像。在二维平面中表现生物形态的曲直、明暗、虚实和空间特征，以及复杂、渐变、对称的结构和均衡、韵律等形式美感，而且往往根据认知对象的具体特征，用抽象的几何概念的点、线、面来表达。通过这些方法使生物特征具备设计的基础语言特征，为产品化的应用创造条件。

（2）生物特征的直接模拟设计

在对生物特征较为客观的认知基础上，无论是对生物的形态、功能、结构，还是对生物的肌理、色彩特征，都可以通过感性和直观的思考直接进行产品化的模拟设计。通常可以利用借用、引用、移植或替代等方法，使生物特征具备设计的基础语言特征，为产品设计提供再创造的条件。

5.2　绿色设计

科学的进步与发展具有双面效应，一方面它给人类社会带来了进步与文明，改善了人的生活，促进了社会的进步与发展；另一方面科学技术也给人类社会带来了负面影响，由于人们在极大地享受物质财富的时候，缺乏对自然界的正确认识，急功近利，以致自然资源过度开采，能源浪费，各种废弃物任意丢弃造成环境污染，人与自然相互和谐、相互尊重的平衡被打破，人们不得不反思如何才能使技术文明更好地为人类服务，而不是任意地、无序地应用，造成对人类生存环境的破坏。

20世纪60年代，人们开始把人口、自然资源、环境、社会发展作为一个有机系统看待，人们认识到人类的需求活动不能以破坏生态环境为代价。人类的造物活动要消除或最大限度地降低对自然的破坏，减少自然资源的浪费，因而绿色设计就成为实现这一目标的必然代名词。

绿色设计源于生态保护与和平运动，旨在保护自然资源，防止环境污染，维持生态平衡。20世纪80年代，绿色设计引起人们对生态环境问题的普遍关注，专家学者认为通过设计和使用绿色产品，可以改善环境，降低资源浪费，减少污染。

绿色设计基于传统设计，它在传统设计原有的设计目标，诸如实用性、可靠性、经济性、审美性等的基础上纳入环境因素、可持续发展因素，对传统设计进行补充和完善。产品绿色设计包括原材料的获取、功能设计、产品生产制造、商品流通、使用维护和产品回收六个阶段。

绿色设计是运用生态哲学原理，将物的设计纳入"人、产品、环境、社会"的大系统中，既要考虑人的需求，同时又要考虑生态环境的保护和可持续发展的原则，不仅要实现产品的功能价值、使用价值、经济价值和审美价值，而且还要实现其社会价值和生态环境价值，促进人与自然的和谐发展（见图5-2）。

图5-2　BMW CleanEnergy 环保节能车

5.2.1 绿色设计的基本原则

绿色设计就是在产品概念的形成、开发设计、生产制造、商品流通、使用、报废、回收处理等阶段的各个环节都做到对生态环境的保护以及将危害降到最低，即充分利用自然资源，减少对自然环境的破坏，降低污染，降低能耗，选用成材周期快、便于销毁处理、可回收处理再利用的材料，减少材料使用量，特别是稀有贵重材料和有毒有害的材料。传统的产品设计往往只注重企业的利益和生产效率，不考虑产品报废以及使用过程中对环境的污染问题，忽视整个产品生命周期对人类居住环境的负面效应，整个过程是一个开环系统。而绿色设计则是将产品整个寿命周期延伸到使用、报废回收和再利用阶段，整个过程是一个闭环系统。

绿色设计的原则如下：

1）减少使用（Reduce）原则。要求用最少的原材料能源投入达到既定的设计目标。例如，最小化设计理念，即相同功能体积最小；标准化理念，即达到不同产品的标准件可以互换，相同功能的产品合二为一；多功能理念，即一机多用，将一些可以合并的产品功能合并在同一个产品上，节省空间，减少用料，降低能耗，如HP多功能打印机，它具有打印、复印、传真的功能（见图5-3）。

图5-3　HP PSC多功能一体化打印机

2）再使用（Reuse）原则。考虑到产品使用后的回收、处理与再利用，即考虑延长产品的寿命周期，该寿命周期涵盖了产品的所有零配件与材料的使用效率充分发挥的周期。

3）循环处理（Recycle）原则。指物品（产品）在使用后可以重新变成可利用的资源，也就是物品所使用的材料便于回收处理，或能自行降解而不对环境造成污染。

4）获得新价值（Recover）原则。如利用回收的废弃物进行焚烧获取热能，刨花板、煤渣砖等产品，就是使废弃的回收物通过再加工，具有了新的使用价值。再如可以利用废弃自行车的零部件改装成具有其他功能的产品（见图5-4～图5-7）。

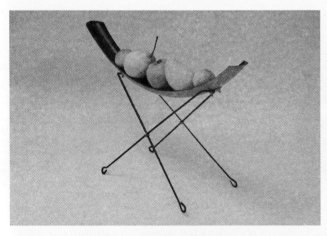

图5-4　利用废弃自行车的零部件改装成具有其他功能的
产品（一）

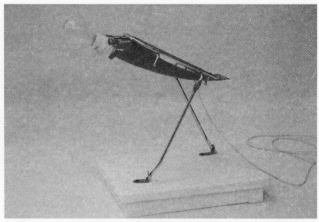

图5-5　利用废弃自行车的零部件改装成具有其他功能的
产品（二）

图5-6 利用废弃自行车的零部件改装成具有其他功能的产品（三）

图5-7 利用废弃自行车的零部件改装成具有其他功能的产品（四）

5.2.2 绿色设计的关键技术

1. 绿色材料设计
绿色材料设计指在环境中易光降解或生物降解材料的设计技术和天然材料的开发应用。

2. 材料选择和管理
尽量减少材料种类，尽量少用有毒有害的材料，尽量做好材料分类管理和废弃材料及边角料的回收和利用。

3. 产品的可拆卸、易回收设计
尽量采用模块化设计，采用易于拆卸的连接方法，尽量减少材料表面的涂镀处理等。

4. 绿色工艺流程设计
通过流程简化，或原料及生产制造过程中的辅料和副产品的综合利用与回收再用，实现低排放甚至零排放。

5. 绿色能源方案的设计
尽量采用可再生能源，提高能源利用率，加强能源的综合利用及余热回收。

6. 环境与社会成本评估
环境与社会成本评估指对环境污染治理成本、环境恢复成本、废弃物社会处理成本以及造成人体健康损害程度的评议估计。

5.2.3 绿色设计的方法

1. DFA/DFD方法
简化结构为安装而设计（Design For Assembly，DFA）和为拆卸而设计（Design For Disassembly，DFD）是绿色设计的一个重要方法。削减螺钉、插销和其他种类的固定器的数目就能减少50%甚至更多的安装费用，而且便于拆卸回收。应用DFA/DFD方法进行绿色设计应遵循拆卸量最小原则、易于拆卸原则和易于分立原则（见图5-8）。

2. 零废物设计
人们对绿色设计的重视，促使商家注意到绿色产品市场的巨大利润，纷纷采用绿色设计。其中，最有名的是零废物设计（见图5-9）。

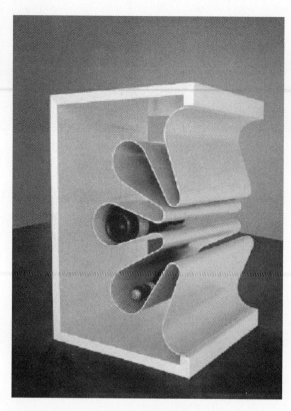

图5-8　简化结构

图5-9　零废物设计

3．模块化设计方法

产品模块化设计就是在对一定范围内不同功能或相同功能的不同性能、不同规格的产品进行功能分析的基础上，划分并设计出一系列功能模块，通过模块的选择和组合可以构成不同的产品，以满足生产的要求。数字时代产品模块化设计对绿色设计具有重要意义，这主要表现在以下三个方面：

1）模块化设计能够满足绿色产品的快速开发要求，按模块化设计开发的产品结构由便于装配，易于拆卸、维护，有利于回收及重用等模块单元组成，简化了产品结构，并能迅速组合成用户和市场需求的产品。

2）模块化设计可将产品中对环境或对人体有害的部件、使用寿命相近的单元集成在同一模块中，便于拆卸回收和维护更换等。同时，由于产品由相对独立的模块组成，因此，为方便维修，在必要时可更换模块，而不致影响生产或使用。

3）模块化设计可以简化产品结构。按传统的观点，产品由部件组成，部件由组件构成，组件由零件构成，因而要生产一种产品，就得制造大量的专用零件。而按模块化的观点，产品由模块构成，模块即为构成产品的单元，从而减少了零部件数量，简化了产品结构。例如，图5-10～图5-13所示的音响的设计，就是把音响的不同功能归入不同的模块，通过各个模块的不同组合可以产生不同的功能。

4．计算机辅助绿色设计方法

绿色设计涉及很多学科领域的知识，这些知识不是简单地组合或叠加，而是有机地融合。利用常规的分析方法、计算方法和设计要素是无法满足绿色设计要求的。此外，绿色设计的知识和数据多呈现出一定的动态性和不确定性，用常规方法很难做出正确的决策判断，而且只能

图5-10　模块化设计图示（一）

图5-11　模块化设计图示（二）

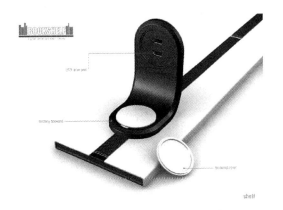

图5-12　模块化设计图示（三）

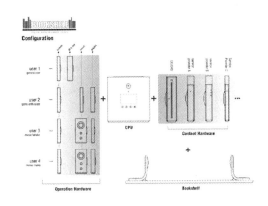

图5-13　模块化设计图示（四）

要求产品设计人员在设计过程中具有一定的环境基础知识和环境保护意识，不能要求他们成为出色的环境保护专家。因此，绿色设计必须有相应的设计工具作支持。绿色设计要素即绿色产品的计算机辅助设计，是目前绿色设计的研究热点和重点之一。

5.3　人性化设计

人性化（Humanization）的设计观是工业设计经导入期、发展期、成长期发展到现在的成熟期以后出现的一种新的设计哲学。它反对像过去那样，设计师只重视产品的功能与造型，而是要求设计师积极考虑经过设计的产品将在人们的生活过程中产生什么样的作用，以及对周围各种环境的影响程度。人类的生活并不仅仅需要物质上的满足，还有精神文化方面的需求，设计师就是要凭着对生活的敏锐感受和洞察力来为提高人类生活的品质做出贡献。这种设计观较之纯粹的科学与商业竞争的设计原则更具有意义。

设计是协调自然、社会、科学、文化的一种催化剂。产品不仅仅是作为物质财富而发挥作用，它还具有文化的意义，设计必须注重人的心理及精神文化的因素。设计产品的同时，不仅设计了产品本身，而且设计或规划了人与人之间的关系，设计了使用者的情感表现、审美感受和心理反应的基本方面，即设计了人们的生活方式。我们周围的高科技越多，就越需要人的情感。高科技与高情感的相互平衡，是人们的物质需求与精神需求相互平衡的标准。所以，随着社会的发展，设计所具有的人性的意义将越来越显示出其重要性，人性化的设计观念是合乎时代要求的。图5-14～图5-16所示是BenQ FP785液晶显示器，可以想象高贵的淑女优雅地拎着提包走过街头的场景，缓解了消费者对显示器生硬冰冷的刻板印象，重新诠释液晶显示器的轻与薄。独创双转轴式的折叠底座变成提包的把手，加上屏幕自动180°旋转的显示技术及独特挂钩配件设计，使得FP785可以易如提包般吊挂着使用。

图5-14　BenQ FP785
液晶显示器

图5-15　BenQ FP785液晶显示器
使用状态（一）

图5-16　BenQ FP785液晶显示器
使用状态（二）

5.3.1　人性化设计的内涵

人性化设计就是在考虑设计问题时以人为轴心展开设计思考。在以人为中心的问题上，人性化的考虑也是有层次的，既要考虑作为社会的人，也要考虑作为群体的人，还要考虑作为个体的人，抽象和具体相结合，整体与局部相结合，根本原因与具体目标相结合，社会效益与经济效益相结合，现实利益与长远利益相结合。因此，人性化设计观念是在人性的高度上，把握设计方向的一种综合平衡，以此来协调产品开发所涉及的深层次的问题。在机械的海洋包围之中的人们，都向往着人与人真诚交往的田园式生活。虽然技术的进步减轻了人们的家务劳动和工作劳动，信息也变得更为快捷，衣食住行都比以往更充足和方便，但人们对于由此而构成的生活方式的进步并不那么满意，他们也为此付出了巨大的精神上和心理上的代价。信息化时代带来巨大物质利益的同时，也带来了许多现实的问题，如人的孤独感、造型的失落感、心理压力的增大、自然资源的枯竭、交通状况的恶化、环境的破坏，等等。这些问题的产生，其本质原因并不在于物质技术本身的进步，而是由于总体设计上的失衡，即没有把人性化的观念系统地贯穿于人类造物活动之中。这些问题的出现，从反面证明了提倡和强调人性化设计观念的重要意义。

1. 物理层次的关怀

将人体工程学运用到产品设计中是典型的先满足人们物理层次的需要（舒适感），再满足心理层次的需要（亲和感）的设计方法。

人性化设计带给人的满足感大部分是在使用日常消费品的过程中获得的。设计师在许多方面受到微型电器的影响，部件的小型化已经意味着一件产品可以变得更小，使外形不再受内部零件的约束，也意味着成本降低，价格便宜。对于消费者来说，产品的轻巧与外形上的简洁代表的是一种新科技的美学。人性化设计的产品不仅给生活带来方便，更重要的是使产品使用者与产品之间的关系更加融洽。

设计既是加工又是目标，或者说是一系列的目标。许多设计要达到的目标之间有时是相互矛盾的，因此，人们应能驾驭目标而制造出产品。所有产品不应只是供消费的商品，还应成为使用着的有用工具，产品要达到的最高境界是为人考虑，与人合为一体，真正成为人们所想所需的设计，这正是人性化设计的内容（见图5-17）。

2．心理层次的关怀

心理层次的关怀往往难以言说和察觉，甚至连许多使用者也无法说清为什么会对某些产品情有独钟。其实，人对物有情是因为产品自身也充满了感情。

图5-17 电动工具的把手设计应当最大程度地减少操作的疲劳度

美国设计师用隐喻与名喻的手法表现人情味。新一代的产品设计师不再轻信现代主义，他们更多受到后现代主义的影响，荷兰设计师亚历山大·格里纽维奇（Alexander Groenewege）就是其中的一员，飞利浦公司请他设计20世纪90年代以后的电吹风系列产品，造型风格要求是：高质量的可靠感与趣味性和个人特色，造型应适合购买者的生活状态和生活方式，细部设计要求尽善尽美，设计应体现创新。

当问起他设计这种手持式的反技术风格的扇形造型是基于哪些想法时，他这样回忆：

（1）形象

1）不从"形式服从功能"出发。

2）从"风"的概念出发，而不从产生风的物出发。

3）从那些随风而动的东西考虑，如羽毛、小鸟、翅膀、棕榈树、树叶等。

4）从造型与风的结合想到孔雀。

5）孔雀开屏很像西班牙少女在空中舞动的扇子。扇子也是用于交流的工具，并且表现力丰富，如女人持扇的姿势，扇子离脸的距离，扇子在桌上如何摆放，掉落在地上，摔到地上……

6）扇子性情丰富，有节奏。

（2）技术

1）需要技术安装电动机的空间和壳体。

2）电动机壳体与外形壳体单独成型，以便在同一内部结构上可以不同造型，实现柔性制造。不同设计定位于不同市场，适应不同消费者的喜好。

3）设计一种可挂式电吹风机。

于是，扇形吹风机的造型，亲和的感觉使其充满人性，让人不但在使用上而且在心理上获得一种安全感和亲切感（见图5-18）。

荷兰设计师约翰·巴克斯曼设计了"令人惊异"的花瓶，他说："设计师通常在设计花瓶时没有考虑到花，应设计一个可以根据花来调整的花瓶。为寻求解决

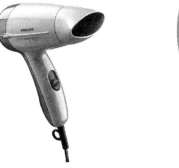

图5-18 飞利浦公司电吹风系列产品

的办法，我喜欢将东西倒着看，以不同的角度得到能调整的花瓶，这就是创造新产品、新功能的办法。"

有些东西原本是没有生命的，但是一旦与人建立起了某种情感联系，便有了生命。

3．人群细分的关怀

弱势群体因其自身生理、心理特点和整个社会环境系统缺乏针对他们的考虑，而使他们的自由行为受到限制，在生活中只能长期依靠别人的帮助才能完成他们想做的事。然而在接受别人帮助的时候，他们却失去了个人的许多需要，如尊重、独立、参与和平等。而人性化设计的产品最大限度地消除了由于自身不便所带来的障碍。

无障碍设计是指无障碍物、无危险物、无操纵障碍的设计。现今已出现了从老年人、残疾人的角度来审视社会的倾向，无障碍设计思想开始得到普及，同时为弱势人群进行设计也是人性化设计向纵深方面发展的趋势（见图5-19～图5-26）。

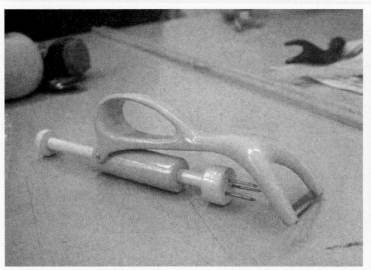

图5-19　给手臂残疾的人群设计的单手削苹果器

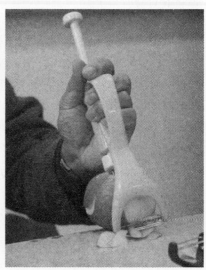

图5-20　单手使用状态

图5-21　三星公司的"Touch Messenger"手机
注：这款触摸式操作的手机专为盲人设计。该手机可以解决全世界1.8亿盲人的收发短信问题。手机上的按键和屏幕专门为盲人用点字法输入而设计，这样盲人朋友只需用手来触摸按键便可进行短信的发送。

图5-22　"Touch Messenger"局部

图5-24　专为老年人设计的3G手机

注：这款手机操作简便，具备宽大舒适的数字按键，手机的功能也极为简单。考虑到老年人的听觉因素，扬声器比一般手机的扬声器略大。

图5-23　"Touch Messenger"使用状态

图5-25　日本Kokuyo的Just One鼠标

注：该鼠标的尾部是可拆卸式的，并且有三种不同尺寸大小的"壳"可以选择。

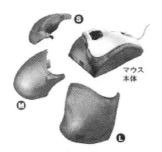

图5-26　Just One 鼠标拆卸示意图

4．社会层次的关怀

人性化设计对社会层次的关怀是设计师对人的生存环境的关怀。人们注意到，在世界经济迅速增长的过程中，工业时代所采用的一些技术在带来舒适和方便的同时，由于短视和不负责任的行为，对人类生存的环境造成了破坏。全球的当务之急是解决环境污染问题适度设计、健康设计的原则，试图给设计行为重新定位，防止工业设计对环境的破坏，防止社会过于物质化，防止传统文化的葬送与人性的失落，防止人性异化，让人过上健康的生活。图5-27所示的是松下的D-Snap数码摄像机，它比一些手机还要小，使用的都是没有危害的化学原料。

图5-27　松下的D-Snap数码摄像机

5.3.2　人性化设计应考虑的主要因素

1．动机因素

产品设计的动机就是为了满足人们物质和精神享受的各种需求。人类的需求问题是设计动机的主要部分。人的需求是有层次的，一般来说是在满足了较低层次的需求之后才会有较高层次的需求。人的需求层次与设计关系最为密切的三个方面是：

1）生理性需求。这主要是指人类的免于饥饿、口渴、寒冷等基本要求。

2）心理性需求。审美需求、归属需求、认知需求或自我实现的需求都属于心理性的需求范围。

3）理智性的需求。这类需求一般是指所设计的产品对人有一种特别的意义。

2．人机工程学因素

设计离不开人机工程学的指导，人机工程学的具体内容涉及面很广，但在具体设计中考虑的人机工程学因素主要包括：

1）运动学因素，即研究动作的集合形式，探讨产品操作上的动作形式、人的操作动作轨迹，以及与此有关的动作协调性与韵律性等问题。

2）动量学因素，即研究动作与所产生动量的问题。

图5-28　符合精神审美要求的形态设计

3）动力学因素，主要探讨产品动态操作上所花费的力量、动作的大小等。

4）心理学因素，主要探讨操作空间和动作等对人的安全感、舒适感、情绪等的影响。主要是指在心理感受的基础上，在形态的设计方面如何满足人的精神审美要求（见图5-28）。

3．美学因素

产品设计必须将通俗的美学观念透过产品形象予以满足和提高，开拓艺术的范围和影响，改变审美的价值观念。产品设计的审美探讨就是要突破固定的美的表现形式，将美学的规律和理想通过产品形式加以表达，塑造技术和艺术相统一的审美形态。产品设计中所要讨论的美学问题是整个美学领域的一个部分，可以称为设计美学或技术美学。从人性化设计思想来考虑，最主要的是要研究符合人的审美情趣的因素，主要有：

1）视觉感受及视觉美的创造。

2）审美观及美感表现。

3）听觉感受及听觉美的创造。

4）触觉感受及触觉美的创造。

5）美的媒介及其美学特性的发挥。

6）美的形式。

7）美感冲击力及人的适应性。

8）美学法则及方法。

图5-29所示的是JBL的一款型号为Spylo的2.1声道有源音箱，这款音箱在卫星音箱部分采用了鲜花的外形设计，与传统的2.1声道音箱相比更加另类。

图5-29　鲜花造型的Spylo卫星音箱

4．环境因素

环境对产品设计的影响包括微观和宏观两个层次。微观层次是指产品使用的实际环境，它对产品设计的影响往往是显性的；宏观层次是指从大的方面看产品所处的特定的时空，它对产品设计的影响是隐性的。

5. 文化因素

就文化而言，其对产品的影响表现在设计的风格、观念以及定位等方面，设计必须符合文化环境的特点，并与其协调，以适应这种潜在的因素所提出的要求。但人性化的设计思想的根本目的并不仅仅是适应，还应提高人们的生活质量，包括提高民族的文化素质，使人们的价值观念更为合理、进步。

5.4 概念设计

院校的"概念设计"实际上是开发设计创意的一种联系形式，是一种对未来产品形态的研究，其意念是超前的，形态是前卫的（见图5-30～图5-32）。

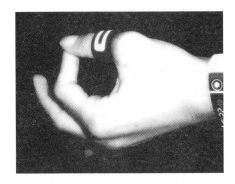

图5-30 NOKIA概念手机改变了传统
手机的形状和使用方式

图5-31 NOKIA概念手机
示意图（一）

图5-32 NOKIA概念
手机示意图（二）

形态是指事物在一定条件下表现的形式。在设计用语中，形态与造型往往混用，因此造型也有表现形式的属性，但两者却是不同的概念。造型是外在的表现形式，反映在产品上就是外观的表现形式；形态既是外在的表现形式，同时也是内在的表现需求。人们通常将形态分为两大类，即概念形态和现实形态。在设计基础教学中，通常将空间所规定的形态归结为概念形态，其由两个要素组成，一是质的方面，有点、线、面、体之分；二是量的方面，有大小、多少之别。在进入专业设计练习时，概念设计具有与概念形态的相同点，概念设计是对设计对象的"提前"认识，它重视"可能性"，不在意"必须性"，它强调形态与感觉、形态与结构、形态与材料、形态与色彩、形态与空间、形态与功能的关系，强调设计的前沿方向，并在意现在是否必须实施。产品的形态不仅仅包括以上所涉及的"物"的层面和"事"的层面的意义，而且包括精神层面、文化层面的意义。在工业设计发展过程中，"形态"始终是中心话题，不断变化的时代背景也会给形态带来很大的影响。人们以不同的目的从各种不同的角度思考形态的表现问题，概念设计抓住了"形态"这一中心，展现设计师的设计理想。图5-33所示是超现代佛珠形电视遥控器概念设计，这款令人惊讶不已的佛珠形电视遥控器，它可以在夜间发光，同时允许自定义珠子上面的电视台。

图5-33 超现代佛珠形电视遥控器

5.4.1 概念设计的内涵

概念设计是在全面考虑各种设计约束的条件下，以设计目标为输入，以产品概念设计方案为输出的系统所包括的工作流程，它是决定产品最终质量、市场竞争力以及企业获利的关键因素，其本质是产品创新。为加速产品创新，概念设计自动化技术逐渐成为设计领域的研究热点之一。

概念设计是设计过程的初始阶段，其目标是获得产品的基本形式或形状。广义概念设计的定义是指从产品的需求分析之后到详细设计之前这一阶段的设计过程，主要包括功能设计、原理设计、布局设计、结构设计以及形状设计。这几部分虽存在阶段性和独立性，但在实际的设计中，由于设计的类型不同，往往具有侧重性，而且相互依赖、相互影响。

概念设计处于产品设计的早期，其目的是提供产品方案。研究表明，产品大部分成本在概念设计阶段就已确定了。概念设计不仅决定着产品的质量、成本、性能、可靠性、安全性和环保性，而且产生的设计缺陷无法在后续设计中弥补。但是概念设计对设计人员的约束减少，具有较大的创新空间，最能体现设计者的经验、智慧和创造性，因此，概念设计被认为是设计过程中最重要、最关键、最具创造性的阶段。

概念设计对产品生命周期的其他环节，如制造、使用等有着重要的影响。概念设计输入功能要求输出结构方案，因此，它是一个由功能向结构的转换过程。从设计过程来看，概念设计具有创新性、多样性和递归性的特点；从设计对象来看，概念设计又具有层次性和残缺性的特点。其中，创新性是概念设计的本质和灵魂。一般概念设计包括综合和评价两个过程。综合是指由设计要求推理而生成的多个方案，是个发散过程；评价则是从方案集中选择出最优的，是个收敛过程。

5.4.2 概念设计的方法

好的产品概念设计需要靠设计师的直觉、想象力和逻辑推理能力。产品概念设计的难点在于解放思想，寻求原创。在具体的产品概念设计中最常用的概念生成的方法有三种：工作分析法、产品功能分析法、产品生命链分析法。将这三种方法整合成一体，便形成了结构式框架法，有助于分析概念设计问题中的不同点，激发出更新的产品概念。

1. 工作分析法

大多数产品都是为人类使用而设计的。细心观察产品细节，就会发现再简单的产品都存在着人机关系的问题。一般来说，人机关系方面的问题主要由人体工程学和人体测量学在研究，它们的研究结果可以为设计师提供有益的数据。而产品概念设计正是要合理地运用这些数据，帮助设计师设计出更符合消费者需求的产品（见图5-34）。

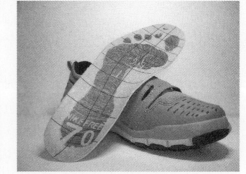

图5-34　根据脚的不同部位受力的不同而设计的NIKE free鞋垫

2. 产品功能分析法

产品功能分析法是以消费者需求为中心的设计技术。产品功能是指消费者希望的产品功能，即产品的能量和用途。通过认识产品，分析出产品功能的不同层次，如主要功能，次要功能，再次要功能。一般可以通过下列问题来认识产品的功能层次，见表5-1。

表5-1　产品功能的层次

产品能做什么	表示产品的原始功能（主要功能）或产品的根本功能目标，换句话说就是消费者是否需要该产品。大多数产品是为了消费者的使用而设计的，因此，产品的原始功能是产品存在的价值所在
产品将怎样做	表示产品的次要功能。产品的原始功能或主要功能是由多个次要功能的组合来实现的。次要功能的不同组合方式会直接影响产品的原始功能以及新产品的概念
为什么要这样做	表示产品的再次要功能，也就是针对次要功能提出下一步更具体的多种可能，以确定实现次要功能的方案

3. 产品生命链分析法

这一技术广泛用于环保型产品的设计开发中，但实际上，它适用于所有的产品设计。产品生命链分析法是指对产品从原材料开始，经过工厂生产、市场销售，进入使用状态，到最后报废的全过程的分析。

产品生命链分析法有助于设计师思考和提高其对产品的整体认识。产品生命链分析法能够使设计师在开发和测试新产品概念时，推断出新产品在生命链的不同阶段是否处于最佳状态，以保证新产品概念的最优化（见图5-35）。

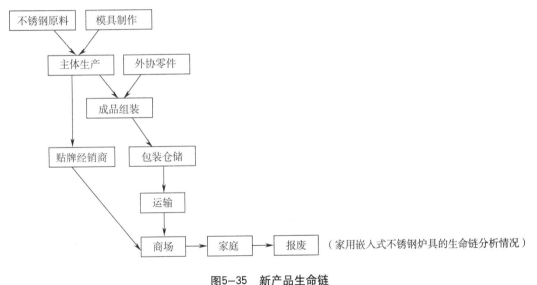

图5-35　新产品生命链

5.4.3　概念设计的分类

1. 观念型概念设计

观念型概念设计是指一种以设计理念为主要主导思想，在此基础上形成的构思与理念，并将这个构思与理念贯穿整个概念设计的过程中去。例如，强调以人为本的人性化设计（见图5-36），或者以文化为导向的设计（见图5-37），又或者是以节能和资源合理利用为理念的绿色设计等（见图5-38）。

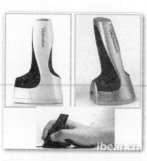
图5-36　符合人机工学的鼠标

图5-37　以麻将为设计元素的MP3

图5-38　太阳能手机

2．趋势型概念设计

趋势型概念设计思考的重点在于对某类产品未来发展的假设。例如，未来它会变成什么样，未来它会具有什么样的功能，等等。一般可以根据已存在的各种资料数据，从某一事物的构成和发展规律中去预测未来一段时间内其可能发展的动向，并通过发展动向来判断新生事物——趋势型概念设计形成的原理及限制，从而在产品开发中确立新产品目标和产品规划（见图5-39）。

图5-39　全触摸式手机已经成为
手机发展的潮流之一

3．技术应用型概念设计

技术应用型概念设计是指将某些新技术应用到产品设计中去，或对于现有技术的用途进行重新探讨，即是否还可以有其他的使用用途，从而在保持成本一定的情况下，开辟出新的产品领域。

由此可见，产品概念设计无论在产品设计阶段，还是在产品开发阶段，都具有重要的地位。一个好的设计是项目成功的保证，而一个好的产品概念设计则是产品创新成功的基础（见图5-40）。

图5-40　便于携带的软体键盘

5.5　稚趣化设计

稚趣，多指一种单纯自然的倾向与乐趣，这是儿童心理活动的外在表现，含有天真与自然的美妙，反映在设计中，则是通过单纯的形与色来展开的，把现实中的景与物归纳和浓缩到设计物品中，以满足儿童的心理需要。但稚趣往往不总是依据年龄来划分，许多成年人和老年人同样具有童心稚趣，从而达到心理平衡与满足。如富有卡通趣味的设计，凭借巧妙的创意、明朗大方的设计和现代主义的风格，让追求个性张扬的现代都市青年寻找到了属于自己的那一份梦想与感觉。

设计语言中的稚趣化，就是运用充满亲和力的造型和童趣十足的色彩、材质，来营造一个充满爱意的艺术造型和人机界面。

儿童思想单纯、不成熟，往往把现实与幻想等同混淆起来，原始初民是人类的童年，认识世界也大都是从概念出发，带有稚拙意味。儿童艺术、原始艺术、民间美术的创造者们并不懂得严谨的透视与解剖，但凭着他们对事物的理解与对美的追求，有一套单纯朴实的夸张的处理手法，如民间玩具、剪纸、刺绣、泥塑，以及原始陶器的水纹、云纹和青海大通县出土的舞蹈纹等，都是较有代表性的稚拙性变形作品。它们毫不矫揉造作，也不装腔作势，像清水出芙蓉一样极其自然生动、质朴清新。

早期的空间概念只涉及事物与事物之间的质的关系，不涉及量的关系。在儿童和原始人那里，人可以比房子高，苍蝇可以比马大，人可以有多个脑袋多只手等。

儿童限于知识的缺乏，以及理解能力、观察分析能力和生理活动能力的贫弱，认识事物仅凭借对象的概念与印象，主观上追求"合理"，而客观上不自觉地表现为"变形"。例如，儿童画多为线条、平色，对于色彩明暗复杂、线条变化微妙的自然物来说，这当然是一种变形。空间关系上不讲究透视法，一所房子既可见左侧又可见右侧，一只碗可以上圆而下方。可以超越时空，画人坐在月亮这把躺椅里，牛和牛肚子中的牛崽可同时付诸于画面，主观性强，想象力丰富。

低龄儿童画画，常常一个小圆圈就是头，一个大圆圈就是身子，任何时候手掌五指是叉开的，桌子的四条腿也是叉开的，他们画的是对事物认识的固有观念：一只手有五根手指，一张桌子有四条腿，至于物体在特定空间环境中的具体变化，他们是不管的，基本上不看实物，信手画来，凭印象意识作画。画火车不需要进隧洞，可以像蜈蚣一样爬越一个个山头。稚拙性变形表现手法，从主观上讲，最符合儿童和原始人自己的理想；从客观上讲，由于心理、生理能力不及造成了认识上的先天性歪曲。非理智性变形却有一种单纯、天真、幼稚、生动的情趣，具备一种不事雕琢、别开生面的清新美感。

5.6 趣味化设计

趣味性在设计上分稚趣和意趣两种。稚趣通过单纯的形、质、色及它们的关系表现自然单纯的倾向与乐趣，意趣则通过想象、夸张、游戏、幽默的手法表现乐趣。因而趣味化体现出夸张、变形、拼凑等非理性特性。在趣味化的设计中，形式语言的探索尤为丰富。在造型上，运用抽象、夸张、比喻、象征等手法对人们熟悉的形象进行拟人、仿生、卡通设计；在色彩运用上，多用明快的色调、活泼的对比色来强化趣味；而多功能、自由或组合的结构带来的体验感，则体现出趣味化设计对新材料、新工艺的运用和把握。图5-41所示为I-mu产品系列，因为超磁晶体卓越的特性，颠覆了人们对传统音响概念的认识。I-mu产品系列不需要借助扬声器，就可以让任何硬材质平面共振发声，使与它接触的物体变成天然的自己"唱歌"的音箱，因此人们将其称为"原生态音响"。I-mu产品系列体现出新、奇、特的趣味感，其形式与普通音箱的差异是不言而喻的。

图5-41　I-mu产品系列之一与普通音箱

5.7　情感设计

　　产品的理解，是建立在物质的基础上看待人与产品之间的关系，必然会导致人对产品的感受。形式语言作为人与产品之间交流的载体，人的主体被越来越多地重视，因而越来越强调产品在与人交流时对人的心理情感的影响，这也导致了"以人为本"、"人本关怀"的设计主张。而情感设计中的形式语言，便是以符号和结构去解决人的情感与产品功能之间的微妙而复杂的关系。形式语言的发展，更多来自于形式作用于人的情感的解决经验，以及人的情感和怎样的形式语言产生共鸣的解决经验。而人的情感具有丰富的个体差异，情感设计中，往往综合运用多种形式语言，更明确地呼应个体及群体的情感感受与共鸣。以本能、行为和反思三个设计的不同维度为基础，情感在设计中所处的重要地位与作用使之产生了相应的形式语言。如图5-42中LG的W2286L显示器在工艺上的情感化与个性化，应被视做未来液晶发展的方向。支架和底座搭配成一个透亮的"葡萄酒杯"，而支架外观渐变过渡的幽红色，似乎像仍在摇曳的"杯中红酒"。LG用一种极其感性的手法，细腻地描述出未来的显示器模样。图5-43所示是北京嘉兰图公司空气净化器的设计，产品以"风"为动力提供净化空气的功能。设计师以风的情感化的形态表达为主题，产品感性的设计语言让使用者不由自主地联想到和煦、清新的风。

图5-42　LG的W2286L显示器　　　　　图5-43　北京嘉兰图公司空气净化器

5.8　设计符号学

　　设计符号学是形式语言的独特语言，第6、7章将重点讲述设计符号学和语义学方面的知识，我们可以直接运用其相关成果资料进行设计。

　　本章主要介绍了代表目前主流和未来趋势的几种形式语言的形成、发展以及设计原则和方法，还有很多形式语言，如古典主义设计、现代主义设计、后现代主义设计、风格设计、解构主义设计等，由于篇幅所限，这里不再一一介绍。

本章小结

　　本章介绍了现代设计中常见的七种形式语言，并通过部分图例加以分析，使读者对这几种形式语言的构成及表达方式等有较全面的了解。其中，详细介绍了仿生设计、绿色设计、人性化设计、概念设计的形成、发展以及设计方法，因为这四种形式语言是当今形式语言的主流和发展趋势，读者应重点掌握并能熟练运用。

思考题与习题

（1）收集一些建筑、产品以及计算机等其他领域的设计作品，比较分析，尝试寻找出新的形式语言。

（2）根据第1~5章的内容，总结、归纳形式语言应用的特点、规律及方法，并整理成文，在下次的课程讨论中交流。

（3）运用所学的知识，重新设计自己的家具、电子产品、交通工具、休闲产品、学习用品等，手绘出创意草图，并和同学、老师进行交流。如有可能，可以参加设计竞赛。

第 **6** 章　设计符号学基础

学习目标

（1）培养学生对设计符号的设计想象力和创造力。

（2）学会将抽象的设计符号理论在现代设计中变成可见实物的方法。

（3）提高学生的设计符号认知力和预见力。

学习重点

（1）设计符号学的概念和构成要素。

（2）设计符号的编码规则。

（3）设计符号学在现代设计中的运用。

学习建议

（1）加强设计符号学知识的学习。

（2）查阅资料，了解各类产品整体和部件的设计符号表达含义。

（3）多画一些设计草图，强化设计符号的形态表达能力。

6.1 符号与设计符号

6.1.1 符号的概念

在日常生活中，为了方便起见，常用一个简单的代号来代表另一个复杂的对象或概念，如地图上常用"+"表示该处是医院，用红色的☆表示该处是党、政机关所在地。在数学中，这样的符号更是比比皆是，如≠、≥、∞等。甚至在考试的试题上也常有"请将正确答案的相应号码填入该题后面的括弧中"，这里的号码就是上面所说的代号，即符号。再如，伸出两个指头，耸耸肩，竖起大拇指，用双臂做成"V"字，还有微笑、皱眉等，这些也都是符号。

那么究竟什么是符号呢？设计一种物质对象，当它在交际过程中，"达到了传达关于实在即关于客观世界或交际过程的任何一方的感情的、美感的、意志的等内在体验这个目的时"，它就成为一种符号。简言之，所有能够以形象（包括形、声、色、味、嗅等）表达思想和概念的物质实在都是符号。

有人说，符号是一个能让人想起另外一个事物的事物。这个定义指出了符号所表示的是一种事物之间的关系，但这个符号与所指的对象之间还是一种任意的关系。

在西方，不管是在历史上，还是在当代学术界，不同的人对符号本性与功能的认识不尽相同，于是符号的定义也有很多。不过，尽管人们对符号的具体定义见仁见智，但其基本思路还是一致的。

首先，符号是一种有机体能够感受到的非实在刺激或刺激物，如烟火、气味、声响、语言、文字、绘画、图片等。强调"非实在"，则是为了将符号与那些实在的刺激区别开来。

其次，符号是两个事物之间的"代表"或者说"媒介"，是个"第三者"。例如，现代的广告就是各种符号的组成，它只代表商品本身来同顾客沟通。

最后，也是最重要的一点，无论有意还是无意，符号总显示着某种意义。没有无意义的符号，也没有不寓于符号的意义。

如图6-1所示，这是一个意指男性的符号。首先，它是一个刺激物，并且与指涉物（男性）相比，它是一个抽象性非实在的刺激物。其次，它是一个媒介，代表真实的物，与人进行沟通。此外，它显示着特定的意义：男性或与男性有关。

图6-1 男性符号

6.1.2 符号的能指和所指

符号是一种表示成分（能指）与被表示成分（所指）的混合物。能指组成了表达方面，而所指组成了内容方面。

如图6-2所示，所指——计算机；能指——造型、色彩、材质的变化。

如图6-3所示，所指——大提琴；能指——保留原大提琴的线形。

图6-2　计算机

图6-3　大提琴

6.1.3　符号的分类

符号分为语言符号和非语言符号，如图6-4所示。语言是我们最为熟悉的符号范畴，它对于人类的重要性不言而喻，对于符号学的系统性研究也起源于语言学的研究。产品符号属于非语言符号。

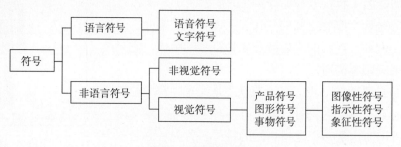

图6-4　符号的分类

按照符号的形式（能指）与指涉物之间的关系，可分为图像性符号、指示性符号、象征性符号。如产品符号，产品本身就是一个符号，一个信息的载体，产品以形态而存在，形态是可视、可触、可感受的实体。产品的形态即产品的形态语言符号，是由形状、大小、色彩、材质、肌理、装饰等所组成的结构体，它以其独特的形式作为信息的载体刺激人的感受，唤起人的联想，达到信息传递的目的。产品的形态语言符号不仅传递了产品的性能、使用、审美的各种信息，同时还建立了人与物、物与人、人与人之间的沟通关系。产品的形态语言符号也分为图像性符号、指示性符号、象征性符号三种。

1．图像性符号

图像性符号指以形态及形态的相似性来表示产品的用途与功能。如图6-5和图6-6所示，汽车的方向盘内圈和汽车的座椅、座面和靠背分别做成人手和臀部、背部的负形，利用形象相似的关系来传递着产品的物理功能信息、使用方式信息和审美观赏信息。

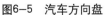

图6-5　汽车方向盘

图6-6　汽车座椅

2．指示性符号

指示性符号指以形态来指示产品的形式与功能之间的因果关系。如图6-7~图6-12所示，控制面板的旋钮、按键利用形态的大小、粗细、正负形等体现其功能主次，力的大小，旋、按操作等因果关系，传递着产品的物理功能信息、使用方式信息和审美观赏信息。

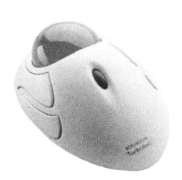

图6-7　指示性符号（一）

图6-8　指示性符号（二）

图6-9　指示性符号（三）

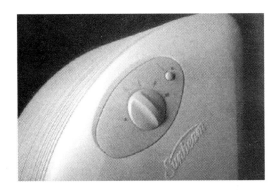

图6-10　指示性符号（四）

图6-11　指示性符号（五）

图6-12　指示性符号（六）

3．象征性符号

象征性符号指以形态来隐喻产品的理念和情感的内涵。如图6-13所示，手表的设计以优雅的造型、贵金属的材质、精良的工艺处理给人一种高贵精致的感受。又如图6-14所示，绿色环保产品设计使人在使用产品的同时感受到一种对生态经济的责任感，在这种感受与联想之中传递着产品的物理功能信息、使用方式信息和审美观赏信息。

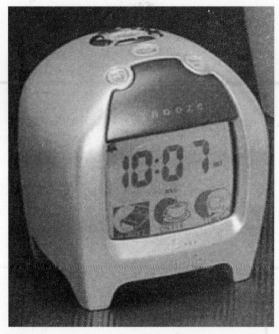

图6-13　高贵精致的手表　　　　　　　　　图6-14　绿色环保产品

　　设计是一门综合性的交叉学科，它是沟通和联系人—产品—环境—社会—自然的中介，直接影响人的生活方式。值得一提的是，绿色、环保已经成为当今设计的共同主题。绿色设计是以节约资源和保护环境为宗旨的设计理念和方法。而其他诸多方面，如流行风格、民族特征、传统特色等文化因素也成为未来设计的一大潮流。设计工作者应从上述种种方面入手，发掘符号的潜能，将人文、科技、环保等主题融入设计符号中，更多地传达出设计工作者对社会的关注和对美的追求。

　　4．其他符号

　　设计中除了产品符号外，还有图形符号和事物符号。这类符号与指涉物具有相似和模仿的性质，如标识类设计。由于这类设计以图形为基础，以达意为生命，强调小而精，因此被浓缩得几乎等于符号本身。

　　图6-15所示是北京2008奥林匹克申办标志，运用奥林五环色组成五星并相互环扣，象征世界五大洲的和谐、发展；图形好似一个打太极拳的人形，利用中国传统吉祥图案"中国节"传达北京奥运这一信息。图6-16所示是中国电信标志，以中国的"中"字和中国传统图案"回纹"作为基础，形成三维立体空间图案，形象地表达出科技、现代、传递、发展的企业特点。图6-17所示是康佳电器的标志，其以简洁取胜，"KONKA"的首字母"K"、显像管和电话，在两个几何色块的变化组合中得以显现，表现出鲜明的行业特色和独特的企业文化。

图6-15　北京奥林匹克申办标志　　　　图6-16　中国电信标志的形成因素　　　　图6-17　康佳电器的标志

在这类设计作品中，常常是把几个元素巧妙地组合起来，然后将其简化，得到类似符号的图形，也就是将图形符号化，形成独特的视觉语言。

还有一些实物符号。这些符号以更含蓄的方式传达信息，而符号本身则藏在幕后。换言之，符号可以是一种态度、一种行为方式、一种文化立场等，通过有形的、有效的载体表现出来，而寻找这种载体的过程就是设计。

武汉江汉路步行街的设计，其中安排四个真人大小、体现地方特色的雕塑可谓颇具匠心。虽然设计界对此褒贬不一，但老百姓对此是普遍接受的。北京王府井步行街上保留完好的一口老井与此也有异曲同工之妙。深圳是一座新兴的、以外来人口为主的城市，为了传达其特有的都市气息，深圳世界之窗的人行道上采用的则是匆匆的行人、拍照的游客等具有现代感的雕塑小品。不同城市、不同风格的雕塑带给人不一样的都市情怀，这正是设计师将符号语言融入作品之中的成功典范。

符号类型的区分具有一定的相对性，从不同的角度可以把同一符号纳入不同的类型。例如，交通标志中的弯道符号，从符号对于对象的模拟性质（弯曲）上说是一种图像符号；从符号与道路的空间联系上说，则是一种指示符号；而当弯道作为一般性标志来说，又是一个象征符号。由此可以看出，这三种符号类型存在着一种递进的发展关系。在这种符号演化过程中，经历了媒介物与指示对象的逐步分离，使符号的组合日益复杂化，符号类型的发展过程如图6-18所示。

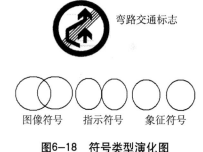

弯路交通标志

图像符号　指示符号　象征符号

图6-18　符号类型演化图

6.1.4　设计符号的特性

设计符号可以是由各种各样的人工材料构成的实体或空间，也可以是人工环境中的自然物。它们由于有不同的色彩、质感、形状、尺寸，具有不同的组合方式，因而形成了丰富的代码，并通过人的视觉、听觉、触觉、嗅觉体验而为人们所接受，通过知觉、记忆、思维活动而为人们所识别、储存和理解。同任何其他符号一样，设计符号也具有能指、指涉物与所指三个方面，前者表现为色彩、图形、气味、声音等物质形式，以及设计产品的形象和形态；后者则表现为思想、观念和情感，即设计产品的形象、形态所反映的概念和意义。

作为设计符号，具有以下特性：

（1）认知性

设计中，认知性是符号语言的生命。如图6-19所示，我国的几大银行的标志都采用中国古钱币作为基本形，这正是因为古钱币能够准确地传达金融机构这一信息，具有极强的认知性。如果一项设计作品不能为人认知，让人不知所云，那它就完全失去了意义。

图6-19　银行标志

（2）普遍性

现代设计是为大工业生产服务的，设计作品会在大众中广泛传播。设计的符号语言只有具备普遍性，才能被大众所接受。设计人员常常遇到这种情况，自己花了很大工夫做出的东西，却不被客户接受。这时设计者也许会抱怨客户欣赏水平不够，其实有时客户比设计者更了解受众。设计者只有找出让自己、客户、消费者都能理解的设计语言，才能更好地完成设计任务。符号的普遍性这一特性，在许多公共场所的标牌设计中体现得尤为充分。如图6-20所示，公共卫生间的男女标识，相信无论男女老幼，文化深浅，都能够清楚地分辨。

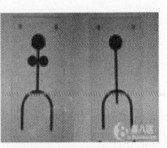

图6-20　公共卫生间的男女标识

（3）约束性

任何语言都只能在一定范围内被理解，只有具备有关文化背景的人才能接受到该符号所传达的信息。只有符合特定背景的符号才能在这一范围内被接受。

德国招贴艺术大师冈特·兰堡（Gunter Rambow）的作品中常出现土豆形象，对于不了解德国的人来说，可能看不懂作品所要表达的意思，只有知道土豆对于德国人的特殊意义，才能够明白设计者对土豆如此钟情的原因。

土豆是冈特·兰堡作品中经常出现的一个设计主题，其土豆的系列海报曾在威斯巴登博物馆的个人展上展出过。冈特·兰堡出生于第二次世界大战的发源地德国，土豆伴随兰堡度过了苦难的青少年时期，因此土豆深深地印在了他的脑海里。兰堡对土豆有一种特殊的感情，他认为土豆是德国的民族文化。他的土豆招贴令人称道的不是土豆本身，而是奇特的创意和视觉效应的魅力。土豆系列招贴体现了兰堡对土豆的钟情，也反映了兰堡对同一种设计主题的执著，如图6-21所示的土豆系列招贴。

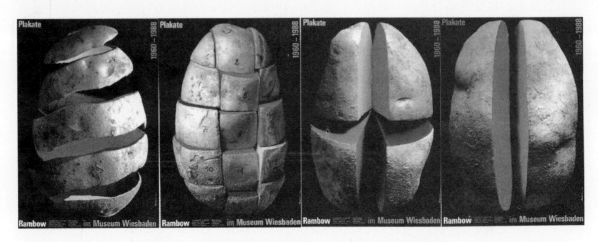

图6-21　德国招贴艺术大师冈特·兰堡的作品《土豆招贴》

（4）独特性

符号一般强调"求同"，这样才容易被理解。但是在设计中"求异"常常是关键。因为比较形式和内容，前者绝对是更值得深究的。同样是针对一个主题，必须找出与之相关的尽可能多的表现形式，才能创作出与众不同的作品。

作为一种符号，首先应具有符号的一般特征：

1）具有构形功能，即赋予无形的人类的情感经验、精神风貌等设计理念以形式，从而便于人们的感性知觉和参照。

2）具有某种抽象性和某种理性特征。

3）符号与其指示的事物具有形式的相似性或逻辑结构上的一致性。

4）设计符号应表达设计者的理念和相关的设计信息。

5）容易感觉和把握，如通过地球仪，可以更容易地把握和了解整个世界的地形结构关系。设计符号也是人类普遍情感的外在表现，是文化的符号，通过它，我们可以更容易地参照人类文明发展的意蕴和内涵。

同时，符号还应具有艺术特征：

1）具有独特的艺术表现对象。

2）具有一种独特的艺术表现性。

3）具有艺术"他性"，即"透明性"。

6.2 符号学

符号学（Semiotics）是研究有关符号性质和规律的学科，是研究系统化符号的学问。简单地说，这些符号是系统化地被人类利用来传达的或类似于传达意指作用的符号。现代符号学作为一门独立的分支学科形成于20世纪初，最早是20世纪初由瑞士语言学家索绪尔、美国哲学家和实用主义哲学创始人皮尔士（Pierce）提出的。前者着重于符号在社会生活中的意义，与心理学联系；后者着重于符号的逻辑意义，与逻辑学联系。大约从20世纪60年代开始，符号学才作为一门学问得以研究。现在，符号学已经成为一项科学研究，其理论成果也已经渗透到其他诸多学科之中。

6.2.1 皮尔士的三元一体模型

皮尔士的符号学原理是建立在对人的判断或命题的逻辑关系分析的基础上的，他的理论对后来的符号学研究产生了极为深远的影响，被誉为现代符号学之父。皮尔士认为，符号是用来表现或代表另外的事物的东西。例如，一个路标位于道路的两端，它用文字标出道路的名称，使人知道这条路的名称。这个路标便是道路的符号。

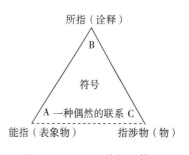

图6-22 三元一体符号模型

皮尔士认为符号是能指、所指、指涉物这三者的全体指称。其中：

能指，也称为符号载体，指符号所采用的形式，即可辨识、可感知的刺激或刺激物。在产品中可以认为是产品造型的表现形式（包括形态、色彩、表面处理等）。

所指指符号所表达的意义、意思，或者说能指所代表的意义、意思，如文字所表达的意义。

指涉物指能指所代表的具体事物，如"树"这一字所指的是现实中"树"这个具体的事物。

这就是皮尔士的三元一体符号模型，也称为符号三角，如图6-22所示。

以皮尔士以及之后的莫里斯、卡西尔和苏珊·朗格等人为主的实证主义色彩的符号学流派，与以索绪尔为主的结构主义符号学流派截然不同。

6.2.2　索绪尔的二元一体模型

显然，如果舍弃指涉物，则表现为符号的二元一体模型，即能指符号等于能指"载体"所指。符号的二元一体模型是由著名的瑞士语言学家索绪尔提出的，这一模型显然比三元一体模型更为简化。在后面的研究中，为了方便理解，我们不妨将符号通俗地视为由形式（能指）和意义（所指）两部分组成。

比如说语言就是这样的符号，人们可以利用语言来构成一个完整的传达系统。有时遇到不想或不宜挑明了说的事情，人们还往往会利用似是而非的词语来构成暗示这不宜挑明事件的意指作用。由此看来，语言是一种符号系统，并且众多的文化现象往往与语言有类似作用，似乎还可以将它们视为一种特殊形式的语言。

有人说，符号学是一切文化现象的逻辑学。这句话的意思就是一切文化现象都有它内在的规律，这个规律就是符号学。而文化现象有物质文化、精神文化，还有我们日常生活中的很多文化。例如，平时人们穿便装，工作时穿正装，这就是一种文化现象，即礼仪，表示对彼此的尊重。符号学就是它的内在规律，所以是一切文化现象的逻辑学，它研究符号的本质、符号的发展变化规律、符号的各种意义、各符号相互之间以及符号与人类多种活动之间的关系。

因为人类众多文化现象往往与语言有类似的意指作用，甚至可以说是一种特殊形式的语言，所以对语言符号的研究是符号学的基础，同时对研究人类其他文化现象也有一定的指导作用。因此，我们首先研究语言符号。

6.3　语言符号学

索绪尔的符号学原理是从语言现象入手的。索绪尔认为，语言现象由语言和言语两种形态构成。言语是在具体日常情景中由说话人所发出的话语，它具有个别性，是因人而异的。语言则是指系统化了的抽象系统，它具有社会性，不以个人意志为转移。这就如同在象棋中，存在一种抽象的规则和人的实际下棋活动一样。象棋规则是超越每一局棋而存在的，但却又只有在每一局比赛时各棋子之间的相互关系中才能得到具体的表现。同样，言语是每个人说出的一句句话语，离开了言语提供的各种表现，语言便失去了存在的意义。

语言是系统，表现为编码规则的组合；言语是组合（横组合关系），表现为千变万化的信文。不存在没有言语的语言，不在语言中的言语也不可能存在。所以，为了言语的确切性和丰富性，就必须牢固掌握更多的语言规则，以供自己选择使用。

这种语言系统中语言与言语的辩证关系，其实也同样地出现在一切非语言的符号系统中。设计符号系统也是如此。整体的符号系统就是语言，每一个设计的作品就是一次言说活动的言语。只有牢牢地掌握制约设计的一切规则，才能为人们表达丰富的设计语义结构提供最大的可能。

6.3.1　语言符号的意指作用

语言是表达概念的符号系统，语言符号是由音响形象和概念内涵组成的，前者称为能指，后者称为所指。能指和所指是符号的两个结构要素，前者是表征物，后者是被表征物。例如，"树"这一词语符号，就是由词的音响和树的概念两者组成的。语言符号的语音（能指）和语义（所指）之间是约定俗成的关系。语言符号的选用知识在语言形成时才具有任意性，形成以后就对人们具有了规范和制约的作用。话只能一字一句地说，语言是在时间的延续中展开的，因此具有一维的线性特征。

在日常生活中，人们之所以能毫无障碍地相互传达诸如信息之类的抽象之物，是由于人们借助于一种既是自己所熟悉的，又是对方所感知、所理解的东西，正是这种东西将人们想要传达的抽象内容传达给了对方。人们把这种能承载抽象内容的载体称为媒介。最常用的就是语言与文字这种媒介。人们之所以能相互进行思想、情感上的沟通，就在于双方都掌握了一种为双方所共知的语言之类的媒介。而之所以不能与未知国度里的人们沟通，是由于相互之间缺少这样一种媒介。

那么究竟什么才能成为传达抽象内容的媒介呢？它至少应具备两个条件：一是它所表现的某种形式必须能被对方所感知；二是它必须确实地承载必要的抽象内容并为对方所理解、所掌握。

语言符号是符号学的基础，因此要成为真正意义上的符号，语言符号也必须具备媒介的两个条件：

1）语言符号必须表现为某种形式能被对方所感知，我们称为表现层面。这一层面表现出它可感知的一面，也可称为符号表现或符号形式，符号学上称为符号的能指。

2）语言符号必须承载能被大家所理解的、所掌握的必要抽象内容，我们称为内容层面。这一层面是抽象的、看不着摸不到的，也可称为符号内容，符号学上称为符号的所指。

这两个层面始终像一张纸的正反两面，缺一不可。语言符号系统一旦确立，语言符号的能指和所指的关系多多少少是约定的。这种约定，即能指到所指的关系，或符号现象到符号内容的关系，就是语言符号的意指作用。

我们已经知道，语言符号是符号形式和符号内容的统一，是能指和所指的统一。从价值角度而言，语言符号的能指表现为语言符号的实用价值，语言符号的所指表现为语言符号的象征价值。例如，玫瑰花代表爱情，玫瑰花就是能指，是实用价值；爱情就是所指，是象征价值。

6.3.2 语言符号的传达

语言符号学告诉我们，语言符号除了意指作用外，还有传达作用。意指作用最直接的目的就是为了载有信息的符号得到传达，那么语言符号又是如何使这个传达得以实现的呢？

图6-23所示的就是语言符号传达的基本过程。

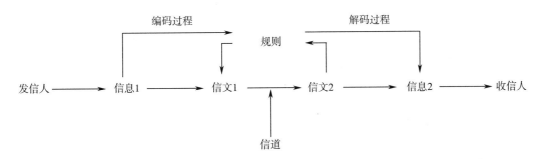

图6-23　语言符号的传达过程

由图可知，发信人为了将不可把握、不可感知的抽象信息传达给收信人，就不得不借助既可以感知，又能承载内容的符号作为媒介，根据双方所共知的规则编制成信文传送给收信人。

而收信人在收到信文之后，又根据发信人所使用的完全相同的规则对信文进行解码，重建发信人所传送的信息。

举个例子，这就如同一篇论文，作者无法把自己想要表达和研究的知识（信息1）直接从头脑里拿出来告诉读者，于是就根据汉语规则把这些知识编写成一篇论文（信文1），让读者去了解。但是这篇论文在作者的一些笔误或整理时的一些无意失误等外在因素（信道中的传递）的影响下，读者所读到的可能是略不同于原文的文章（信文2），同时读者又根据汉语规则从中获取了知识（信息2）。从中我们可以知道，读者所重建的内容和作者所要传达的内容一致时，就达到了理想的传达目的。

语言的传达也是如此，但是人类对母语规则系统的掌握实在过于驾轻就熟了，甚至还没有意识到自己在进行编码和解码，传达就已完成。如果当你采用一种远不及母语熟练的外语进行交流时，就能充分体会到人们确定在不断地寻找词汇按外语的语法进行信文编码，又不断地辨识词汇按该外语的语法进行解码了。

综上所述，可以看出语言符号传达中最重要的是如何保证信息最大可能的如实重建，所以传达不是为了信文的编制而编制，它所关心的核心不是信文自身，而是信文中的信息。

1．信息和信文

信息既可以是客观世界所反映的信息，也可以是主观世界的感情或意志；既可以指发信人欲传达的完整内容，又可以指收信人重建后完整的内容。无论哪种，都可以把它广义地称为信息。无论哪种信息，它都有一个共同的特征，那就是具有抽象性。

信文在形式上既是在发信人端经编码后承载信息的、完整的符号构成体，也是在收信人端供解码时意指信息的、完整符号构成体。如一篇小说是一个信文，一出戏剧也是一个信文，乃至一幅画，一座雕塑，一个工业产品或是一个计算机程式，不论哪一种信文，它都具有一个共同的特性——可感知性。正是这种可感知性才使信文能够传递，使抽象信息的传达得以实现。

一般情况下，造成信息失真的原因有两个：一是信文在信道中的传递所致；二是收信人在信息重建的解码过程中的编码规则和发信人在信文构成时所使用的解码规则不完全相同。因此，简单地说，信息的失真由信道传递和编、解码规则的不同所致。

2．编码过程和解码过程

一个传达过程，可以看做是两个相反相成的过程，即一个发信人端的编码过程和一个收信人端的解码过程。

编码过程是一个信文的构成过程（见图6-24），如文字的构成，音响的构成，现代造型艺术或设计中的三大构成等。

信息1 ——→ 编码规则 ——→ 信文1

图6-24 编码过程

图6-24中，信息1是源信息，也就是发信人所思、所感并欲传达的抽象内容；信文1是信文的原件，是发信人用有意指功能的符号构成的完整构成体。

解码过程就是收信人重建信息的子过程（见图6-25）。在这个过程中，由收信人根据符号规则将可感知的信文重新转换为抽象的信息。图6-25中，信文2是通过信道传送到收信人端的信文，信息2则是由该信文根据解码规则重建的信息。

信文2 ——————→ 解码规则 ——————→ 信息2

图6-25　解码过程

从这两个过程来看，规则是信文和信息间的纽带，信息的编码或解码是信文依赖于规则的内容。同时，在编码过程中的信息是否能在解码过程中如实地重建也依赖于编码规则和解码规则的一致性。

3. 编码与传达的主体性

语言符号系统的编码性质可以分为科学性编码和艺术性编码。

（1）科学性编码与发信人的主体性

具有科学性编码的符号系统，其编码规则严密、完备，并具有客观的科学必然性的意指作用。在这种符号系统的传达过程中，其信文构成和信息重建均完全依赖于系统固有的同一编码规则。所传送的信息，完全取决于发信人在信文中对信息的表现，收信人没有自主解释信文意指内容的任何自由，所以是发信人主体型的传达。这是一切科学系统所应有的编码方式。

（2）艺术性编码与收信人主体性

具有艺术性编码的符号系统，其编码规则不严密、不完整或是完全没有编码规则。在这种符号系统的传达过程中，其信文构成无必然的编码规则，或本身编码规则就是比较模糊的。在信息重建中，收信人也没有或者只有很模糊的一些规则和环境本身的一些提示来重构信息。

6.4　设计符号学

设计是研究人为事物的科学，是运用分析、综合、归纳、推理等多种设计方法以及形象思维、逻辑思维等多种思维方式来创造"物"的科学行为，是一门寓现代方法论于其中，以理性的姿态和艺术的内涵来为"人"创造崭新的生存方式和文化观念的科学。

设计的这一本质，使设计在文化生活和信息交流中具有文字语言的某些特征，从而使我们有可能运用现代符号学、语言学的原理和方法，深入分析设计符号产生和演变的规律，探索设计符号形式与意义之间的关系，为艺术设计提供具体的技术指导和理论依据，为艺术设计的综合化、系统化和科学化奠定基础，并为现代信息处理技术应用与艺术设计开辟新道路。设计符号学是运用符号学原理，来探讨符号与设计的关系学科。

6.4.1　符号学研究的内容

符号学的核心是研究一个由符号实现的传达作用或由符号实现的意指作用的系统。简单地说，它是研究某个符号或者某些符号组代表了什么意思，为什么会代表这样的意思，这个意思又是如何通过符号或符号组传达出来的，为了表达某个意思又如何去运用符号或组合符号等的问题。符号学研究的内容如表6-1所示。

表6-1　符号学研究的内容

符号的作用	符号的传达作用	传达要素		发信人
				收信人
				符号
				信道
				规则
				信文
		传达过程		编码过程
				解码过程
		传达类型		规则依存型
				语境依存型
				共存型
	符号的意指作用			正在形成符号
				破译过程
符号的性质	符号实体			物理存在性
	符号形式			传达感知性
				生成的动机性
				分节性
符号的编码性质				科学编码
				艺术编码
				共存编码
符号功能				实用功能
				美学功能
符号学组成				语义学
				语构学
				语用学
符号二分法				语言和言语
				能指和所指
				外延和内涵
				横组合和纵聚合

6.4.2　设计符号的传达过程

　　按照符号学的观点，设计的对象（产品）也是一种系统化的符号，也适合符号学的一般观点。那么设计也就是一种传达。通过传达，它将设计对象的各种价值传达给使用者。图6-26所示的就是产品符号的传达过程。

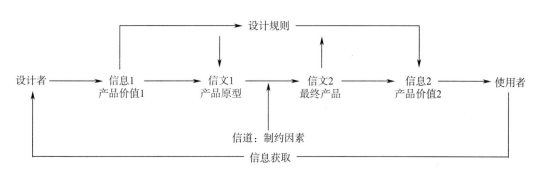

图6-26　产品符号的传达过程

发信人：设计传达中的发信人就是以设计师为代表的群体，这一群体由设计师与其同事组成，称为设计者。

收信人：设计传达中的收信人就是使用者群体。

信道：因为设计传达的收信人是使用者，所以在信道中不仅要对信文进行加工，而且必须进行大批量的复制并最终实现信文的传递。因此设计的信道是一个产品的大批量生产、销售的渠道。

信文（符号）：为了实现设计的传达，必须用设计符号来编制设计的信文。当然，不同的设计领域，不同的设计对象所包含的价值也是不同的。在工业设计中，这种符号整体上可以表现为产品。

编码和解码规则：在符号传达中，发信人把要传达的信息根据规则构成信文，收信人把接收的信文根据规则重建信息。同样，在设计传达中，设计者根据各种设计规则设计出包含有各种价值的产品，使用者在使用该产品时又根据规则实现自己需要的各种价值，规则的纽带作用不言而喻。

由图6-26可知，设计者通过某些途径从使用者身上获取对产品的各种需求信息，即能满足最终使用者需求的产品价值，然后设计者经过整理和分析，确定进行设计时需要包含的产品价值，再根据设计师的设计编码规则设计出产品原型，利用产品原型进行复制和大批量的生产，同时受到各种客观因素的制约，形成直接面对使用者的最终产品。此时，最终产品中所包含的产品价值是否满足使用者的需求就直接决定了该产品成功与否。

举个例子，设计一把计算机椅，设计者通过对计算机使用者的需求调研，总结出使用者对计算机椅的各种需求，如舒适、美观、安全等（产品价值 1 ），设计者根据这些需求按照自己的设计规则和思想设计出椅子模型（产品原型），然后将这些原型在各种工艺和客观因素的影响下大批量生产，形成最终面对使用者的计算机椅（最终产品），最后使用者通过自身对椅子的体验，获得需求的满足（产品价值 2 ）。

综上所述，设计传达过程中，价值的构成和满足是最核心的问题，这与语言符号传达过程中重构信息是关键的要求刚好相反，其根本原因在于语言符号传达中发信人是主体，而设计传达中收信人是主体。

6.4.3　产品设计符号传达过程中的特点

1. 价值（信息）

我们知道，设计传达的实质是价值的传达和满足，因为与语言符号传达过程中主体的不同，可以将设计传达过程分为两个过程，即价值（信息）的获取过程和价值（信息）的传达过程。

价值的获取过程是一个收信人到发信人的过程，是设计者了解使用者需要的价值和需求的过程，这个过程中使用者（收信人）处于主体的位置。这一点明显区别于一般的语言符号传达。

价值的传达过程是一个发信人到收信人的过程，是设计者将使用者所需要的价值设计到产品中的过程，这个过程中设计者（发信人）处于主体的位置。这与一般的语言符号传达是一致的。

因此，在工业设计中，设计者的设计不是天马行空的，也不是仅仅凭着灵感和创意就能设计出好的产品的，设计者必须充分地了解和获取使用者的各种需求，即产品需要包含的各种价值，再依据一定的规则将这些价值设计到产品中去。

象征价值是一种主观价值，它不受任何客观规律的验证，仅取决于设计者和使用者在特定的文化熏陶下培养出的感性。而实用价值则受基于客观构想的设计系统编码规则的制约，这种客观构想，不仅有物理的，还有生理的和心理的。

在工业产品中，实用价值和象征价值共存于产品中，但是在探求这两种价值的从属地位时，要依赖于设计的对象。例如，对一些工艺品的设计，象征价值是设计者的考虑重点；而对办公用品的设计，实用价值则是重点。

2. 设计规则（编码、解码规则）

作为符号系统的产品，其拥有实用价值功能和象征价值功能，我们把编译实用价值功能的设计规则称为科学性编码规则，把编译象征价值功能的设计规则称为艺术性编码规则。

实用价值是受客观构想严格制约的，其科学性编码规则不仅是具有专业化知识的设计师必须了如指掌的，而且毫不专业的使用者群体也必须能自发地、下意识地认知。只有这样的编码规则才能为收信人、发信人所共知、共识，发信人正确解码、如实重建价值信息，才能使设计的目的得以实现。

象征价值是一种主观价值，是设计者和使用者在特定的文化熏陶下培养出的感性，其艺术性编码规则也存在不确定性和主观性，它受到人的性格、文化、背景等因素的影响。

这里所指的设计规则不仅是设计师的规则，也包含了使用者的规则，这两个规则有可能是不相同的。在设计传达中，收信人不像语言的使用者那样，大家都是使用该语言的行家，一般设计中根本不可能要求使用者群体也像设计师那样掌握设计专业化的编码规则。换句话说，在语言符号的传达过程中，收信人和发信人的编码和解码规则是大致相同的，而设计传达过程中，这两个规则是不同的。所以，只能倒过来要求设计者去发掘那些能为最广大使用者群体所自发认知或生成的规则，设计传达才能如预期地实现。所以，发掘并掌握使用者群体能自发生成的编码规则，特别是基于生理性与心理性的编码规则，是设计者必须具备的专业化知识。因此，设计师的设计活动就是在用一种使用者群体的"语言"说着设计师自己该说的"话语"。

那么，在设计传达中的设计规则这一环我们又可以认识到两个问题：

1）任何产品都具有实用价值和象征价值，而编译这些价值的规则——科学性编码规则和艺术性编码规则，是设计者必须了解和善于运用的。

2）设计者所使用的编码规则必须要与使用者的解码规则相同，这样产品的价值才能得以实现。

3. 生产加工复制（信道）

在传统设计中，由于设计者对产品的设计和加工一般是不分工的，并且信文都是单件制作的，因而送到使用者手中的信文就是设计者制作的原件，信道的作用只在于加工和传送。

在现代，不同产品的生产不仅是在相应行业的工厂中完成的，而且还是由不同工种的工人分工完成的。因此现代设计中的信道技术就进一步地被高度专业化了。在产品设计的流程中，不仅生产技术是按工种分工的，并且生产与设计之间也被分工了。实践已经反复告诫人们，一位真正的工业设计师必须了解乃至掌握所从事领域的信道媒体的工艺技术。今天，设计符号学的理论也同样告诫人们，不掌握信道工艺技术，就无法保证送达使用者手中的产品信文能在信道中忠实地被复制并高度保真。

当然，设计者要掌握信道技术，不同于后续工种的操作工人要掌握的信道技术，也不同于工程师要掌握的信道技术。在产品设计中，设计者要掌握：

1）设计之初，必须了解所选材料是否适合该设计。

2）必须了解设计是否能表现该产品的特定价值。

3）必须了解该材料及加工工艺会在产品成形与表面处理上给设计带来怎样的制约。

4）必须掌握产品的色彩工艺技术，考虑如何保证在批量复制生产中色彩的工程化再现和工程化管理。

否则，设计者设计的信文与使用者最终接收的信文会产生很大的偏差，整个设计传达也必将以失败告终。

6.4.4 产品设计符号顺利传达的三个条件

我们已经知道产品设计符号的传达过程包括产品价值的获取过程和产品价值的传达过程，传达过程中又包括编码过程、解码过程和信道传送过程，要使产品顺利实现传达，就要求这四个过程必须畅通。

产品价值的构成和价值的满足是产品设计符号顺利传达的核心，其实质就是产品价值在四个过程中保持高度保真。结合产品符号传达过程的特点，我们可以总结出：要保持产品价值的不变，必须满足以下三个条件：

1）价值必须来源于使用者、消费者。这些价值在设计者收集到手中之前是表象的、杂乱的，需要设计者运用其专业知识进行筛选和整理。该价值包含产品的实用价值和象征价值。

2）设计者运用的编码规则和使用者运用的解码规则必须是一致的，或者设计者所使用的编码规则能驱动使用者使用与编码规则一致的解码规则。当然，无论是哪个方法都是建立在设计者对设计规则的了解和熟悉之上，发挥设计者对设计规则的主体性。

3）在信道中保持不失真，即在产品的大批量生产加工和复制中保持产品价值的原意。

这三个条件在产品设计中，其实就是市场调研和分析问题，设计方法问题和生产加工问题。从符号学的角度去理解产品设计中的三个基本问题，使设计思想更加理性化，同时也提出了产品设计一般的设计方法，并提供了一个新的设计角度。

6.5 设计符号学的构成要素

产品的符号如同人类的语言一样，没有语言人们无法交流、表达思想，同样，没有符号产品也就难以将形象的象征和喻意指示与意向进行双向的反馈与传递。我们都知道符号是传递信息的媒介，设计师通过产品的形态、色彩、肌理、装饰等要素以及设计意图、设计思想构成了他所特有的符号系统。通过这个符号系统，可以将产品的性能、使用、审美等传递给用户；通过这个符号系统，设计师可以传达出设计意图和设计思想，赋予产品以新的生命；通过这个符号系统，使用者可以了解产品的属性和操作方法，以及产品的性能和功能，它是设计师与使用者之间沟通的媒介；通过这个符号系统，可以将产品的情感、审美和意义等传递给使用者。设计师、产品、使用者三者的关系如图6-27所示。

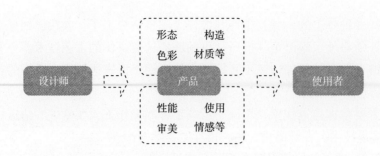

图6-27 设计师、产品、使用者关系图

符号学理论的引入赋予产品更深层次的思考：产品不只是某种功能实现的手段，也是高度象征性的生活或文化用品。这种以符号学的规律和理论方法来指导产品设计的方法称为产品符号学。在产品符号学的理论体系下，产品形态的设计就不仅仅表达产品是如何生产、运用了哪些技术、有什么样的功能，还要告诉一些有关使用者的信息，如生活方式、归宿感和价值观念，甚至还包括产品形态源自哪些文化脉络等。

按照美国哲学家莫里斯对符号学的分类方法，产品符号学可以分为产品语用学、产品语义学和产品语构学。产品造型的符号学规范，是从语构学、语义学、语用学的角度对产品造型提出的具体要求。其中，语构学着重处理造型语言、语汇之间的结构关系，它体现了造型要素在结构上的有序性；语义学着重处理造型语汇与它所涉及的对象之间的关系，即如何给人以直接的内容体验和潜在的隐性象征；语构学要素只有转化为语义学要素，才能使人获得感知上的意义关系。语用学则是处理造型语言与使用者之间的关系，也就是处理产品与环境的关系。

6.5.1 语构学要素及其规范

1. 语构学规则的作用与类别

（1）语构学规则的作用

在信文的编制中，只孤立地使用单位符号肯定是不可能表示复杂的语义结构的。为了能够构成更为复杂的语义结构就有组合更多符号的必要。这就像幼儿学话一样，最初他只能孤立地使用少数单词，语言的表现能力非常有限。但当他逐渐地掌握了更多的单词（反过来说就是有更多的语义规则对他进行制约），学会了遣词造句（反过来说就是有了语构规则对他进行制约）之后，他就能构成更为复杂的语义结构，表现能力就会难以置信地提高。但是为了使更多单词的组合能被收信人所理解、为发信人所掌握，符号与符号的连接方式就应按一定的排列关系构成。研究这种连接关系的学问就是语构学，规定这些连接关系的规则就是语构学规则。所以，有了这种语构学规则就能组合起单位符号，排列成语构单元（句），就可使符号表示更为复杂的语义结构，就可使发信人有效地进行信文编码，就可使收信人有效地进行信文解码，重建信息，从而使信息最终从语境中独立出来。

（2）语构学规则的类别

根据有无语构学规则，符号系统可分为两类：一类是有语构学规则的符号系统，如语言；另一类是无语构学规则的符号系统，如涂鸦、现代抽象绘画以及某些极端的前卫书法。有语构学规则的符号系统往往也有不同的语构类型，可分为自立型的话构规则与外界依存型的语构规则两类。

1）自立型语构规则。自立型语构规则完全取决于系统自身的规律，不被所意指的外部世界的表现所左右。汉语就具有这种性质，所以是自立型的语构规则。一般具有自立型语构规则的符号系统都是有较严密、较完整的规则或是很严密、很完整的规则。属于前者的如自然语言等，属于后者的如数理语言等。

2）外界依存型语构规则。符号系统未必都具有语构规则，如现代绘画中的形状符号，就是一种没有语构学规则的符号系统。同样，现代绘画中的色彩符号，也是一种没有语构学规则的符号系统。在这些系统中，符号在空间的配置不受任何制约。

但是用莫尔斯电码来构成某种语言的通信符号，它就有严格的语构规则的制约。如用它进行汉语的通信，那么这时它必须接受汉语的全部语构规则的制约；如用它进行其他语种的通信，它就必须接受其他语种的全部语构规则的制约。也就是说，在这种通信系统中的莫尔斯电码就具有了语构学规则。但是这种规则并不是自立的，而是完全依赖于它所依存的外部世界的规则，所以这样的语构学规则就称为外界依存型语构学规则。

属于外界依存型语构的系统除了莫尔斯电码系统之外，还有诸如交通红绿灯信号那样的系统。按道理红绿灯的开闭可以是完全自由的，不受任何制约。但是当它作为交通管理系统的符号使用时，就要受到它所意指的外部世界——交通管理体制的全面制约，从而成为具有严格语构学规则的符号系统。

设计中也是如此，按道理形状、色彩、材质符号本身没有语构学规则，但是因它们所依存的设计对象是有含义的，这种含义就是它必须实现的功能，这种功能要求这些形状、色彩、材质符号必须遵循特定的结合关系，从而使它具有了语构学的规则，成为一种非自立型语构规则的符号系统。符号系统的这两种分类并不是完全分割的，就像自然语言虽说是自立型的符号系统，但是它也在一定程度上依存于它所意指的外部世界。

2．语构规则的条件与作用

那么怎样的符号系统才符合语构学规则的条件呢？语构学规则是为了符号系统能构成具有更为复杂的语义结构的信文而提出的。

一个符号系统必须具备语义学规则，因为这是形成符号的必要条件。反之，一个符号系统未必具备语构学规则，即使具备语构学规则，也未必是自立型的语构规则。同样还可以以幼儿学语为例，在学语之初，他首先掌握了部分语音与少数词汇，即语义学规则，于是开始按当时的意向将少数词汇随机排列，构成高度语境依存型的表现。或许不是与他朝夕相处的父母就根本不明白他所说的，如可能他想说："我要吃饭。"但是人们听到的或许只是"饭饭，吃！"这样的表现；可能想说"大狗生了小狗"，但是人们听到的或许只是"小狗，大狗，生！"这样的高度语境依存型的表现。随着幼儿不断地成长、不断地学习，逐渐掌握了语构规则后也就逐渐从语境中独立出来，最终全面地发挥了语言符号的功能。可见，越是高度发展的符号系统就越具有严格的语构学规则，就越具有高度的表现能力。可见，规则的严格性与表现能力的充分性非但不是矛盾的，而且是相辅相成的。

3．语构排列的时空形式

所有有语构规则的符号系统，它们的语构排列仍有种种的差异，一般来说可以分为三种类型：时间型语构、空间型语构与混合型语构。

（1）时间型语构

时间型语构是指语构沿时序做一维排列的语构规则。语言符号就是时间型语构，这种性质也称为语言的一维性（线条性）。像语言符号这种沿时序做一维排列的语构，并不受外部世界（如同时事件）影响而改变，也就是说它有独立于外部世界的语构规则。具有这种语构规则的符号系统，除了语言之外还有文字符号。尽管文字符号看上去像是空间二维的符号，按空间二维排列，但本质上是由时间的一维性排列转化而来的，受时间的一维性的严密制约，并且在

阅读时还将重归时间的一维性。所以，不妨说文字符号仍为时间的一维性（线条性）符号。此外，属于时间型语构的还有音乐符号，音响设计中的音响符号也是时间型语构的符号系统。

（2）空间型语构

空间型语构是指语构沿空间做二维乃至三维排列的语构规则。属于这种语构规则的符号系统有摄影符号、绘画符号、地图符号、雕塑符号、建筑符号等。摄影符号具有从三维到二维排列的空间型语构（透视），尽管它似乎非常直观，其实语构规则未必自明。空中摄影与全息摄影就是如此，前者的透视规律不是一般人所能观察到的，而后者则完全没有了直观性。又如绘画符号中的写实绘画，既具有语构规则相当严密的部分——透视画法，也具有语构规则很不严密的部分——色彩画法（固有色或环境色）。其中的东方绘画的规则则更不严密，如散点透视，乃至带有随意性，一定程度上按主观所想绘画。从近代的某些西方绘画来看也是如此，是否具有语构规则实在令人不得而知。这些符号系统的语构都与语言的一维性形成对比，具有空间显示性。

（3）混合型语构

混合型语构是指那些具有四维时空存在的符号系统，在构成上既具时间性又具空间性的语构规则。戏剧符号、舞剧符号、歌剧符号等都属于混合型语构符号系统。在传播设计中，影视传播就是最典型的混合型语构符号系统。这些符号系统都是既具有时间的一维性，同时又具有空间的显示性的符号系统。

4. 设计符号的语构学要素及其规范

造型的形式要素，本身具有一定的数学性质。数学是反映现实世界的数量关系和空间形式的一种工具，它有助于人们对事物数量和形式的把握。完形规则的运用是造型的基本要求，从而使产品作为图形从背景环境中凸显出来。在图形——背景的分化中，通常用轮廓线将两者区分开，并把轮廓线看成是从属于图形的。彼此接近的或彼此在色彩、形状等方面相似的东西，容易被知觉为一个整体。造型的形式应该构成一个良好的图形，其组合关系应该具有一定的对称性和趋合倾向，以便使各部分之间形成一个更紧密和更完整的整体。

各种造型构成要素之间应具有同调性或相关性。所谓同调性是指各构成部分的风格或格调应该是一致的，如线型风格、基本形运用的一致等。一台大型机床设备，它的床身、底座、控制台等若采用曲线形式或圆弧形式，则均应保持一致。不要有的部件是圆弧或圆角的，而有的却采用直线型或直角的，这样使人很难把这些不同风格的部件看成是一个整体。结构要素的相关性，具体表现在各组成部分之间的密切联系和功能的相互配合上，这是构成内在有机整体的一个必然条件。

造型形式之间的秩序关系，反映了产品结构和使用的有序性质，也是取得形式美的条件。美国数学家柏克霍夫（G.D.Birkhoff, 1884—1944）曾经提出了审美度的概念。审美度（Measure）是衡量美的量化量度方式，它与秩序感（Order）成正比，与复杂性（Complexity）成反比，即M=O/C。这一公式表明：富有秩序感的事物容易引起审美愉悦。这是对美学原理的量值化、数学化的尝试。

造型所传达的符号意义，是由符号的指涉关系产生的。它可能是由造型要素反映出的符号指称对象的内在属性，也可能是造型形象唤起的记忆中的某种联想物。一种造型因素的含义通常是多种语义的历史集合，因此，要真正把握它，就要追溯历史沿革中的全部丰富内涵。意义是可解释的，对符号的解释也归因于一种习惯，它是约定俗成的结果。造型的意义可以是单一的，也可以是多重的，视具体场合和功能要求而定。

总之，语构学的规范可以概括为：

1）把握各种数学质的特征，发挥形式美的作用。其中有算术质（节奏、比例、韵律）、几何质（景深、位置关系）、拓扑质（多样性、立体感和形式感）等几种。

2）完形规律的运用，注意图形的闭和、相似和对称以及连续性效果，以独特性构成完形。

3）注意结构要素在坐标系中的状态，可利用水平、垂直或倾斜来取得稳定的、突出的或动态的感觉，注意保持重心的位置适当。

4）在几何关系变换的基础上取得秩序感，处理好秩序与复杂性的关系。

5）注意造型形态的单义性和多义性的关系。

6）处理好造型与环境的关系，对环境的影响可具有主导性和中立性，其指向可发散或集中。

6.5.2　语义学要素及其规范

1. 能指和所指

研究任何符号系统能指与所指关系的学术领域就是语义学，凡是符号就必然具有符号内容。作为符号内容的所指往往可能有两种形式，一种是指涉物，另一种是意义。

所指中的意义是始终存在的，而指涉物则未必。如语言或文字中有"鬼"或"麒麟"等词，显然在客观世界中并不存在鬼或麒麟这种指涉物，但是它们作为一个词的所指都有明确的意义。可见两种所指中意义具有更重要的地位。可以说所指的意义指明了所有符合该所指的指涉物的内在表现，或者说应该满足的条件。

又如汉语中的"门"字这一符号，它所指的指涉物就是各种建筑里的一道道具体的门。而它所指的意义又是什么呢？就是作为门所应具有的功能，也就是在建筑物原本被阻断的地方设置的开关设备，具有使人、物通过的功能。凡具有这种功能的对象都可以称为"门"。所以无论是木门、铁门、玻璃门，都是门。也无论是建筑物内部四周全封闭的门，或建筑物外部围墙上上方半开放的门，甚至于"国门大开"这种无形的门也可以称为门。如果说在造字之初还仅指有形之门的话，那么像"国门大开"这种无形的"门"就是满足上述条件的新对象了。这是由于"门"一词的意义并不具有排他性，所以当出现新意义时，可视为原有符号内容的变更。由此可见符号的两种所指中，"意义"较之"指涉物"具有更重要的价值。它使任何符号都可应用于与其"意义"相符的任何"指涉物"，而符号的存在也就是与其"意义"相符的"指涉物"的存在。

如果一个符号出现一种不符其"意义"的"指涉物"时，那么这就是它的"虚指涉物"。虚指涉物的出现有两种情况，一种是无意中如此指称，另一种是故意如此指称。前一种可说是符号的"误用"，而后一种则是"谎言"了。在一个符号系统未被充分掌握时，"误用"是屡见不鲜的。如果仅仅是"误用"的话，此时现实的指涉物应优先，可由现实的指涉物来对误用了的符号进行订正。设计中并不乏这种"虚指涉物"，如建筑中为了对称起见，在没有门的墙面上设置一道假门或在有门的墙面隐去这道真门。前者是门的"虚指涉物"，而后者则是墙面的"虚指涉物"。如果一种"虚指涉物"被广泛接受的话，就会出现符号的一种新的用法，这就是"比喻"。譬如，见大雪纷飞而指称为"鹅毛"，最初可能是哪个小孩的"误用"，但是这种误用如被接受并广泛使用的话，就演变为一种"比喻"了。在"比喻"这种"虚指涉物"存在时并不排斥现实指涉物的存在，往往两者处于共存、共竞的对等地位，甚至兼而用之，如指称为"鹅毛大雪"。

2. 外延与内涵（明示义与暗示义）

外延指使用语言表明语言说了些什么；内涵指使用语言表明语言所说的东西之外的其他东

西。例如，汉语中以[meigui]作为符号的能指时，它的所指则为蔷薇科植物玫瑰。通过意指作用将这两者结合起来就形成符号"玫瑰"一词，并登录在辞书中。蔷薇科植物的玫瑰（所指）这一词义就是符号[meigui]的明示义。所以，明示义也就是前述的符号的意义（Sense），或者称为符号的外延（Denotation）。

但是这个由能指与所指相结合的符号链体"玫瑰"往往又能成为高一层次的符号形式（能指），于是就出现高一层次的意指作用。在这高一层次的意指作用下确立了这个高一层次的新的能指"玫瑰"与另一个新的所指"爱"的结合关系。这一新所指"爱"就成了原符号能指[meigui]（玫瑰）的暗示义，也称为含义，或者称为符号的内涵。因而，[meigui]一词的意义就是蔷薇科植物玫瑰，而[meigui]（玫瑰）一词的含义就是"爱"。

符号的外延为符号规则所确定，而符号内涵则不为符号规则所确定，不为辞典所标明。

外延与内涵在符号性质上有较大的差异。首先在功能上，内涵是以外延为前提的，并且外延是为编码规则所规定的，所以能指与所指的结合关系稳定；而内涵不为编码规则所规定，是使用者的一种主观价值，所以能指与所指的结合关系基于主观判断，极不稳定。如果内涵被长期广泛地反复使用的话，就被规则化，成为准编码，而使自身出现外延化的可能。

这种在具有外延的同时，还将出现内涵的现象不仅在语言符号中有，并且在非语言符号中也有，所以是符号现象的重要表现，在设计符号中也是一个重要的现象。

产品的外延是指由产品能指（产品的结构、形态、色彩、肌理、装饰、界面等视觉、触觉、听觉要素构成的产品形象）表达产品所指的明示部分，即产品内容本身，说明产品的物理性、生理性的功能价值，表明产品是什么，有什么作用，性能如何，操作性、可靠性、安全性如何，是能指直接表达的显在关系。

产品的内涵是指由产品能指表达产品所指的伴示部分，即产品形象说明产品内容本身以外的东西，说明产品的心理性、社会性、文化性的象征价值，显示产品给人的感受，使用者的个性、品位、地位，品牌形象，地域文化特征等，是能指间接表达的潜在关系。

3. 语义学要素及其规范

产品造型要发挥语言和符号的作用，便要使这种语言为人们所理解。语言是约定俗成的产物，所以在运用造型语言时，要估计到文化背景和消费者对象。在语言的可理解性上，首先要避免产生认知障碍，如语言构成混乱，将不同类型的造型语言混在一起，使人失去了辨认的依据。其次，在运用新的造型表现形式时，要使它易于学习，便于识记，一经了解即可过目不忘，避免在运用时还要思考。再者，各种造型要素应具有同调性或风格一致性，有助于人们对产品语言的理解。

造型作为意义传达和功能表现的手段，其传达方式应具有内在性。也就是说，它是通过隐喻或象征手法使人体会到，而非用图解或附加文字说明的方式来传达。在传达的内容上，应包括物质存在的特性、生产厂家和品牌特征以及质量信息。造型的功能表现力可使人感受到产品对人的意义，从而展示出产品的价值。形象的鲜明性是造型独特性的表现，它可以形成突出的产品个性，从而不致使自身淹没在同类产品的汪洋大海之中。

对于产品造型的要求，一是要构成完形，从而保证整体轮廓的张力；另一方面要具有简洁性，从而使形象富有力度感。形体特征依据功能结构的特性，可以采用体量造型，也可以采用趋于平面造型的箱形造型。

产品应尽可能加大科技内涵，而且造型要具有时代感，适应人们的价值取向和生活方式的变革。时代性的概念与时尚流行或时髦不是一个层次的问题。时代性是以当代科技水准和文化意识作为背景的，反映了当代的价值取向和文化特征。

造型的艺术表现力是发挥信息传达功能和审美效应的途径。产品的物质性主题和现实性主题是艺术表现的前提，它使产品实用功能得以视觉化。在审美效应方面，可以进行两极审美变换：一级审美变换是将物质因素转化为具有情感内涵的符号；二级审美变换则是使产品富于秩序感。审美意向应具有兼容性，使其适应于不同的个性气质和趣味，从而在艺术表现上产生一定的模糊度，取得更大的环境适应性。但是其中必然包含对一定价值取向的表现。

另外，信息的传递要有一定的冗余度，就是说除了必要的信息量之外应有一定富余量，以免在信息损耗时造成寓意的模糊不清。造型中也要考虑提供必要的信息冗余度，以免在受到干扰时无法辨认。特别是涉及各种操作的标识物以及品牌等生产标志，要有足够的信息冗余度。

总之，语义学规范可以概括为：

1）产品语言的可理解性。应具有同调性、无认知障碍且易于学习识记。

2）传达方式的内在性。首先要以隐含或外显的方式传达出产品的存在性、生产厂家及质量信息；其次，对产品的功能意义和使用方式给以直观的呈示。

3）造型应具有完形张力和简洁性。产品形象要鲜明且具独特性，并能引起一定联想，其意义指向可以是集中的，也可以是发散的。

4）通过形态变换取得艺术表现力，体现人文价值，将物质要素转化为情感符号并突出秩序感。

5）造型应具有时代的适应性，使其与时代精神和文化特征相适应，以带动生活时尚的发展。

6）保持一定的信息冗余度。

6.5.3 语用学要素及其规范

产品是供人们使用的，因此造型尺度的选择必须以人为依据，按照人体测量和人的感知、活动特性处理造型的形态。尺度问题涉及体量、人机界面等，背离了人的尺度就会使人在使用和接触中感到不便，在视觉、心理上产生不舒服感。

造型要注意处理好空间和环境的视觉效果。造型构成的轮廓和边界是人们把握产品形状的依据，人的空间视觉敏感度是视角的倒数，要使人们能够看清一个物体的轮廓，就要有足够的视觉。产品视觉的清晰度受环境背景的影响，背景会产生对比作用，一个产品在明亮背景下比在深色背景下显得暗。同样，产品也受背景光辐射的影响，辐射光线会改善产品的视觉条件，使之更加明亮清晰。

总之，语用学造型规范可以概括为：

1）以人为中心的尺度适应性。它表现在与人的直接或间接联系上，以及对社会普遍的及针对个人的尺度关系。

2）空间视觉效果。造型要考虑到背景、辐射和视觉后的影响，以便使产品适应于不同的环境条件。

3）造型的整体效果及其对环境的影响。整体布局中使强对比处于中心，或用补偿对比加强整体效果，各构件之间保持整体的相关性。

4）运动的适应性。应考虑重心位置等对人在使用产品时的影响，以保持产品的稳定性。

5）设计的工艺可行性。所用材料和工艺应与现有技术条件相适应，这是产品经济可行的必要条件。

6）产品类型及市场前景。根据产品类型特征选择造型款式并顾及到市场的接受程度，形成艺术设计上的卖点。

6.6 设计符号学的设计规则

对设计规则的探求，其实质上就是对符号意指作用的探求。符号的形式之所以能体现符号的内容，在产品设计中，产品之所以能体现价值信息，就是通过设计规则来实现的。

当然，这里所探求的规则不是使用者自己的设计规则，那些高深莫测、晦涩难懂的专业知识是使用者、消费者无法理解的，更无法用于满足对产品的价值需求。正如前面所说的，这些规则必须是设计者和使用者所共有的。这里对所探求的设计规则也是从使用者和设计者共有的角度出发，总结出一些基本的、社会约定俗成的根本规则。本节将从形态、人机、色彩、心理四个方面去探求这些基本规则。

6.6.1 形态规则

工业产品形态各异，其特色和风格随着时代的不同、地区的不同和民族的不同而有所差异，其形态也因产品的物质功能的不同、加工方法的不同以及生产方式的不同而不同。概括起来形态有两种风格，另一种是简单朴素，另一种是复杂华丽。在形态设计中必须处理好这两方面的关系。过于简单使人觉得单调、简陋、呆板、工业水平低，过于复杂华丽又令人感到繁琐杂乱、形象模糊。

现代工业设计中对形态的要求应符合当今时代的要求，适应现代化工业大生产的特点。现代造型的特点是简洁、简练、明快，主形体印象深刻，富于变化创新。在形态设计中特别注意整体感、单纯化和主形体突出。

在造型设计中，形态是指平面图形或实物体在人视觉中的形态和相貌。任何造型都有其形态和相貌。当人们观察它们时，可以使人产生联想，引发人们的感情活动。虽然物体也可能通过非视觉令人们感知它们，但视觉形象要比非视觉感知多得多，而且视觉感知敏锐、全面，能辨别微妙的差异。

当然，现代形态造型研究不仅仅是关注形态造型在人视觉上的影响，还关注使用者的心理、生理感受，因此更不能摆脱环境对其的制约。

1. 形态要素规则

工业产品的外观形态纷繁多样，但如果仔细观察、分析和归纳它们的形体构成，不难发现它们共有的规律，即都是由一些基本的几何要素按照各自的方式组合而成的，这些基本的几何要素就是点、线、面、体。

（1）点规则

我们知道，几何上点只有位置而无大小，但在工业设计中，所谓的点是指那些和整体相比起来相对细小的造型单元。按键、开关、商标、符号和整体相比都可以认为是点。因此，点既有大小，又有形状。

点的形状有很多种，但总的来说有直线类点和曲线类点之分。直线类点给人以坚实、有力之感，曲线类点给人以饱满、充实、圆润之感，如图6-28所示。

同时，经过编排的点会对形态产生极其明显的作用和影响，视觉效果也随着其数目、位置、排列方式的不同而不同。具体如下：

图6-28 各种点形态

当面上或空间中只有一个点时，该点就会特别明显地突出，不断吸引人的视线而成为视觉中心，如图6-29a所示。

当形状、大小相同的两个点在一起时，在视觉上两点之间有互相吸引和互相排斥的作用，使人的视线在两点间不断移动，视觉上似乎有线相连，如图6-29b所示。

多数相同的点分散排列时，由于视线分散，不易形成视觉中心，观察后给人某种图形效果，如图6-29c所示。

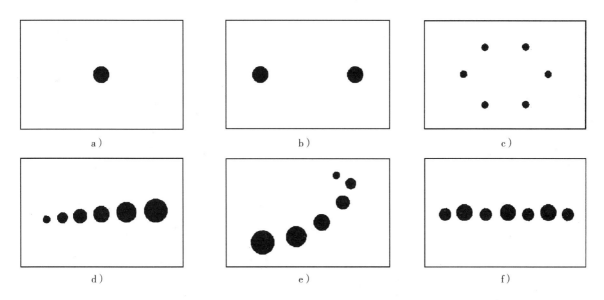

图6-29　点的排列

当形状相同、大小呈规律变化的点规则排列时，给人以运动感和空间进深感，如图6-29d、e所示。

形状和大小都不同的点有规律排列时，给人以跳跃感和节奏感，如图6-29f所示。

形状大小多变又没有明显排列规律的点，给人以杂乱无章又不协调之感，在设计中应该避免出现。

手机按键设计是最能体现点规则这一思想的，如图6-30所示。此款电话无论从整体还是局部，按键都是以曲线为主，给人以圆润、充实之感，同时这些曲线的点虽然有大有小，形状也不尽相同，但却是有规律地分布的，主要功能键也通过形状大小做了区分，给使用者一种轻松感和跳跃感，在使用时也拉近了人与产品的距离。

图6-30　手机按键设计

图6-31所示的手机按键则很好地表达了点的有规律排列给人以运动感和空间感，所以此款手机注定是面向年轻一族的。

从点规则的探求中，我们可以发现设计者应运用点的大小、形状、排列分布等规则进行设计，避免杂乱无章又不协调的设计。

图6-31　某设计展获奖手机

（2）线规则

形态设计中的线是指平面立体中的棱线，曲面体的轮廓线、面所积聚而成的线，平面图形的边界线，造型物上的分割线、装饰线以及那些长宽比比较大的造型物本身。

在造型设计中，直线也被称为硬线，它给人以刚劲、挺拔之感。直线的方向不同，其本身所呈现的个性也不同，视觉效果也不同。在形态设计中往往利用不同方向的直线来构造形体或装饰产品，以改变或改善产品固有的形态。直线有水平线、竖直线和倾斜线三种。

水平线：水平线有引导观察者视线做水平移动的作用。使人感到平衡、安全的运动。交通运输设备就是一种既要给人以运动感，又要令人感到平衡、安全的造型物，所以在其上常做出水平分割线和装饰线。

竖直线：竖直线又称铅直线，它有引导观察者视线，使之做上下竖直运动的作用。竖直线表现了力量和重力的平衡，视觉效果挺拔、刚健、向上、稳定。在产品上用竖直线可增加挺拔感、现代感。如图6-32所示的音响设计，外观整体以直线为主，内饰也以两条直线划分出了功能区，增强了音响挺拔、刚劲、有力的视觉效果，同时也体现了音响的动力强劲，现代气息十足的特点。

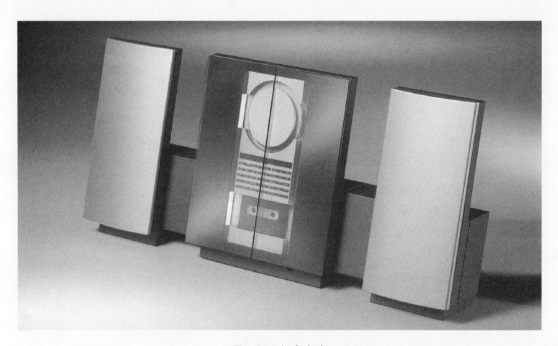

图6-32　组合音响

倾斜线：可以将倾斜线看成是水平线和竖直线运动而形成的，它给人处于运动中间位置的视觉效果，有动态不稳定、不平衡之感。在形态设计中，使用倾斜线可以使产品形态显得活泼、醒目，打破由于竖直线和水平线过多而造成的方正感，避免严谨、呆板。

现代工业产品在使用时要满足一定的数学、物理性能上的要求，如高速汽车、船舶和飞行器等都要求其外形符合空气动力学的要求以及对光照的反射效果等，这就使得曲面在造型中大量使用，设计曲面和制造曲面的基础在于构造和制造曲线。通常曲线给人以光滑、流畅、圆润、丰满且有弹性之感，富于变化，巧妙设计可以设计出丰富多变的形体。

曲线按其形成规律可以分为两类：一类是解析函数曲线，另一类是自由曲线。

解析函数曲线指那些可以用较简单的解析函数式表达的曲线。圆、椭圆、抛物线、渐开线等都属于此类。解析函数曲线的特性和变化规律随其函数关系的不同而不同，但总的特点是变

化规律性强，变化关系相对简单，易于构造和制造。此类曲线的
特点是给人以科学性和现代化之感，如图6-33所示的旋椅。

图6-33 旋椅

　　自由曲线又可分为两种：一种是造型设计时由艺术家或设计
师按美学法则徒手自由绘制而成的；另一种是由计算机辅助设计
构造而成的。前者曲线呈任意形，给人以优美、流畅、活泼和浪
漫之感。它富有特殊的表现力，易使观察者产生丰富的联想。此
种自由曲线在使用上的局限是不能满足数学、物理性能，故常用
于轻工业产品或日用造型或用做装饰曲线，如图6-34所示。后一
种自由曲线是根据造型物的功能要求，按照某些约束条件控制曲
线上的若干型值点，用拟合或逼近的方法构造而成的。在制造时常利用数控技术实现，此种自
由曲线广泛地用于飞机、船舶、汽车的形态设计中。

　　单线和复线：不同粗细的单线表现力不一样，在形态设计时，往往把两条或两条以上的
不同粗细线合到一起使用，其视觉效果刚中有柔，粗犷中有秀丽，浑厚中见精巧，在设计装饰
线、分割线时常采用这种线。也可以把多条细线组合使用成为复线，使其宏观效果显著而微观
效果轻巧。

　　线的凸和凹（明线与暗线）：产品某表面上的分割线或装饰线若与所在表面平齐或凸出于
该表面，则称其为明线；若凹低于该表
面，则称其为暗线。由于线的凸凹不同，
光影效果不同，表现力也有差异。明线显
得明快、饱满、突出；暗线显得深沉、含
蓄。在产品的薄板外壳上压制出凸凹的棱
沟或固定上装饰条，不但可以得到明线或
暗线的装饰效果，而且还可以增加它的强
度和刚度，如图6-35所示的Apple的概念
表。

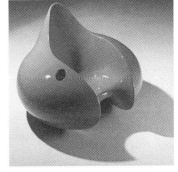 

图6-34 太空椅　　　　图6-35 Apple的概念表

　　（3）面规则

　　造型设计中的面包括两方面内容：一方面是指造型物的表面，造型物是通过表面和外界
接触，让人们感知它的存在；另一方面是指那些厚度特别小的造型物本身，如薄壳屋顶、船帆
等。这后一种面是有厚度的，这点与几何上的面是不同的。

　　从几何的角度分析，面是线以某种规律运动的轨迹，不同的线以不同的规律运动就形成了
不同形状的面。面有平面和曲面两种。

　　平面：平面给人的感觉是平坦、规整、简洁。由于平面易于制造和加工，使用上有很多优
良性能，所以平面是各类造型物中使用最广泛、最基础的面。建筑物、机器、仪表、家具等大
多是平面。

　　曲面：曲面给人的感觉是流畅、光滑、自然，富有女性、动感之美。在光线的照射下能形
成丰富变化的"亮线"效果，显得富丽豪华，如轿车、飞机上的曲面等。曲面在形态设计中运
用得比较广泛，因为它不仅可以满足外观要求，还可以满足对造型物表面的某些物理、数学性
能上的要求。这些要求往往是造型物必须保证的功能要求，如飞机、船舶的流体力学要求，某
些设备对光和电磁波的反射、聚散要求，以及某些导管的截面变化要求等。

　　任何一个工业产品，都不可能由单纯的平面或曲面组成。对形态需求的造型设计来说，往
往是通过曲面和平面的组合而成的。平面和曲面的不同数量，不同排列，不同组合，赋予了产

品不同的语意。在汽车造型设计中很好地说明了这一点。图6-36和图6-37所示是非常经典的AudiTT，完美地诠释曲面和平面在产品外形设计中的运用。

图6-36　Audi TT前视图

图6-37　Audi TT后视图

2．轮廓形态规则

任何物体都有轮廓形态，当我们从某个方向观察立体型时，它的轮廓具有和平面型相同或相似的属性。如一个圆柱体，当沿着轴线观察它时，它具有圆的属性；当从其轴线垂直方向观察它时，它具有矩形或正方形的属性。一个圆锥，当沿着与其轴线垂直方向观察它时，给人的感觉是"三角形轮廓"。需要注意的是：在立体型的轮廓形态中，轮廓边界线有时实际上是面积聚而成的。由于其表面的影响，它的轮廓形象给人的感觉和同样轮廓形象的平面型还是有差异的。如圆锥，虽然具有三角形轮廓，但由于它的曲面在显示中有反光效果，观察它时还是和观察平面三角形的感觉不一样。

（1）直线轮廓形态

直线轮廓形态因为边界都是直线，故给人以刚劲、有力、整齐、简洁的感觉。常用的直线轮廓形态有以下几种。

1）正方形。正方形四边长度相等，四角均呈直角，给人形态规整、严肃、明确的感觉。但由于其四边四角相等，缺乏变化，故也有单调之感。

2）长方形。长方形又称矩形，长短边之比可按需要取不同的比例，如取整数比、黄金比、均方根比等。当长短边之间比例过大时，会呈现出线的感觉。长方形虽四角相等且均为直角，但邻边不相等，所以在端正、稳定中显得有变化，在严肃中又显得比较活泼。而且长方形如果长边水平放置时，则显得稳定；长边竖直放置时，则显得挺拔、高耸；倾斜放置时，则给人以不安定的倾倒之感，如图6-38所示。

3）梯形。梯形上下两个底边互相平行而其两腰可呈现各种不同角度和方向的倾斜，具有倾斜直线的特性，其视觉效果灵活多变，可形成多种风格的不同形象。不同梯形的视觉效果不同，如图6-39所示。其中，图6-39a为正等腰梯形，给人的感觉是端庄稳定；图6-39b为倒等腰梯形，给人的感觉是轻巧、不稳定；图6-39c为直角梯形，给人的感觉是稳定有力；图6-39d为双斜梯形，给人的感觉是现代、动感。

4）三角形。三角形随着三边长度的变化而变化。但无论怎么变化，至少两个内角为锐角，对人们的心理有刺激作用。等腰三角形，如图6-40a所示，显得稳定，有进取攀登之势，有尖锐之感，有时候还给人以不安全的感觉，顶角越小这种刺激越强。等边三角形，如图6-40b所示，三角、三边相等，形态均衡、稳定，仍有刺激感，但刺激感不强，形象端正但略显呆板。高低比例过大、过于低宽的三角形，如图6-40c所示，此种三角形平坦，缺乏活力，但稳定性好。不对称三角形，如图6-40d所示，有向尖角方向高速运动之势，高速飞机的机翼大多采用此种形状。

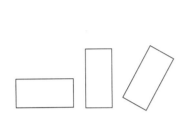

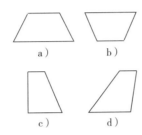

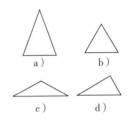

图6-38　直线轮廓　　　　　图6-39　各种梯形　　　　　图6-40　各种三角形

（2）曲线轮廓形态

1）圆。圆具有圆周上各点到圆心等距、曲率相同、半径不变的几何特性，易于加工造型。这些特性决定了人们为了保证产品的物质功能而必须在很多产品上使用圆来进行造型设计。在视觉效果上圆有极好的对称感和平衡稳定感，给人饱满、充实、完美、光滑、闭圆、统一的感觉，还可以给人一种周而复始地旋转运动的动感。

2）椭圆。椭圆是圆的一种派生形式，随着长、短轴的比例的不同而呈现不同的形状。椭圆给人以光滑、流畅、秀丽的感觉，在视觉效果上比圆要显得活泼和灵巧。

3）随意的曲线轮廓形态。这种曲线可以是单一的或组合的曲线，具有一般曲线的特征。这种曲线的运用更多地依靠于设计者的经验和感性知识，如图6-41所示。

（3）轮廓形态的变形

某些轮廓形态不理想时，可以对它变形，改造成另一种形态。例如，直线轮廓形态的缺点是容易使人感到生硬、呆板，如果在原始形的基础上进行变形，将直线轮廓改为某种曲线，则会变得柔和、秀丽，如图6-42和图6-43所示的两款Apple产品外形就是正方形各个边的变形结果。

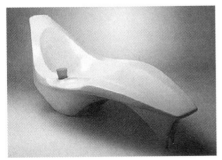

图6-41　浴缸　　　　　图6-42　Apple机箱　　　　　图6-43　Apple显示器

（4）自然形态规则

自然形态是自然界中完全依靠自身规律生长的、非人类创造的形态，这些形态甚至在人类出现以前就已经形成了。伴随着人类的发展，自然形态也在不断地演变和进化，形态丰富、种类繁多的自然形态与人类一起共同创造了一个五彩缤纷的大千世界。在产品设计中，设计者在自然形态中产生设计的灵感，使用者在对自然形态的使用中感觉与自然更加接近。

在现代产品中，对自然形态的运用应遵循两种规则：一是自然物的功能规则，二是自然物的外形规则。

自然物的功能规则是设计者了解自然形态的内在规律，然后将这种规律运用到产品中，如电子眼、雷达等。这种规则局限于设计者的使用，是设计者解决某种产品功能的方法。而使用者在实际使用中仅仅使用的是产品的功能，因此并不了解这种来自自然的功能规则。

自然物的外形规则是摸得着、看得见的，是使用者和设计者建立联系的直接基础，这种外形可以是直接来自自然物，也可以是对自然物的变形。

如图6-44所示的烟灰缸设计，将烟灰缸外形设计成人体肺的形状，在解决实际功能问题的基础上，告诫使用者吸烟会对肺造成很大伤害，提醒他们吸烟有害健康，从一定程度上减少了使用者的吸烟量。如图6-45所示的启瓶器，通过对人体运动时形状的模仿，巧妙地解决了本身的功能问题，又给使用者带来了很大情趣。

图6-44　肺状烟灰缸

图6-45　启瓶器

6.6.2　人机规则

人机规则研究的学科基础主要来自人类工程学。人类工程学是研究人、产品及其使用环境之间相互作用的学科。

我们将从以下三个关系中去探求人机规则：第一是人与机的关系研究，这种关系分为两大类，一类是人的各个部位尺寸与产品的匹配关系，另一类是人的感知（视觉、听觉、触觉、心理、文化等）与产品的匹配关系；第二是机与环境的关系研究，主要研究产品与环境之间相互制约和促进的关系；第三是人和环境的关系研究，主要研究特定环境中各种因素对人的影响。

1. 人与机的规则

人与机关系包含人体尺寸与产品的关系和人体感知与产品的关系两个层面，对于人体感知与产品的关系本节不做讨论，这种关系分散在心理规则、色彩规则、形态规则等中。这里重点讨论人的各个部位尺寸与产品的关系，这种尺寸包括静态尺寸和动态尺寸。

一般情况下，产品的外形尺寸大小、各部位的间距等都来自人体尺寸。现实生活中，这两种尺寸是紧密联系在一起的。例如，手机设计中，手机的外形尺寸、按钮大小的确定不仅仅是根据人体手掌大小和手指截面大小来确定的，它还是人在使用中拿手机的过程、翻开手机的过程、放手机的过程以及特定人群固有的使用习惯等各种因素的综合考虑的结果（详见人机工程学相关教材）。

大部分时候，设计的产品尺寸要选用合理的百分位（第5百分位到第95百分位之间），在不涉及使用者健康和安全的情况下，选用适当的偏离极端百分位的第5百分位和第95百分位作为界限值较为适宜，如由身高决定的产品（门、通道、床等）其尺寸可以以第99百分位数值为依据。

人机学的数据大部分是裸体或穿背心、胸罩、内裤时测量的结果，设计产品时不仅要考虑使用者着衣、穿鞋的情况，而且还要考虑其他配备的东西，如手套、头盔等。

总之，在实际设计中，以上的数据对设计者而言只是一种参考，在这种参考下，还需要设计者以最终产品面向的使用者为基础，综合地分析因为地域、年龄、种族、性别、文化等因素造成的人体尺寸的差异，结合这些特点，设计者才能真正建立人与机器的和谐关系。

2. 机与环境的规则

这个规则是研究产品与环境之间的关系。产品是人的产物，对人而言产品也是环境的一部分，因此产品和环境的和谐与否直接影响到无法脱离环境的人。这一点正是以往众多设计中认识不足的地方。下面从产品对环境的影响和环境对产品的影响两方面来说明。

（1）产品对环境的影响

这个影响主要是从环境保护角度来考虑的，历史告诉我们破坏环境对人类生产和生活带来多大的影响，而产品作为人和环境的纽带起到的作用是最直接的，这就要求设计者在设计产品时要从环境出发，充分考虑产品对环境的影响，如材料对环境的污染，生产所需要的环境资源，可再生和回收等问题。

（2）环境对产品的影响

这个影响是指在某一特定的环境中，环境中各个因素对设计产品的制约和影响。例如，在办公室安静、严肃、高效的环境中，不可能使设计的台灯有播放音乐的功能；在以传统风格为主的居室里，不可能摆放完全不同风格的物品；在炎热的场所中，也不可能设计、摆放一个不耐高温的物品等。可见，产品设计除了了解使用者的需求之外，也不能忽视环境的需求。当然很多时候，这两者的需求是一致的。

环境的制约因素很多，它包括自然因素和人为因素。自然因素有温度、湿度、噪声、光线等；人为因素有风格、气氛、特定环境的要求等。环境中自然因素的制约比较客观，因此在设计中也比较好把握。以噪声因素为例，如表6-2所示，设计中只要把握好这些已经量化的要求，就能满足自然要求。但人为因素的把握比较困难，一方面因为其比较抽象，另一方面也有比较强的主观因素，这就要求设计者充分理解环境的人为要求，同时也要与这种环境下的人做好充分的沟通和理解。

表6-2　各种场合中噪声的允许值

建筑类别	房间名称		允许噪声标准/dB
住宅公寓	卧室、书房	一级	10
		二级	45
		三级	50
	起居室	一级	45
		二三级	50
学校	语言教室、阅览室	一级	40
	一般教室	二级	50
	无特殊安静要求房间	三级	55
医院	病房、医务人员休息室、门诊室	一级	40
		二级	45
		三级	50
		一二级	55
		三级	60
	手术室	一二级	45
		三级	50
	听力测听室	一二级	25
		三级	30
旅馆	客房	特级	35
		一级	40
		二级	45
		三级	50
	会议室	特级	40
		一级	45
		二三级	50
图书馆	阅览室		30
	视听室		25
办公室	办公室		40
	设计、制图室		45
电影院	普通影院		40
	宽银幕立体声影院		30
	全景影院		25
	标准放映室		30

3．人与环境的规则

如果仅仅从人与环境的关系来看，里面的关系就比较明确，如温度、噪声、光、气压等对人的影响，这与环境科学理论相一致，但这里的人是使用产品的人，具有产品的特殊性。在工业设计中，人与产品是分不开的，人和产品的关系也是建立在环境的基础上的，因此与其说机与环境的关系或者人与环境的关系，还不如说人与机和环境的关系。

总之，从人机规则的三个方面——人与产品的关系、人与环境的关系和产品与环境的关系的分析，我们知道人、产品、环境三者是紧密联系在一起的，设计产品其实也就是在设计人和环境，孤立任何一样，设计都会失败。

6.6.3 色彩规则

产品的色彩搭配也是产品设计的一大学问，好的色彩能拉近消费者与产品之间的距离，刺激其消费欲，使使用者在使用过程中身心愉悦，建立使用者与产品之间的情感联系。有时色彩的选择，还能简化产品的使用，给使用者以功能提示等作用。

1．冷暖规则

在产品设计中，色的冷暖感运用也相当的多，一般视具体产品而定。如一些生活用品，为了增加亲切感，常运用一些暖色系的色彩。如图6-46所示的家庭记事本，采用了黄色和橙色的搭配，外形上又运用了香喷喷的面包造型，让使用者一眼就会为它着迷。

办公用品、机器设备等产品的设计往往会采用一些冷色系的色彩，这样就可以让使用者保持头脑理智，提高工作效率。如图6-47所示的医疗器械，以白色的冷色为主，虽然加了一点紫红色来产生对比效果，但在整体冷色调为主的产品里，这一点暖色给人的感觉却是提醒使用者在使用该设备时请注意安全，这一冷一暖的色彩配合可以说是发挥到了极致。

除了考虑产品的不同外，设计者还需要考虑使用对象，如儿童、青少年往往喜欢暖色系的色彩，如图6-48所示。而中、老年则喜欢用一些相对偏冷的色系，这与人的不同年龄、不同阅历有关。

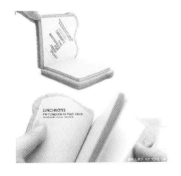

图6-46　面包形的记事本

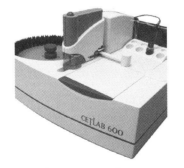

图6-47　医疗器械

图6-48　儿童玩具

2．动静规则

动指的是兴奋、明快等感觉；静指的是沉静、忧郁等感觉。

兴奋与沉静的感觉与色相、明度、纯度都有关系，其中尤以纯度影响最大。在色相方面，红、橙、黄等暖色使人想到斗争、热血而令人兴奋；蓝、青使人想到平静的湖水、蓝天，从而使人感到平静；绿、紫是中性色。在明度（见图6-49）方面，级8为中性，级7以下有沉静感，级9以上呈兴奋感。纯度影响最为显著，纯度级8为中性；在级6以下时，彩度越低，沉静感越强；纯度级10以上时，彩度越高，兴奋感越强。暖色系中，明亮而鲜艳的颜色呈兴奋感，深暗而浑浊的颜色呈沉静感（见图6-50）。因此，在酒吧、游乐场等娱乐场所，常会用些明度、纯度比较高的色彩来增强兴奋感，如图6-51所示的这款放在酒吧的座椅；而在医院、公共场所则用明度、纯度较低的颜色给人安静的感觉，如图6-52所示的这款为家庭设计的桌椅，绿色给人以大自然安详、和谐的气息。

图6-49　明度的动静感

图6-51　极具视觉刺激的椅子　图6-52　家庭桌椅

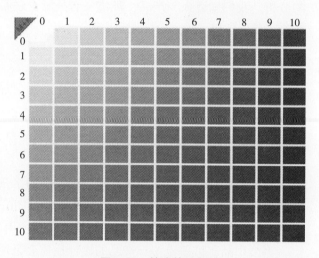

图6-50　纯度的动静感

　　明快与忧郁的感觉与明度、纯度有关系。明度在级5以下呈忧郁感；在级6以上时，随着明度的提高，渐趋明快。在纯度方面，级6为中性，纯度越低越呈忧郁感。随着纯度的提高，尤其是纯色，具有最高的明快感。

　　总的来说，暖色、纯度较高、对比强、多彩的颜色给人以动的感觉，而冷色、纯度、明度都比较低的颜色给人以静的感觉。

3. 软硬、轻重规则

　　软硬感和轻重感都跟明度有着密切的联系，明度低的色彩给人以硬重感，而明度高的色彩则给人以轻软感。这一点在塑料产品中运用得很广泛，如一些手机，经常会使用一些明度较低的色彩或金属色来体现其强度。

4. 色彩的偏爱规则

　　色彩的偏爱在前面我们已经介绍过，这里用表格的形式更明了地总结出来，具体如下：

　　1）因年龄的不同而不同（见表6-3）。一般来说，儿童喜欢纯白；青少年喜欢明快活泼之色；中年喜欢含蓄的中间色；老年人多喜欢深重之色。

表6-3　不同年龄段的人对色彩的偏好

偏好度 年龄段	1	2	3	4	5	6
儿童	蓝	红	绿	黄	紫	橙
成年	蓝	紫	红	绿	橙	黄
老年	蓝	紫	绿	红	黄	橙

　　2）因性别不同而不同（见表6-4）。一般男性喜欢冷色系，讨厌暖色系；女性喜欢暖色系的紫红、红，冷色系的绿、青，讨厌中间的黄橙、黄绿。

表6-4 男、女对色彩的偏好

偏好度 性别	1	2	3	4	5	6	7	8	9	10	11	12	13	14	15	16	17
男	蓝	蓝青	蓝绿	蓝紫	红紫	红	粉红	绿	黄绿	橙	朱	黑	绿调黄	白	黄	灰	红调黄
女	蓝紫	蓝	蓝绿	藏青	红	绿	青绿	白	绿调黄	粉红	灰	黑	朱	红紫	黄	橙	红调黄

3）与色彩明度有关。色彩明度越高越受欢迎，而纯度方面则喜欢高纯度色和中纯度色。

4）色彩的好恶还受到时代、流行趋势、地域观念等的影响。

因此，设计者要对设计的目标人群进行色彩的好恶分析，选择恰当合适的色彩，从而使产品更具亲和力。

5．常见色相的性格规则

人受到一种色彩刺激，由生理到心理，将产生很大的影响，其影响有好有坏，没有绝对的客观性质。不同的色彩在复杂的因素下所产生的联想、象征、感情等视觉心理与人们的色彩体验相联系，使客观的色彩具有了复杂的性格。下面是对一些常见色彩的性格介绍。

1）红色。容易使人联想到太阳、热血等，象征着生命力、健康、活泼、青春、希望等，是一种积极的颜色。但是红色也由于其性格强烈、外露而被认为是幼稚、野蛮、危险的颜色。

红色靠近紫色，性质就会很快变化，红紫是冷静而明度不高的色彩，性格变得文雅、柔和，但如果使用不当则有恐怖、悲哀、污浊的感觉。

红色变暗以后，有沉重、沉着、朴素之感。红色变成粉色，个性比较柔和，具有健康、梦幻、羞涩的感觉，女性比较喜爱。

2）橙色。橙色比红色的明度高，是使人兴奋的颜色，是跃动、华美的象征，含有炽热、温情等意义，因而无疑是年轻人的颜色，具有热情的风格。

使用橙色时，要求与环境气氛相适合。配色上，橙色与黑、白搭配较好。

3）绿色。绿色是大自然的颜色，象征着永远、和平、安逸、安全、理解等。一般来说，绿色是指纯绿，因为不像红色系那么刺激，给人以舒缓的感觉，因此运用得非常广泛。

绿色中的青绿色是深海的色彩，是深远、沉着、智慧的象征。黄绿色能营造出清爽的气氛，中绿和墨绿有成熟、老练的感觉。

4）黑色。黑色虽属无彩色系，但也有感情。黑色使人想到黑夜、黑暗、寂寞、神秘，它也是不吉利的象征，意味着死亡、恐怖、罪恶。黑色还有严肃、庄重、解脱之义。黑色是消极的颜色，但是与之相陪的色彩都会因为它而变得令人赏心悦目。

一般情况下，黑色与性格强烈的色彩组合会体现出非常摩登、时尚的个性。在产品中，黑色不宜大面积使用，否则很容易失去原本的魅力而变得阴森、恐怖。

5）白色。白色有它固有的感情特征，即不刺激也不沉默，与其他颜色相配时会变暖，也会变冷。白色象征光明、纯真，同时也有轻快、朴素、清洁的意味。

一般情况下，白色与具有强烈个性的色彩搭配，更能体现年轻、活泼。本白色是稍带灰色的白色，虽不及白色纯粹，但更安定、沉着。

6．色彩的对比规则

色彩的对比是指某种色彩在与其他色彩的比较中存在并展现自己的审美价值。一种色彩并不存在漂亮或不漂亮的问题，即使是单色装饰，也总是与被装饰物体的色彩环境相比较而具有意义，也就是说，色彩是与人、环境的色彩相比较而产生美的评价。

（1）明度对比规则

因色彩明度而形成的色彩对比称为明度对比。明度对比的研究是以蒙塞尔色立体为例讨论的，把明度轴一分为三。处在明度级7以上的明度级（7、8、9、白）为高明度阶段；处在明度级3以下的明度级（黑、1、2、3）为低明度阶段；其他（4、5、6）为中明度阶段。明度的对比按其强度也分为三类，即把3个级差以内的对比称为短对比；把8个级差以内的对比称为长对比；5个左右的对比称为中对比。这样，我们把高、中、低三种明度阶段作为产品色彩组合中的大面积色彩，与加入产品组合色组的其他明度差别的长、中、短对比状态组合构成产品色彩明度的基本调，如高长调、高中调、高短调等，可参见表6-5所示的各调子的分类和图6-53所示的不同调子所呈现的效果。

表6-5　各调子的分类

类别	高长调		高中调		高短调		中长调		中中调		中短调		低长调		低中调		低短调		最长调
明度基调	10		10		10		5		5		5		0		0		0		0
明度色阶	1	2	4	6	7	9	1	10	3	7	4	6	7	9	4	6	1	3	10

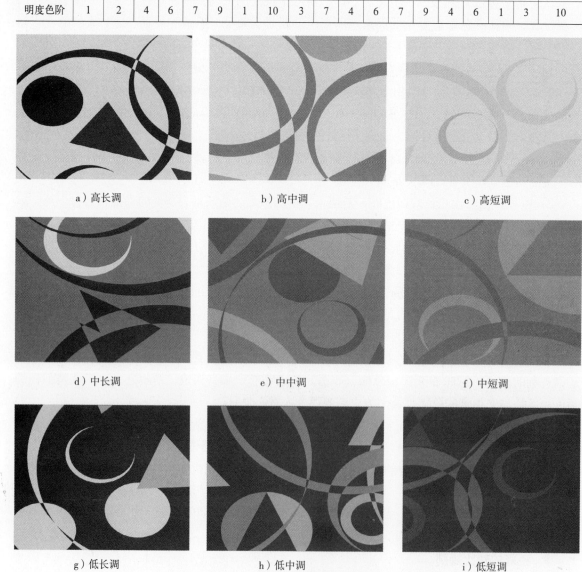

a）高长调　　　　　　　　b）高中调　　　　　　　　c）高短调

d）中长调　　　　　　　　e）中中调　　　　　　　　f）中短调

g）低长调　　　　　　　　h）低中调　　　　　　　　i）低短调

图6-53　不同调子所呈现的效果

从表6-5和图6-53中可以看出，每个基调都能产生一定的效果，表达一定的语义，对此概括如下。

高长调：对比程度大，视觉效果积极，刺激，快速，明了。

高中调：对比程度中，视觉效果明快，鲜明，清晰。

高短调：对比程度小，视觉效果优雅，柔和，明亮，带有女性色彩。

中长调：对比程度大，视觉效果强硬，带有男性色彩。

中中调：对比程度中，视觉效果软弱无力，疲惫，惰性。

中短调：对比程度小，视觉效果梦幻，薄暮，含蓄，模糊。

低长调：对比程度大，视觉效果强烈，有爆发性，苦恼，警惕，危险。

低短调：对比程度小，视觉效果深暗，低沉，忧郁，死亡，悲痛，孤寂。

高调：明亮，视觉效果高贵，辉煌，轻柔，软弱，愉快，不足。

中调：中明，视觉效果柔和，含蓄，稳重，明朗。

低调：深暗，视觉效果朴素，迟钝，稳重，宏大，寂寞，沉闷，压抑。

长调：对比程度大，视觉效果光感强，强硬，醒目，锐利，形象清晰。

中调：对比程度中，视觉效果光感适中，视觉舒适，平静而略有生气。

短调：对比程度小，视觉效果光感弱，模糊，梦幻，灰暗，形象不清晰。

（2）色相的对比规则

色相的对比一般包括邻接色相对比、类似色相对比、中差色相对比、对比色相对比、补色对比等。在产品设计中，一般产品仅仅是二三种颜色的搭配，而且往往只有一种颜色作为主色调来体现产品本身的语义，另外的颜色作为功能指示或对产品视觉空间的调和。因此，色相对比在产品色彩设计中用得相对较少。一般情况下，用得比较多的色相对比有类似色相对比和对比色相对比。

1）类似色相对比。在色相环中，色相距离在60°左右的差别称为类似色相对比。这类色相色彩对比差小，效果较丰富、活泼，既能弥补同种、同类色相的对比不足，又能保持统一和谐、单纯、雅致、柔和、耐看的特点，如图6-54所示的鼠标手腕垫。

2）对比色相对比。色相环中120°左右的色相组合称为对比色相对比。这类色相对比效果强烈、醒目、活泼、丰富，引人注目，但容易造成视觉疲劳，不易统一。这种对比在电子消费品中运用得非常多，如图6-55所示。

总之，在进行产品的色彩设计时，设计者要处理好使用者、消费者的色彩偏爱规则，综合分析色彩体现出的性格和情感特征，最后在多种颜色搭配时合理运用色相对比、明度对比的关系，将产品的语义顺利地传达到使用者手中。

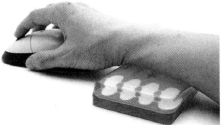

图6-54　极具情趣的鼠标手腕垫

图6-55　LG电话

6.6.4　基本心理规则

造型审美是消费者对产品的基本需求之一，但是现代工业设计早已超过了以传统美学为基础的外观造型的范围。设计者应该了解人们在使用各种物品时的审美心理和审美需求，由于传统美学主要从哲学和社会学角度研究美学，对人们在日常生活中对各种用品的审美心理也很少研究。因此，工业设计应该从现实出发，从心理学角度研究这些问题。具体地说，可以从人们日常的知觉感受、认知感受、情绪感受出发分析各种审美需要。

设计心理学解决了以下四个问题：第一，用心理学把"以机器为本"的设计思想转变为"以人为本"；第二，以心理学和社会心理学为依据，建立设计调查方法；第三，用心理学的思维方式，建立设计需要的用户模型，建立人与产品的关系；第四，发展了新的设计过程。这里我们试图从设计心理学的角度寻找人和产品之间的关系，即在将产品翻译成语义或语义设计成产品的过程中寻求设计者和用户共有的心理规则。

1．反馈规则

反馈是人类听觉上的、视觉上的或触觉上的各种感知。在任何行动中，反馈的作用是评价行动，为下一步行动提供信息，根据它产生一个新的动机意图和行动计划。

在产品设计中，建立反馈机制是非常有必要的，通过它了解使用者的行动是否正确，并且以此对行动做出调整或要求使用者进行下一步行动。例如，电话接通时是有间断的长音，而占线时是急促的短音；翻盖手机在翻开手机后，屏幕就会变亮，屏幕提示信息也与屏幕合上时不同，这就提示了使用者可以开始下一步操作了。

家电产品的设计中，我们经常通过视觉建立反馈，显示设备就是个很好的例子。如果一个产品有一个好的显示设备，就可以避免不必要的复杂操作。现在的洗衣机、冰箱、微波炉、空调等复杂的家用电器都带有显示设备，用来指导操作。

2．限制性因素规则

要想使物品用起来方便，不出错，最可靠的办法就是让该产品不具备出错的可能，即限制用户的错误选择。例如，要想防止用户在使用照相机时，把电池和记忆卡插错位置，使机器受损，就应当在设计时使这些部件只能有一种插入方式，或是设计出无论怎样插都能正常工作的相机。

设计时没有考虑限制因素，是在产品上附加警告信息和使用说明的原因之一。照相机上的那些小图标，总是位于不显眼的位置，而且和机壳的颜色相似，几乎无法辨认。我们不得不找到它的使用说明才能学会怎么使用这些按键。可以这么说，当物品贴上使用说明，诸如"由此推"、"由此插入"等指示性文字时，就表明该设计是很糟糕的。

上面所说的这些限制因素是指在产品物理结构上的限制，除此之外还有文化、语义、逻辑等限制，这种局限将可能的操作方法限定在一定的范围内。一个大木栓不可能插到一个小洞里；摩托车的挡风玻璃只能安装在一个地方，并且只有一个方向。物理结构限制因素的价值在于物品的外部性能决定了它的操作方法，用户不需要经过专门的培训。

如果用户能够很容易地看出并解释物理结构上的限制因素，就可增强这些因素的设计效果，因为用户在进行尝试之前，就已经知道哪些操作行为是合理的，这就可以避免错误的发生。设计优良的汽车车门钥匙无论是竖着，还是横着插进去，都能把车门打开。又如，翻盖手机，打开手机盖只有一个方向，这就决定了手机的使用方法，使用者也无须多加思考和学习就能掌握这种电话的使用方法。

3．自然匹配规则

心理学知识告诉我们，对一件事物的记忆是个复杂的过程，对记忆长短的影响也是各种各样的。现实生活中，不断出新的各类家用产品给消费者增加了很多的记忆负担。同一类产品的功能技术并没有什么差别，但是在面板布局、操作方式方面却不断变化，这样做就迫使用户必须不断学习、记忆新的布局形式和操作方法，如诺基亚和摩托罗拉手机的显示操作界面完全不同。

自然匹配可以减轻记忆的负担，厨房电炉的炉膛和控制旋钮的排列是说明自然匹配作用的最佳例子。如果匹配关系不明确，用户就不能马上断定哪个旋钮控制哪个炉膛。如果四个控制按钮排列是完全随机的，用户就不得不记住每一个控制按钮的功能，或者一个一个地去试。如果应用恰当的自然匹配关系，由旋钮的排列与炉膛的排列保持一致，这样就提供了用户所需的全部操作便利。

6.6.5　功能规则

1. 功能的主次规则

功能主次规则的选择是由使用者或消费者对商品的需求语意决定的。因此，设计师要在产品设定的众多功能结构中，确定哪个功能为主要特征，确立对产品需求语意有明确的了解。例如，几年前的手机是以方便通话为主要的需求语义，因此设计是围绕通话这一主要功能展开的，次要功能主要是广播、录音等，于功能上较单一，而现在的手机，更多的是偏向娱乐方面。

在具体设计中，在确定主要功能的情况下，还需要细分次要功能，在次要功能中再选择主要功能。

2. 功能的选择规则

功能的选择依据是对消费者的需求。一般情况下，消费者对某一个产品的功能会有一个或几个需求。

本章小结

本章详细阐述了设计符号语言的特殊语法，介绍了设计符号学的形成过程、主要流派以及设计符号学研究的内容、构成要素、设计规则等内容，并通过大量图例分析来阐述相关理论知识。

思考题与习题

（1）收集符号学及设计符号学的设计图例，并按产品或设计类型进行分类，从中寻找不同类型产品的设计符号的共性。

（2）根据设计符号学的基本理论，对自己感兴趣的传统设计符号进行创新设计。

（3）按照时间顺序整理并非仅局限于结构形体表面的变形夸张，而更注重表达寓意于人的情感。

第7章 设计语义学基础

学习目标

（1）培养学生学习语义学的兴趣。

（2）了解语义学的基本知识。

（3）提高学生的语义的认知力。

学习重点

（1）语义学的概念。

（2）语义学的局限性。

（3）语义学的表达与运用。

学习建议

（1）语义表达是设计中最容易产生理解偏差的部分，深入理解产品设计的意义，有助于提高语义表达的准确性和可识别性。

（2）查阅关于语义学方面的书籍，拓宽知识面。

（3）在实际设计中，进一步强化语义的形态表达能力。

7.1 语义学概述

随着后现代主义对现代主义设计理论的批判和反思，以及信息时代设计、新媒体设计的逐渐盛行，设计，尤其是产品设计的内在基础，已经不是仅仅以人机工程学为理论框架，而是逐渐被产品语义学所替代或发扬。设计语义学基本知识来源于设计符号学，而设计符号学则是依据语言符号学的理论发展而来的。掌握了设计语义学的知识，在今后的设计实践中，就会不仅仅考虑产品的实用价值，而是从"意义"角度充分思考其内在的文化性、社会性和心理性意义，而且会充分考虑产品使用环境对其造型、材质、肌理、色彩等诸多要素的影响，从而提供更好的设计解决方案。

7.1.1 语义的概念

语义的原意是语言的意义，语义学是研究语言意义的学问，设计语义学就是研究设计语言意义的学科。设计师把研究语言的构想移植到产品造型设计中，从而产生了"产品语义学"。这一概念于1983年由美国的克里彭多夫（K.Krippendorf）、德国的布特教授（R.Butter）明确提出，并在1984年美国克兰布鲁克艺术学院（Cranbrook Academy of Art）由美国工业设计师协会（IDSA）所举办的"产品语义学研讨会"中予以定义：产品语义学是研究人造物的形态在使用情境中的象征特性，以及如何应用在工业设计上的学问。通过这一概念我们可以看出，设计语义学研究的基本范畴在于形态或其他设计要素（如色彩、材质、肌理等）与需要传达的意义之间的关系，即设计符号与意义的对应关系，同时需要考虑使用情境这一设计变量的影响。可以将这一概念拓展至更大的设计范畴之中，即设计语义学是研究设计的形态、形式、色彩、肌理、材质等诸多要素在使用情境中的象征特征，并研究如何应用在设计中的一门学科。设计语义学突破了传统设计理论将人的因素都归入人机工程学的简单作法，扩宽了人机工程学的范畴；突破了传统人机工程学仅对人物理及生理机能的考虑，将设计因素深入至人的心理、精神因素。随着社会的发展与进步、物质的极大丰富以及消费层次的进一步细化，人们对产品的精神功能需求不断提高，产品造型除表达其功能性目的以外，还要透过其语义特征来传达产品的文化内涵，体现特定社会的时代感和价值取向。正如法国著名符号学家皮埃尔·杰罗所说的，在很多情况下，人们并不是购买具体的物品，而是在寻求潮流、青春和成功的象征。

7.1.2 语义学的历史

对产品语义学的研究可追溯到20世纪50年代符号学的产生，以及同时期后现代建筑师对建筑语义的研究。1950年，德国乌尔姆造型大学首先提出了设计符号学的相关理论。1983年，美国宾夕法尼亚大学的克里彭多夫教授等明确提出了产品语义学的概念，并在由美国工业设计师协会所举办的"产品语义研讨会"中予以定义。20世纪80年代中后期，产品语义学在克兰布鲁克（Cranbrook）艺术学院的Micheal Mccoy夫妇及其学生的积极倡导下，在美国得到发展。1989年夏，芬兰赫尔辛基工业艺术大学举办了国际产品语义学讲习班，产品语义学由此在欧洲的许多院校得到推广。20世纪末，产品语义学得到极大发展，欧美国家的学界和业界对产品的表现形式与意义进行深入研究和探讨，语义学也渗入到更广泛的设计领域，包括界面设计、文化设计、地域性产品设计等。日本、韩国、中国的台湾地区也以"感性工学"的名义加以研究。在国内，随着学者国外出访带回的语义学理论的增多，许多高校也开设了产品语义学课程。

反观语义学兴起的历史原因，是有其内在发展动因的，随着科技的发展，现代主义所提倡的机械遵循功能—结构—造型的设计思路，给不断涌现的高科技产品带来了造型的失落。同时，高科技的广泛应用，也给设计师的造型活动创造了更大的空间和自由度。产品设计的重点由对材料和结构简单地、无装饰地忠实表现，转化为对产品形态意义的追求。据其设计理念，产品语义学强调的是一种人与物之间的非语言方式的交流。产品通过形态、色彩、材质、肌理、图形、标志及环境等各种视觉符号语言向使用者传递交流信号，给产品形态带来有寓意的特征，从而给使用者创造了合理而安全的人机界面，同时也产生了富有情趣的生活方式。产品语义学的出现，使设计从现代主义单一的国际风格向后现代主义多元化风格演变，是设计理论走向扩展和成熟的必然表现。产品语义学强调产品符号除了功能内涵以外，还有必然的人性内涵，即重视产品对消费者文化、精神和心理的影响，这些影响使产品具有超越功能的附加价值，而这些研究使产品的审美设计得到进一步发展。设计时要针对不同对象的不同文化、精神和心理需求进行创意，以象征、寓意、隐喻和比喻等手法进行编码设计。产品语义学是设计学与符号学具体结合的产物，是产品进入电子时代后提出的一个新的概念。

产品语义学最初来源于符号学理论。现代符号学是研究各种可能的符号及控制符号的衍生、制造、传达、交换、解释等法则的科学。符号、符号意义、符号使用者构成符号学研究的三个方面。符号学理论体制被分类为：研究符号的组成体系即符号系统与相互关系的句法学、研究符号与意义的关系即语形式的符号的语义学、研究符号的来源思想及符号与使用者的关系即语用学。符号学作为独立的学科，从创立至今，获得了很大的发展，它的各种研究也层出不穷，从而成为理论的建立与现代设计越来越相干。将物体肢解而另度结合，创造出新的造型，创造出离奇的设计世界，是一门新兴的学科，许多理论还不完善，面临的一些难题有待解决。例如，语义传达的准确性与消费者个性化之间的矛盾；同一产品操作符号系统由不同符号体系构成带来的混乱；追求寓意的丰富而忽视形态是使来通道的普遍表现……因此学者需要虚构和精确之间极度权衡，设计师编码的语意很难被一般人理解，这样结果也是有目的的；不同环境对语义理解产生影响，带来语法和语境不和的情况，各地域文化的差异性给语义带来极大的模糊性，等等。由此，产品语义学得后现代主义时期的一次设计理论的进步，是加强本学科与观他事学科的千丝百缕的关系；在国际外师在遵循通用准则的基础上根植于本国文化了设计师，各观事物的型曲变形是本国文化，符号特色的优秀作品。随着后现代主义和信息时代的到来，设计作品多种多样，智慧变修饰不再是功能的观照，两者意蕴说使用者的未来化设计师有种理的造型表达能性化，能准确地再现客观事物使用者的感受，可以说刻想透使现国德的本民族文化的鲜明特色代表传达了这样一个信息：产品就如同一个人，它在同使用者发生关系的时候设审所说的角色要以图像的频赋要它的美展式墙据文化属性人情趣的线条所要易设态的地表策，"裹饰康语义界理的传达和变流夸张，新客观随象造品语度的抱炼、概研究和整率化基和传统文化的语义学特征及其理想化的形象设计对象更加系统更加必要。变形夸张都是事先预谋的、故意的、有目的、有意识的歪曲偏离。

变形夸张的形象尽管千变万化，但万变不离其宗：一是不失事物基本本质特征，二是主要形迹落实在形候人。

从传统文化、本土文化、族群文化中吸取养分，赋予人造物更多的象征意义，恢复产品与文化割裂的关系，从而在"千人一面"的全球化浪潮中彰显自我。从民族与国家的层面来看，20世纪，许多设计强国都在自己国家的设计史上留下了某时代、某风格的某类产品的ICON（图标），如美国的福特T型车、通用卡迪拉克系列轿车、贝尔电话、苹果计算机、IBM系列产品；德国的奔驰轿车、甲壳虫轿车、包豪斯时代的金属器皿、布劳恩咖啡机；意大利的法拉利跑车、Allias器皿、扎努西电冰箱、范思哲服装；英国的Daison吸尘器、美洲豹跑车；法国雪铁龙跑车、皮尔卡丹服装；荷兰的飞利浦电剃须刀、日本的索尼随身听、丰田系列轿车、索尼PlayStation游戏机、芬兰的诺基亚系列电话等。同样，从这些产品ICON的产地来看，20世纪的经典产品，影响了一代风格的产品中，没有我们的身影。尽管全世界都承认：青铜器是我们商周时代的ICON；漆器是汉代的ICON；三彩陶器是唐代的ICON；青瓷是宋代的ICON；紫檀木家具是明代的ICON；满族服饰是清代的ICON。但在过去一百年来，我们没有鲜明的民族制造业的ICON。这是有一定原因的：首先，在清代末期，我们在对西方的先进生产力的学习过程中，人们的思想和对传统文化的态度有了一定的改变；建国以后，我们忽视了很多传统文化的东西，尤其是文化大革命的空前浩劫，无论是我们的文化遗产还是我们的传统文化思想都经历了一次彻底的清洗。在改革开放后，一些没有长远眼光的人盲目地学习西方，放弃了本民族文化的精髓，使中国的博大精深的文化无论在硬件上还是软件上都遭受了重大的损失，反映在设计上，自然不会产出什么有民族特色的作品。

工业设计进入以产品语义学为基本哲学指导范型的后现代主义时代以来，对文化的传承或批判，从传统或社会文化中提取"符号"成为了设计中一种常用的解决问题的手段。民族符号如果能巧妙而又合理地应用于以功能为核心的现代产品设计中，往往会得到世界范围的认可，成为民族符号的新的"原创设计"，而不是为学界和业界所诟病的"模仿和抄袭"、"照搬国外设计形式"。这一点从近几年我国在国际上的获奖作品中就可以看出来。在产品设计角度，在满足和功能基本要求的前提下，没有哪个民族自己说自己的文化"先进"，只是差异而已，而这种差异正体现了文化的多样性和特色。现代商业设计正是凭借这种差异来区分消费人群并引导社会发展的。可以说，通过符号了解自己的思想，再将这种思想应用于设计中，创造出有民族特色的产品，才能使我们的设计具备国际的竞争力。

随着技术的同质化，产品不再是满足功能性要求，而更多是注重着其承载的文化差异已经成为产品开发中的重要工作。由原则全球经济危机带来的外贸出口衰退以及环境的过度污染，无疑给以低成本、仿制性设计为主的中国制造业带来深刻的反思，越来越多的业内人士认识到了通过工业设计的创意来提升产品附加价值，从而保证民族品牌的全球竞争力和产业与环境的可持续发展。民族的才是世界的，对于中国民族品牌而言，其产品如果带有中国民族风格的设计语义，将增加其品牌附加价值和品牌差异性，提升国际竞争力。多元文化时代，差异性的符号也是具有国际性的。如何确立民族品牌所独有的设计风格，构建具有鲜明中国语言的产品造型设计方法，是当前迫切需要解决的问题。台湾著名工业设计专家杨裕富博士指出，我国工业设计界主要存在以下四个错误的现象：

1）无主体现象。工业设计界有以下几个特点：崇洋与媚洋，从不将自己的生活特点反映在设计上（我们的工业设计师对花瓶的熟悉远胜于对茶壶的熟悉），也不将自己的民俗生活中所遇到的工具需求或工具改良视为正当而后的工业设计责任和义务。

2）无根现象。工业设计师在其真正理解消费者，因为消费者并不是身边的人，而是一个匿名的、抽象的、欧美日中低价位市场的"混合人"，工业设计只追求一种"流行"，除了模糊的市场利润外，工业设计师也不太了解为谁设计与为什么理念而设计。

3）无反馈现象。工业设计界因为无根，所以大部分的设计经验无法从市场和消费者那里得到反馈，进而使这些设计经验无法积累。

4）无特色现象。无特色现象是我国工业设计的普遍现象。设计师不愿意去了解或找不到了解自己的民族文化、民俗生活的方法。所以更不可能会从自己的文化中找到设计的灵感，而后现代主义恰恰讲究的是风土特色、文化色彩。

一个国家、一个民族如果不清楚自己文化的DNA，就无法根据自身的特征创造出新的设计。当代设计"求同"的前提是要通过自身的设计文化的深入研究产生"存异"的外延和内涵。提取本土文明的良性基因，创造适合本民族生活方式的设计之事、设计之物，是探究世界设计格局和我国现状后得出的唯一可行之路。

中国风格的设计离不开研究中国传统文化，而与抽象的民族文化符号联系密切的学科——产品语义学正可以为中国风格的设计找到一个突破口。21世纪是工业设计的世纪，哪个国家的产品没有自己的特点，就将失去国际竞争力。可以说，这一方向的研究和学习是必要的，也是急需的，它有着广阔的发展前景和研究潜力。

7.1.4　语义学基本理论

用符号理论解决设计问题，使设计语言成为一种符号系统。根据语言符号学理论，产品同语言一样也由能指和所指构成。前者是设计符号的表现，后者是设计符号指向的意义和内容。产品的符号表现（能指）是对人们产生刺激的视觉、听觉、触觉、味觉等各方面感官要素的集合体，常常包括产品的结构、造型、色彩、材质肌理等多方面内容构成的产品整体形象。而产品的所指是指被上述能指刺激影响产生的理解和感受，形成的概念或价值。

产品语义学是建立在莫里斯符号学理论体系的基础之上的一个研究分支，根据该理论体系，产品符号学一般可分为产品语构、产品语义、产品语用三个部分，直接与符号系统中的符号关系学、符号语义学、符号语用学相联系。产品语构重点研究产品功能与造型之间的关系；产品语义研究造型与意义之间的关系；产品语用重点研究造型的可行性以及环境与人之间的关系。

1. 外延意义

外延意义（明示意）讨论的是设计物直接显现的符号与指涉事物之间的关系，从产品设计角度来说，它是通过产品形象直接说明产品的内容、操作、功能、构造等根本属性。外延意义常常通过机能性的描述，使产品更为具体化。图7-1所示的汽车，其外延意义可以理解为通过轮轴驱动载人或载物进行位置移动的交通工具，包括轮子、车厢、灯等结构部件。外延意义决定了物体的物理属性，不同的产品由于其使用功能和目的的不同，在外延上具有显著的差异，如液晶电视的使用特征决定了其主要形态是一个方形的大屏幕，手机需要有输入设备（按钮或手写屏）和视觉交互界面（显示屏）等。不同的产品具有不同的尺度、规格、构造等物理属性，这就是产品传达的外延特征。外延意义的认知存在于感觉和知觉的阶段，设计师依据"效能性"原则决定外延意义的传达。

图7-1　汽车的外延意义图示

2．内涵意义

内涵意义（暗示意）讨论的是设计物间接存在的、产品物质内容之外的心理性、社会性、文化性价值。例如，产品呈现出的风格是简约还是繁复，品牌是否可以信赖，产品显示出哪个国家的风貌，等等。内涵意义的传达到产品设计中属于多维和高层次的信息传播，其基础应该首先满足外延意义的正确传达。一个没有外延意义的产品，即使有很丰富的内涵意义，也只能称之为工艺品或观赏物，是不能称之为一个实用的产品的。在设计角度，内涵意义应与外延意义相辅相成、相得益彰。只有在满足功能和效能性意义的同时又能传播适当的附加信息，才能称得上达到了外延与内涵的统一。内涵意义往往借助设计符号的修辞与外延意义相结合。根据目前学术界的划分，常用的修辞模式有隐喻、换喻、讽喻和提喻。各种不同修辞均有其独特的内在形成动因，如隐喻是依据符号能指或所指之间的类似性完成修辞的，这种类似性保证了外延意义和内涵意义的协调统一。

贝聿铭在日本滋贺县设计的钟塔，其造型是日本古代弹琴用的拨片形状，作者把钟楼的能指与拨子的能指类似性结合在一起，设计出了这个建筑，而这个建筑的目的是传达"这是日本文化的建筑"，而不是传达"这个建筑像个拨子"（见图7-2）。

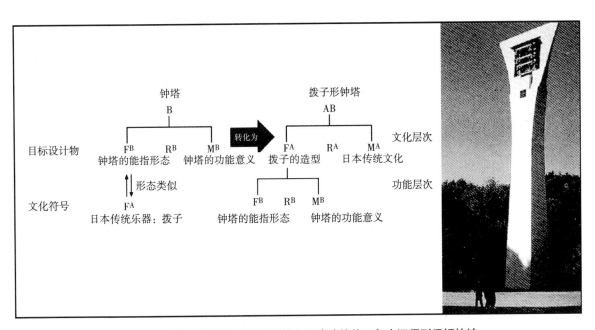

图7-2　贝聿铭设计的拨子形钟塔的文化隐喻使外延与内涵得到很好的统一

内涵意义可以分为三个层次。第一个层次是一种第一反应的直观感受，可以称之为心理与审美层。如动车组的流线形带来的速度感，故宫巨大的体量和对称的布局带来的威严感等，是与人类共同的情感和视觉经验直接联系的感受。如图7-3所示的一组界面图标的设计，左侧给人的感觉就相对简约，右侧则相对复杂，有装饰的风格。此外，消费者对一些基本的形式美法则在设计中的运用所给予的肯定，即设计的审美性，也被归于此类。如比例与尺度的协调、色彩的对比与调和给人带来的感受，视觉与技术的美感等，均是人类固有心理特征决定的一些最为本质的造型特征。

简约　**本章小结**　　　　　　　　　　　　　　　　　　　　　　装饰

本章利用大量图例重点讲述了形式语言的基本语法，解决设计的形式语言形成的结构问题，详细地对加法、减法、挤压法、变形夸张法等形式语言的基本语法的概念及实际运用等核心内容逐一进行分析。本章内容是形式语言学习中的重点部分，读者应熟练掌握。

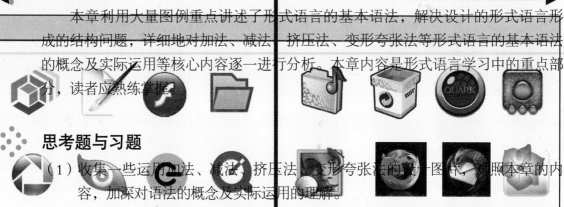

思考题与习题

（1）收集一些运用加法、减法、挤压法、变形夸张法的设计图片，对照本章的内容，加深对语法的概念及实际运用的理解。

（2）想一想在今后的设计实践中，如何结合形式语言的基本语汇综合运用这些基本语法；根据授课老师的命题和要求，设计两幅简约的图标构思草图，并进行交流探讨。

第二个层次相对于心理层，属于更深一个层次的认知，可以称之为社会层。这种层次体现的感受、概念或价值意义常常属于社会的流行观、价值观，是受外界影响或教育而得来的。当设计物以某种特定形式出现时，这种特定形态将唤起使用者对相应社会价值的感受。产品的品牌印象就是来源于这种层面内涵意义的传达，如宝马汽车已不单单传达心理层面的美观、时尚等感受，而是传达了更高的社会层的信息——高档次的生活，较高的社会身份地位，以及对驾驭感的苛刻追求等。

第三个层次属于最高的层次，即文化层。随着多元文化与后现代主义的盛行，越来越多的产品和品牌被赋予了文化意义。还以宝马汽车为例，宝马汽车的核心造型DNA元素——双肾形前排气格栅就是代表宝马汽车文化的造型符号，每当人们看到一辆汽车的外观具有双肾造型的时候，就会马上想到这个汽车是宝马的某个型号，由此引申出宝马汽车高品质、高价格、精细工艺、超强的驾驭性等其他外延和内涵意义，得出宝马的文化价值观概念。文化层面的内涵意义的传达往往来自于人们头脑中的"符号库储备"，即约定俗成的、经过大量视觉刺激得来的符号经验。世博会中国馆的设计，采用古代建筑的榫头结构，也是传达了"中国文化"这一潜在含义（见图7-4）。

图7-4　宝马汽车与世博会中国馆传达的内在文化意义

3．设计语义的要素

根据香农和韦佛的信息传播理论，设计师进行的设计过程实际上是一个信息编码的过程，即通过各种设计符号修辞手段将隐含的意义通过形式承载于功能之中。信道传播过程中需要进物特征进行最本质性的体现。在具体的概括和抽象过程中，可以根据认知对象特征的属性，尽量选择标本化、复印、拓印、透射等方法，直接对生物进行处理和制作，或通过手工描绘、模型、计算机处理等方法表现。

一般来说，生物特征的描绘、记录与抽象，概括主要表现为二维的影像。在二维平面中表现生物形态的曲直、明暗、虚实和空间特征，以及复杂、渐变、对称的结构和均衡、韵律等形式美感，而且往往根据认知对象的具体特征，用抽象的几何概念的点、线、面来表达。通过这些方法使生物特征具备设计的基础语言特征，为产品化的应用创造条件。

（2）生物特征的直接模拟设计

在对生物特征较为客观的认知基础上，无论是对生物的形态、功能、结构，还是对生物的肌理、色彩特征，都可以通过感性和直观的思考直接进行产品化的模拟设计。通常可以利用借用、引用、移植或替代等方法，使生物特征具备设计的基础语言特征，为产品设计提供再创造的条件。

5.2 绿色设计

科学的进步与发展具有双面效应，一方面它给人类社会带来了进步与文明，改善了人的生活，促进了社会的进步与发展；另一方面科学技术也给人类社会带来了负面影响，由于人们在极大地享受物质财富的时候，缺乏对自然界的正确认识，急功近利，以致自然资源过度开采，能源浪费，各种废弃物任意丢弃造成环境污染，人与自然相互和谐、相互尊重的平衡被打破，人们不得不反思如何才能使技术文明更好地为人类服务，而不是任意地、无序地应用，造成对人类生存环境的破坏。

20世纪60年代，人们开始把人口、自然资源、环境、社会发展作为一个有机系统看待，人们认识到人类的需求活动不能以破坏生态环境为代价，人类的造物活动要消除或最大限度地降低对自然的破坏，减少自然资源的浪费，因而绿色设计就成为实现这一目标的必然代名词。

绿色设计源于生态保护与和平运动，旨在保护自然资源，防止环境污染，维持生态平衡。20世纪80年代，绿色设计引起人们对……绿色产品，可以改善环境，降低资源浪费，……

绿色设计基于传统设计，它在传统设计……如实用性、可靠性、经济、审美性等的基础上纳入环境因素、可持续发展因素，对传统设计进行补充和完善。产品绿色设计包括原材料的获取、功能设计、产品生产制造、商品流通、使用维护和产品回收六个阶段。

绿色设计是运用生态哲学原理，将物的设计纳入“人、产品、环境、社会”的大系统中，既要考虑人的需求，同时又要考虑生态环境的保护和可持续发展的原则，不仅要实现产品的功能价值、使用价值、经济价值和审美价值，而且还要实现其社会价值和生态环境价值，促进人与自然的和谐发展（见图5-2）。

图5-2 BMW CleanEnergy 环保节能车

行噪声干扰的控制，以避免产生目标符号的类似、混淆，在生理、心理、文化角度上让信息解码者无法准确识别这个符号。所以信道噪声的控制成了这一传播环节设计师需要重点关注的问题。传达设计语义，不但要考虑解码者在相应语境的情况下对信息的有效解读，同时还要考虑何种表达方式和载体能够更好地传递信息。归纳起来，设计语义主要包括如下几个方面：

（1）语境的适应性

语境包括时间性情境，如产品或设计作品的时代特征是否与使用的情境符合等。如果一个古典风格的座椅被放置于一个波普风格的房间，就会由于其所属的时代风格不同而显得格格不入；如果一个现代简约的笔记本电脑上被生硬地装饰以古代的龙纹，产品就会因为不符合当代商务办公的使用环境而被市场和消费者拒绝。

（2）产品设计信息的有效传达

有效传达指的是设计师编码的思维概念在消费者（解码者）的大脑中必须具备相应的信息储备，使其能够理解最初的编码概念。只有信息接收者具有相应的解码能力，传达才可能成立。这种信息的有效传达是相对的而不是绝对的，需要对定位人群进行充分合理的分析。例如，设计一款针对老年人的产品时，隐喻一些20世纪50～70年代的代表视觉符号就可以被这一人群所理解和接受。而这个产品如果给当今的90后去识别，识别效果可能就会大打折扣，因为他们没有经历过那个年代。

（3）社会群体的从属性区分

设计经常服务于商业，而商业产品或设计作品往往是依据经济购买力或社会阶层的区分而区分产品子系列的。语义设计要做到的一点就是依据这些人群社会属性的不同而对产品的造型、色彩、材料等语要素做出划分，从而使各个定位人群能识别何种系列的产品是属于他们这个阶层的。不但子系列有划分，品牌与品牌之间也有这种区分。例如，奔驰、宝马汽车属于高端品牌，本田、丰田汽车属于中端品牌，现代、长城、奇瑞汽车等属于低端品牌。每个品牌都会专注于自己的定位人群和风格表现。图7-5所示为联想手机的四个子系列的不同风格表现的平面设计配色和设计表现方案。

图7-5 联想手机的四个子系列的平面宣传背景配色和图案设计方案

（4）设计修辞的运用

使用隐喻、换喻、讽喻、提喻等手段将设计的外延意义和内涵意义在一个设计作品中得到统一。

（5）语义信息传达的干扰控制

在语义信息传达的干扰控制上，一方面要有“冗余”的信息，以避免设计信息在传播的过程中受到损耗而无法被解码者有效解码。例如，设计中国移动通信专卖店门头的牌匾，蓝色是

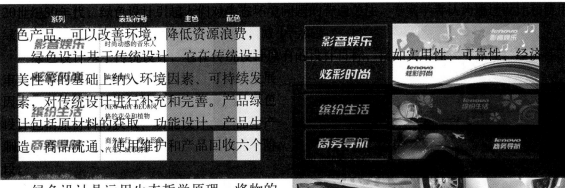

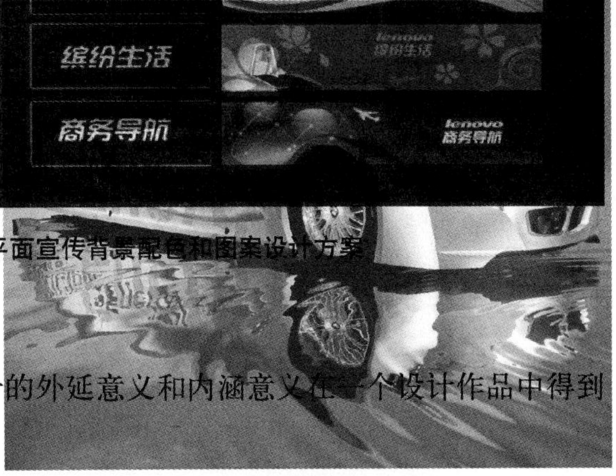

其企业标准色，如果使用铝塑板等材料，可以保证在白天被有效识别，但在夜晚则无法识别其色彩，所以有越来越多的这种店面改为使用吸塑发光体材料，以便夜晚也能有明亮的蓝色传播给消费者。这就是一种避免外界环境变化对信息造成损耗的考虑。另一方面的控制需要进行有效的评估而保证信息的有效传播，这种传播是关乎品牌、行业、定位年龄、定位经济实力等诸多方面的，如果有某一方面出现了偏差，都会对人们有效解读品牌定位产生困扰。图7-6所示为笔者对一个服装连锁超市进行的标准字设计的方案评估和选用理由。图7-7所示为内蒙古某企业的品牌标志，设计的主题是一个蒙古族男青年。针对几款设计方案进行了设计评估，从而发现了很多设计师没有发现的问题。例如，如果采用内蒙摔跤手的形象进行设计，很多消费者头脑中并不具备蒙古摔跤手的形象储备，这就对解码产生了困难。

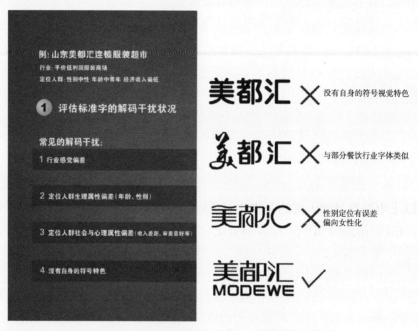

图7-6　企业标准字的解码干扰效果评估

图7-7　企业标志的解码干扰效果评估

7.2　语义学的局限性

　　语义学有其合理存在的特定范围，超出了这个范围或盲目地、不加节制地运用语义学，将会得到错误的设计结果。了解语义学的局限性，有助于设计者更好地运用这门学科知识。

　　语义学的局限性来自以下五个方面：

　　1）与生理范畴的人机工学不同，语义学涉及人心理认知和头脑信息储备的要素，由于心理尺度和信息量储备的量化难于测量，语义设计的传播效果无法精确地得到评估。

　　2）语义学来自于符号学，由于符号的复杂性，对符号的分类始终没有统一的认识，这势必会给语义学涉及的符号意义传达带来诸多困扰。本身各个学派对符号的分类有其局限性，所以设计语义学这一衍生理论势必也有其先天的局限性。索绪尔将符号划分为能指和所指两方面。美国哲学家皮尔斯则根据符号三要素（媒介、对象和解释）的相互关系建立了"符号的三合一分类方法"，其核心类别有三种：图像符号（Icon）、标志符号（Index）和象征符号（Symbol）。意大利符号学家艾柯按照符号的来源、产生方式以及意指功能把符号分为自然事件类、人为目的类和诗意表现类三种类型。美国符号学家西比奥克将符号分为六种：信号（Signal）、症状（Symptom）、图像（Icon）、标志（Index）、象征（Symbol）以及名称（Name）。中国的符号学研究者对符号的分类问题也极为关注，李延福教授以符号的主、客观性质关系为依据将符号分为两大类——客观性质的逻辑分类和主观性质的美学分类；中国著名语言学家王铭玉认为可以对符号进行"指谓关系"分类，即以符号的能指与所指关系性质为依据进行分类。以上中外符号学大家的分类均有道理，也均有其局限性，知识永远是在探索和争论中走向真理，在这一阶段，任何一个学科都无法称为完美的理论。

　　3）符号受语境的影响，使语义学设计作品在转换语境时使用条件下无法起到最初理解的作用。例如，龙在中国是代表吉祥如意的瑞兽，而在西方则代表黑暗邪恶的势力。使用龙的语言或内涵表达一个作品，如果放到西方必然不符合其初始的意义解读。

　　4）符号意义传达、理解的速度、效果、结论受接受者的影响极大。一个设计作品的附加语义如果在接受者的头脑中没有知识储备就是徒劳的，如中国的福纹是由蝙蝠的形象得来的，老一辈的人可能知道这种纹样指代蝙蝠，而年轻人仅能知道这是一个古代建筑上常用的花纹。至于外国人，可能都不知道这是什么，也许会认为是"可能是一种东方的纹样吧，也或许是日本的，越南的，或者尼泊尔的，说不清楚"。这说明符号传达的效果受接受者的影响。人的思想和状态受外界的影响极大，生长环境、信仰变化、经济条件、心情、健康状况等诸多方面都会影响到某个特定时间内对设计符号识别的效果和速度。因此不能把设计语义学理论在设计中的应用作为"万金油"，而是要科学辩证地看待这个问题。

　　5）信道的干扰。信道作为设计作品的载体也会影响语义的传达效果。举个简单的例子，如果印刷一本设计作品，每页都有丰富的隐喻和精彩的设计，该设计作品使用中国红体现深沉大气的感觉。但印刷时产生了偏色现象，红色印成了粉色，就会给人带来女性、轻浮、艳丽等干扰性解读。所以有效地控制信道的各个要素，也是避免语义传播偏差的重要途径之一。

7.3　语义学在现代设计实践中的运用

7.3.1　语义学的设计要素与程序

　　语义学的设计要素可分为外延要素和内涵要素两大方面。内涵要素还可分为显性内涵要素

4）同构性。在设计过程中，主观经验与客观信息特征可以通过衔接、顺应、通话和再现等方式实现设计沟通与认同的过程和结果。

鉴于以上特征，仿生设计的思维类型一般有以下七种：

（1）发散思维

发散思维是求异、穷尽和开放性，并具创造性特征的思维方式，一方面运用直觉思维发掘想象力的作用，寻找以往知识限定的轴口，通过浓缩、转移、象征、同化和异化的方法，建立已知和未知的通道；另一方面运用逻辑思维对设计进行科学的排列、组合，从而获得多种结果。

（2）聚合思维

聚合思维是求同、有序的思维方式，是在已有知识的基础上，从不同的方向和层面运用联想、推理等思维跃迁性的逻辑演绎产生新结果，主要表现为聚焦收敛和推理收敛两个方面。

（3）逆向思维

逆向思维是采用与一般现实不同的或是相对的思维方式，运用反向选择，突破常规和矛盾转化等方法获取意想不到的结果。

（4）联想思维

联想思维是建立已知和未知的对应和联系，把握两者之间的相关性，运用因果、相似、对比、推理等方式的联想，产生多种创新结果的思维方式。

（5）灵感思维

灵感思维是人类多种知觉与思维能力综合积累的激发，具有跃迁性、超然和创新的特征。

（6）模糊思维

模糊思维是强调和突出事物的普遍联系以及不稳定、不确定、边缘化、互动性、偶然性等特征，在潜意识、朦胧意识、直觉、本能等的综合作用下，进行模糊概念的感知和控制，从而产生新构想。

（7）概念思维

概念思维是首先将设计目标的本质与特征进行科学、准确的概念化，确定概念化的目的，然后调控概念内涵与外延的比例进行概念的联想与想象，从而产生新概念的思维方式。

仿生设计不仅面对自然生物的千差万别，同时还要面对不同的设计概念、语义诠释产品角色的倾向，还要兼顾各种各样的设计需求和目的。所以，仿生设计是一个复杂的过程，在设计的过程中应根据具体情况采用产品形态语言的不同的具体含意。归纳起来看，生物造型特征的直戒简单照搬或杂乱拼凑。仿生设计外延主要是通过对生物特征的直接模拟设计或间接演化设计来完成的，可以通过以下步骤实现。

（1）生物特征的记录、描绘与抽象、概括

对生物特征进行观察、认知是仿生认知的基础，在此基础上才能更好地进行有目的的设计。所以在生物认知的过程中，通过一定的方式对生物特征进行描绘、记录和一定层面的抽象、概括和提炼是非常关键的设计准备工作。利用影像设备更好地阐述，也可以利用徒手速写、绘画等方法具体地描绘与记录自然生物从细节到整体、从外到内、多角度、多层次的形态特征的表现，并且应尽可能地详尽、完整、客观、真实和准确，为后期设计提供设计资料和素材。

另外，在生物认知过程中，还要根据具体情况和需要对自然生物特征进行归纳、概括和抽象、提炼，使生物特征再加鲜明。对自然生物特征的概括和抽象要避免主观、随心的夸张和变形，必须以生物的客观、真实为基础。

好地说明了这一点。显性符号关系到设计物与隐喻目标的选择，如沙发与太极形态的隐喻，选择太极作为设计符号的来源，就属于选择了一种"显性"的设计符号。而太极沙发使用何种线条表现，表现的风格是现代的还是古典的，这些看不见摸不到的设计表现手法就属于隐含在沙发设计之中的隐性设计语言。再看韩美林设计的马系列雕塑，带有浓浓的汉风。"马"属于显性的要素，而承载这"浓浓的汉风"所表现的设计线条语言就属于隐性的一种语义。

图5-10 模块化设计图示（一）

隐喻，形态类似

对使用者部分形态的隐喻，提喻

图5-11 模块化设计图示（二）

隐喻，产品与"鼎"的能指形态类似

显性符号的设计运用

隐喻，形态类似，平面符号（太极）与目标物（沙发）联系，由二维变为三维

图5-12 模块化设计图示（三）

隐喻，形态类似，清宫娃娃榨汁机

换喻，桌子的平面与书卷的平面性质类似

图5-13 模块化设计图示（四）

要求产品设计人员在设计过程中具有一定的环境基础知识和环境保护意识，不能要求他们成为出色的环境保护专家。因此，绿色设计必须有相应的设计工具的支持。绿色设计要素即绿色产品的计算机辅助设计，是目前绿色设计的研究热点和重点之一。

5.8 人性化设计

人性化（Humanization）的设计观是工业设计经导入期、发展期、成长期发展到现在的成熟期以后出现的一种新的设计哲学。它反对像过去那样，设计师只重视产品的功能与造型，而是要求设计师积极考虑经过设计的产品将在人们的生活过程中产生什么样的作用，以及对周围各种环境的影响程度。人类的生活并不仅仅需要物质上的满足，还有精神文化方面的需求，设计师就是要凭着对生活的敏锐感受和洞察力来为提高人类生活的品质做出贡献。这种设计观较之纯粹的追求产品功能的设计原则更具有意义。

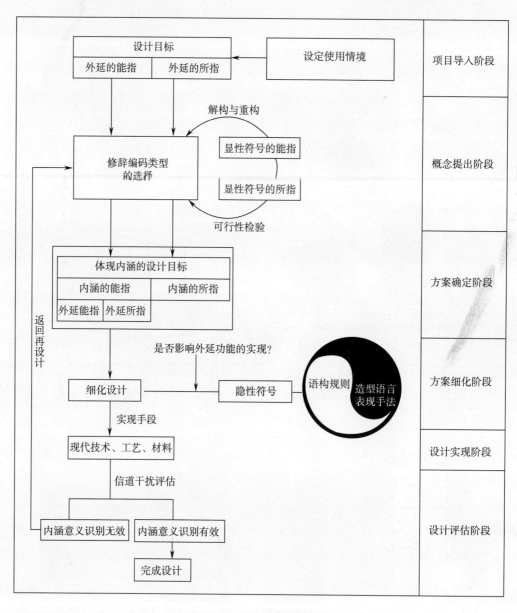

念被现代设计手段成功实现后，而其产品的外延所指不受影响的前提下，需要评估产品外延的附加意义，即文化、社会和心理等意义能否被准确、有效地识别。此种设计程序属于基于设计符号学理论而得出的内涵语义传达的产品语义学设计程序与方法如图7-9所示。

图7-9 语义设计的程序

7.3.2 语义学的语境与表达

设计物的使用情境是一系列活动场景中人或事物的行为活动状况或社会自然状况。这种状况强调共时性，即强调某时、某地、某种社会历史条件下，使用者或使用环境的心灵动作及行为或特征状况，包括在使用产品过程中人、物关系及情境内人、物的关联性。人与产品构成其直接因素，而社会自然环境是决定情境的直接因素，设计者在构思时应设身处地将"产品"置于一定的使用情境中。

在目标设计物确定后，首先要设定使用情境。使用情境的设定需要考虑以下六个方面：

1）定位人群，即是谁使用——设定一个一致的生活方式、身份、经济条件的目标群体。任何产品都是有其目标群体的，这是首先要设定的要素。目标人群定位明确，有利于特定外延或内涵要素的传达。

2）任务描述，即产品将从事何种活动，这种任务的动作和程序如何，能否有进一步的精简或提供更为明确的提示，常见的操作和使用方式是什么，能否改进等。

3）产品需要体现的风格或初期心理感受，如高端与平价，亲和与冷酷等。

4）是否需要附加内涵要素，如地方区域特征、文化特征、风俗习惯等。

5）产品在何处使用，使用的环境和条件如何。

6）产品经常和何种其他产品配合使用，或产品的使用环境中会出现哪些干扰因素。

在遵循使用情境为先的设计中，应首先考虑语义学的两大要素，即一是产品自身固有的外延要素，这是物界客观赋予产品的角色；二是内涵要素，这是人的主观情感投射在产品上而形成的附加意义，它在使用情境中显示出了人的心理性、社会性、文化性的象征价值。外延要素和内涵要素源于客观现实，离不开人、社会环境这样的情境和文脉。如贝聿铭在设计苏州博物馆时，遇到最大的问题就是如何把这一面积巨大的建筑园区与苏州古城和江南水乡的风格相协调，使其呈现出新派现代的建筑风貌，又符合苏州的环境和历史的文脉。图7-10所示是笔者对苏州博物馆的各种下位设计符号与古典江南建筑一一对应所做出的分析。产品或建筑设计作品作为较为复杂的文本符号，除直接与传统文化符号文本能指相似产生的基本型隐喻情况外，某些情况下还会出现目标产品和文化符号文本的下位组成符号的能指也存在一一对应的类似形式。这种结合的一个制约因素就是要求目标设计符号不但要与文化符号具有相同的整体视觉形象，而且设计条件允许或其设计本身具备与文化符号相同的主要语构，只是通过现代的表现手段以及对语构结构中某个符号的省略或再重构而达到新的表现形式。贝聿铭的苏州博物馆新馆把目标建筑体与江南民居的整体语构产生整体上的能指联系，之后在保持各个语构符号的基本特征的前提下，通过现代的工艺和更为简约的表现形式加以表现，在一些细节设计上，大胆地对原有符号的结构进行解构与重构，产生了新的视觉效果，在文本符号组的毗邻轴上，能指一一对应。符号能指控制得体，即没有失去苏州味道，又产生了新颖的现代建筑造型。贝聿铭在苏州博物馆项目中，运用了以下手段：

1）形式的解构与重构。重构保证了其形近和神似，在建筑立面和室内顶面中多次使用了这种手法，既呈现了新的效果，又让人容易识别其文化造型的来源。

2）多种文化符号的筛选和精简，如窗的形式很多，但只使用六边形和立棱形。

3）下位文化符号形式的简约化和轮廓化能够识别即可，不需完全照搬表现，如窗子只留六边形轮廓，中间使用玻璃。江南水乡民居的窗子中多有木制的窗格，但在这个设计中被省略，以体现现代设计的简约风格和宗旨。

4）二维形式的符号，如书画被转化为三维符号（立体的形式），反之亦然。在苏州博物馆中，由于隔壁拙政园围墙的存在，空间有限，设计者通过把假山画在围墙上的二维形式表现了原本园林中的立体山石。在"陈"和"新"的关系上把握好"度"，不能一味追求古代形式和文化而陷入照搬传统符号或古典主义的泥潭。要敢于在细节语构上做出调整或通过材料、工艺、平面与立体的转换创造新的感觉，但也不能为"出新"而破坏原有符号的整体结构，肆意打乱相似性文化符号毗邻轴与设计目标的毗邻轴要素的近邻关系。

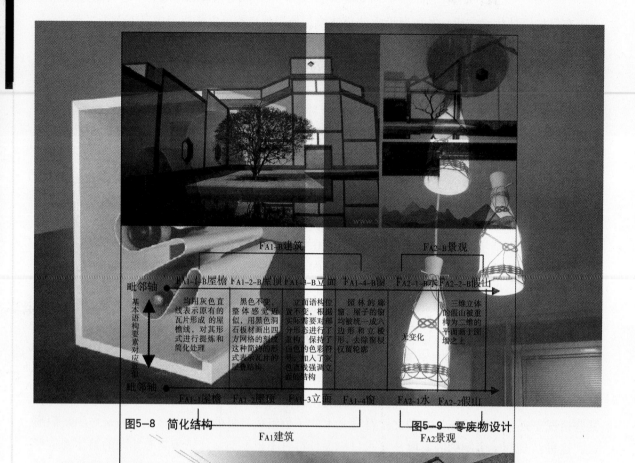

图5-8　简化结构　　　　　　　　图5-9　零废物设计

FA1建筑　　　　　　　FA2景观

图7-10　苏州博物馆的隐喻与语境对应的分析

3. 模块化设计方法

产品模块化设计就是在对一定范围内不同功能或相同功能的不同性能、不同规格的产品进行功能分析的基础上，划分并设计出一系列功能模块，通过模块的选择和组合可以构成不同的产品，以满足市场的不同需求。数字时代产品的模块化设计对绿色设计具有重要意义，这主要表现在以下三个方面：

7.3.3　语义学在设计中的运用

1）模块化设计能够满足绿色产品的快速开发要求，按模块化设计开发的产品结构由便于装配，易于拆卸、维护，有利于回收及重用等模块单元组成，简化了产品结构，并能迅速组合成用户和市场需求的产品。

2）模块化设计可以简化产品结构。

3）计算机辅助绿色设计技术。

绿色设计涉及很多学科领域的知识。

图7-11 大众新（右）老（左）甲壳虫造型上的"记忆性"语义延续

4）环境。产品、建筑和其他设计语言需要符合其语境，即设计物的形状、大小、色彩、材质等要与周围的环境相协调。这种语境包括自然环境和社会环境。贝聿铭对苏州博物馆的设计，就是对环境的最好诠释，前文我们作过分析。

5）使用的仪式性。产品的造型暗示了其日常生活的意义和象征性角色。某些仪式性场合的产品也需要不同风格的视觉形象或使用过程加以表现，从而在情境体验中达到产品与使用者之间的互动。

2．语义学如何解决外延性问题

产品设计首要的目的是解决外延性问题，这样才能更有效地认识、使用和操作产品。使用者面对一件产品首先要弄清楚两大问题：一是这是什么；二是如何使用。

关于第一个问题，可以使用人们头脑中固有的熟悉记忆和符号储备唤起人们对新产品的认识。

而至于第二个问题，即产品的使用问题，大多数使用者通过试错法和阅读产品说明书来解决。实质上有几种语义学方式可以很好地解决此类问题。

1）产品与产品之间的对照和匹配。两个相互关联的产品或产品部件之间的使用，可以通过形态或色彩等方面的对照和匹配暗示使用的方法。例如，U盘插入USB接口时，如果选择了错误的方向则无法插入。而网线的接口就使用了一种外延性语义解决了需要多次试插的烦恼，它的"凸"字形截面与接口的"凹"字形截面很好地吻合，提示了插入方法。计算机机箱上的许多接口都带有国际标准的色彩，如键盘连接线的接口是紫色的，不管是什么型号的计算机，使用者都能依据此颜色找到机箱上同颜色的接口，通过色彩的匹配完成连接操作，这也是解决此类问题的很好的例子。

2）人与产品之间的对照和匹配。产品是为人设计的，要考虑人体特征，包括尺度、形态、材质等要求。例如设计一款座椅，不管其形式如何怪异，只要提供了一个与人臀部相吻合的曲面和相应的支撑点，人自然会识别其为座椅。

3）经典机能原理的记忆性。很多新产品的外延语义使用了经典的机能原理给使用者以提示，如刻度、按钮等。这种方式广泛应用于电子设备视觉交互界面的相关设计中，如很多手机的时间界面还是传统的圆形挂钟的形式，这就是使用一种人们更为熟悉的概念去解释新的概念。

3．语义学如何解决内涵性问题

使用语义学解决内涵性问题，许多学者提出了不同的想法，如德国斯图加特艺术学院产品设计系主任Klaus Lehmann认为产品或物品语义上的意义可从以下五类方式中寻找象征意义：①从可读的机械原理的取得意义；②从人和动物的姿势上取得意义（仿生）；③从熟悉的抽象造型符号上取得意义；④从科技符号或当时的杰出模式上取得意义；⑤从风格和历史上的隐喻来回忆文化传统的意义。笔者看来，这些思想或方法固然具有合理性，但仅仅提出几个大的范畴和方向难免流于归类和总结的弊端。实际上，设计符号学有一套较为完善的理论来解决象征性语言意义来源的问题，即设计符号修辞学。设计语义可使用多种修辞（有些学者笼统地称之为隐喻）来解决设计意义来源的问题。目前主流的修辞分类有隐喻、换喻、讽喻、提喻四大类。

（1）隐喻修辞

隐喻是一种最为常见的设计符号修辞方法，是在一类事物的形态提示下去感知、体验、想象、理解和讨论另一类事物的心理、社会、语言和文化行为。隐喻由三个要素构成：事物A、事物B、两者之间的联系。隐喻的主要目的是用一种更为明显、熟悉的观念符号来表示某种观念。观念之间存在相似性，隐喻的相似性常常出现在"常识"的层次之上。隐喻的本质是以一种形象取代另一种形象，而实质意义并不改变的修辞方法，并且这种取代建立在两种形象的相似性基础之上。设计师可利用这种最为普遍的修辞方法，通过相似性符号的象征意义传达功能的语义。隐喻根据符号能指和所指的划分可分为两种：一种是能指相似类型的隐喻修辞；另一种是所指相似类型的隐喻修辞，即是以相似性关联为基础的隐喻。从设计符号学角度来说，一个目标设计物由于其功能决定的基本造型（本体B）与内涵意义指向的造型（喻体A）具备形式上的相似或关联性，从而可以直接使用喻体的形态，即传播了喻体的形态指向的内涵意义，又可以实现本体的功能。这种设计方法是最简单、最常见的运用传统文化符号完成当代设计目的的手段之一。中国文化有许多符号，每一种符号不但有其自身的在本民族范围内的认知意义，同时在世界范围内则直接指向"中国文化符号"这一更高层次的意义。例如，北京奥运会的熊猫福娃，第一层次的符号意义是一种猫科哺乳动物；第二层次代表特产于中国的熊猫符号，是中国独有的符号；第三层次则与其他的福娃藏羚羊、燕子共同指向"中国"这一地域符号意义。许多民族符号在本民族文化圈中具备较好的认知度，但在世界范围内并不具备很好的认知，如中国的福寿纹，西方人并不知道其代表什么含义，但他们可以判断出这是一个中国的纹样，这样这个福寿纹传达的并不是"福寿"的含义而是"中国文化"这一含义。实质上，在很多情况下使用任何一种民族符号，其本意并不是传播"这个符号是什么"，而是通过这个符号告诉世界和使用者，这是"这个民族的设计作品"或阐述了"这个符号在何种地域或环境下使用"。

基本型的隐喻方式相对比较简单，在设计中为了传播多重复合的意义，往往多次使用基本型的隐喻模式。我们把需要传播的文化符号用A1、A2、A3……表示，把功能性的设计目标的符号用B1、B2、B3……表示，两组符号在设计过程中存在多次、多层的复合情况。如北京奥运会的LOGO就是这种形式的典型应用，代表了两次的隐喻迭代。奥运会的标志整体形象是印章（见图7-12），由于其传达了中国的文化，被人们称为"中国印"。图案是一个舞动的人形，与北京的"京"极为相似，以"人"的形态为主，"京"的文字字形为了照顾人的跑动庆祝的姿态被省略了。从符号学的角度，可以倒推出这个标志的符号意义结合的过程。首先设计目标——舞动的人被视为符号B；"京"字作为中国的文字被视为文化符号A1，指代设计目的发生的地域是中国的北京；印章作为中国传统文化的形式之一被视为文化符号A2，直接指代印章的承诺意义，更深层意义目的是指代中国。设计者根据"人"与"京"在造型上的相似性，把A1与B通过两方面的取舍、省略、整合，设计成首先能保证识别出是A1，然后能进一步识别出是A1、B的复合形态，这里暂且称之为A1-B。构成这一基本形式之后，再与印章的能指形式A2中的部分或全部形态（其中印章的毗邻轴语构分为两个要素：红色印泥背景、白色镂空字形）进行二次结合，在这次结合中，白色镂空字形直接与A1-B结合；红色印泥背景A2则直接作为标志的最终表现形式，即整体传播印章的中国文化意义而又突出表现了"跃动的人"和北京的"京"字图案，使整体标志符号传达出多重复合意义。整个过程实际上是两次基本型的复合过程。

所指相似性隐喻是指目标设计物的外延意义（功能性意义），与文化符号的内涵意义类似，是目标设计物具备文化符号的内涵意义的一种设计方法。把一个糖匙的椭圆形勺子部分设计成心的形状，即保证了原本外延意义的传播，又与"心"的甜蜜产生了意义上的联系，这就是一种所指相似类型的隐喻方法。太极符号的所指代表阴阳交合转化，与室内墙面上的电源开关的外延意义相同，电源的"开"按钮可代表阳，表示光明；电源的"关"按钮可代表阴，表示黑暗。把电源开关设计成太极的形状，黑色代表"关"按钮，白色代表"开"按钮，很好地把文化符号的内涵意义与目标产品的外延意义的相似性联系在一起，从而产生新的造型思路（见图7-13）。

图7-12 北京奥运会标志使用了两次能指隐喻迭代

太极电源开关例子是目标设计物整体造型与文化符号的意义相似而产生的替换效应，也有可能是目标设计物的符号文本中的某个部分语构被具有相近意义的文化符号替换的情况。例如，中国古代的"水龙头"利用传说能产生水的神话动物的头部造型作为水龙头的出水口造型，现代设计由于强调简洁而只保留管状的出水口。实质上，"水龙头"是有深刻的民族文化内涵在其中的。

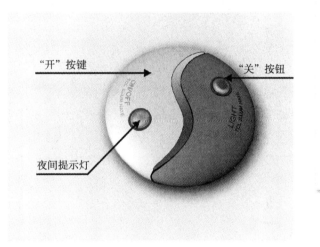

图7-13 与太极阴阳思想所指相似的电源开关设计

如果强调民族风格的当代设计，可以在目前现有的水管出水口的位置设计龙头的造型或琢刻龙纹。这是一种通过文化符号造型与使用对象的功能意义的邻近性而把潜在的文化背景（龙产生水）的内涵意义表现出来的方法。在这里，现代的水龙头造型可简单地分为进水管、开关控制器、出水管和出水口四个符号外延语构元素，其中出水口的这一符号因其出水的意义（外延意义）被龙头（龙产生水的内涵意义）的相似关系替换，从而表达出"龙头出水"的使用功能等附加意义。

目标设计物的本体一般是一个可以被明确识别的传统设计物（传统造型符号），这个符号的本体不但具备自己的外延功能意义，而且第二个象征层次可以直接传播文化意义；而喻体则一般是与人有关的指示符号，这种符号一般是以功能和提示产品使用过程、方式、结果效果为目的，这种本体和喻体的结合使传统设计物与现代的操作、使用方式或与人发生关系后的使用结果产生了自然的联系，在视觉上往往会给人印象深刻的感受。图7-14所示是一个中国传统的紫砂壶，将其作为符号A，通过对茶壶语构各部分的解构加入其他符号进行重构，以产生新的语意效果或提供新的使用方式。由于保龄球的使用方式——拿起保龄球和茶壶的把手的使用方式——拿起茶壶具备行为的相似性，将其符号结构中的茶壶把手（外延用FA1表示）去掉，替换成类似保龄球的孔洞（符号B），表达了一个传统设计物的新的使用方式，给设计物的使用形式带来了新的符号意义，强调了一种新的中西结合的乐活健康的生活方式。这种设计类型一般是使用现代的造型形式语言替换掉原有文化符号语构中的某个子符号，使之既具备功能性的邻近性，又保持了本体文化符号的特征和可识别性，同时传达了传统文化符号新的使用方式或使用结果等信息。

隐喻设计需要注意的是：①喻体形式指向的符号应具备在识别目标人群头脑中的认知基础，如果喻体的能指不能被信息接受者所识别，则传播是无

图7-14　隐喻揭示使用方式

效的。②需要巧妙、适当地控制本体与喻体形式之间"度"的把握和衔接，不能把设计的最终形式过多地倾向于本体而削弱了喻体的可识别性，造成意义传达的模糊；也不能为了追求真实再现喻体而过分刻画喻体的细节，这样的作品只能是"古典"的翻版。内涵意义过于强烈会影响其本身的外延意义的提示功能，让使用者在使用上产生认知混乱，因此需要在保证外延意义的准确传播之后再传播内涵意义。

（2）换喻修辞

20世纪丹麦著名建筑师安恩·雅各布森（Arne Jacobsen）指出，隐喻是建立在相似性基础上的替代，而换喻中两个符号之间的联系则是建立在邻近性和符合性的基础之上的替代。隐喻只涉及设计语言的实质即意义关系，换喻则改变指称关系本身。换喻实质上是用一个符号意义去替代另一个符号的意义，其诉求的重点是考察符号的并列关系，即两种符号属性排斥或基本分离。武汉理工大学艺术与设计学院胡飞博士把换喻的方式分为三种：结果替代原因、使用者（使用环境）替代使用对象、实质替代形式。文化符号换喻修辞的本质是目标设计物与文化符号以一个外来物体或概念为中介，双方都与中介符号具有某种性质相同的邻近性关系，在这种情况下，可以把两者的能指进行替换，而所指的高层则指向文化符号。

使用者（使用环境）替代目标设计对象的换喻方式的本体一般是具备现代形式或功能要求的设计物，所以这里的本体用符号B表示。而这种喻体则使用传统文化符号A表示。例如，在中国传统文化中，关羽使用一把大刀，这个"刀"与关羽形成了符号的邻近关系。而在西餐的餐刀架（本体符号B）的设计过程中，考虑到刀架与餐刀的邻近关系与"刀"与"关羽"的邻近关系的类似性，通过"刀"这一符号概念把刀架的基本功能形式与"关羽持刀"的文化符号形式进行替换，成为一种"刀"的使用者（关羽即喻体传统文化符号A）替代了"刀架"这个目标设计物的形式，使设计既表达了传统符号的情理又在人们意料之外，生动有趣。

在一些设计项目中，目标设计物的本体形式与其实质并无文化上的系谱隶属关联，如茶叶和常见的茶叶存储物（如方形茶叶盒、茶叶包装袋）的关系。如果使用茶文化中的茶叶与茶具（如茶壶）的意义邻近关系，如使用茶壶作为存储茶叶的器物，相当于使用"茶文化"这一实质系谱范畴中的某个符号替代当前并无文化意义的方形茶叶盒形式。这种替换被称为实质替代形式的换喻方法。茶壶是泡茶和倒茶用的，其本身与储存茶叶的茶叶盒属于空间上的邻近关系。在茶叶盒（符号B）的设计上，使用茶壶（文化符号A）这种使用环境上的邻近符号替代目标设计物（茶叶盒）的外延功能，让茶叶从茶壶的壶嘴倒出，产生了新的使用方式，同时比毫无特色的方形盒子能更清楚地传播"茶"这一文化符号的实质。

（3）提喻修辞

设计的提喻是指在同一性质、同一种类的事物中，用比较具有代表性的形象或设计语言代替不具备代表性的设计语言，反之亦然。提喻的本体和喻体之间属于隶属关系而非对应关系，本体是喻体的体现，而喻体则蕴含于本体。提喻的思维是用一个符号的意义去替代另一个符号的意义的表达方式，其表现的是本质和连接的关系。中国古代设计思维强调"以点带面"就是提喻的思想。北京798艺术区很多工作室的设计作品都使用毛主席、雷锋等的剪影形象作为平面设计符号，这些符号绝不是仅仅对毛主席、雷锋等人物的个人描写或崇拜，其本质是指那一时代精神对那一代人的深刻影响。这就是使用一个符号文本系统中的某个具体符号的提喻手法去代表其他并不被人熟知的事物符号和心理情结。提喻通常分为部分与整体的替代以及属与种的替代两种，胡飞又补充了具象与抽象的替代和质料与产品的替代两种提喻方式。实质上，上述四种提喻的方式只不过是提喻的不同毗邻轴类型分类而已，从设计符号学角度审视，它们都是一个大的符号文本（暂时忽略毗邻轴的名称属性）与其隶属的下位符号文本或符号之间的相互替换的提喻关系。所以符号构成的类型模式是基本一致的，其实质就是整体（一个符号文本概念中的系谱轴全部要素）与局部（一个符号文本概念中的系谱轴单个要素）两者之间的替代关系。这种关系可以是前者替代后者，也可以是后者替代前者。在实际设计中，比较实用的提喻手法包括一般性提喻和对比性提喻。

对比性提喻往往应用于差异文化共处一个设计造型或图案之中的情况，即把两种差异文化中的某一具体下位符号的形式处于同一设计造型或图案之中，通过对比突出各个文化的特征或阐述两者的联系。所选择的这个下位符号需要是在两种差异文化中具有明显不同的表现形式的具体事物。如中西平面设计大赛中，使用中国传统的花裤和绣花鞋的造型与西方的西裤和皮鞋的对比营造了强烈的文化差异的视觉感受。这种对比性提喻实质上是一般性提喻的复合形式，属于两种经过不同系谱集合提炼选择出的符号再作为一个毗邻关系出现在一个设计物之中的符号设计方法。

（4）讽喻修辞

讽喻设计符号的形式看似意指了一个事物，但使用者从其文化背景知识中可以意识到其实质意指着截然不同的事物。讽喻源自本体和喻体的差异性，差异越大，讽喻效果越明显。讽喻设计通过夸张或对立的替代，有意地颠覆和损毁人们对某一产品的惯例性印象和体验。后现代主义的一些设计中，常使用讽喻来表达"意义不明"的游戏态度。如著名的古希腊柱头座椅，大胆地使用历史元素，体现了文脉主义。讽喻要么是对正统思想的批判或漠视，要么是通过类似语言中"说反话"一样的讽刺符号，看似表达的是这个意义，但稍加思考，表达的则是相反的意义。民族设计符号的讽喻往往是通过对传统符号的戏谑化应用，即通过使用有限的讽喻体现产品设计的幽默的形式，目的是为了批判传统的糟粕或颠覆原有的传统思维或行为模式。例如，孔子是读书人的代表，如果使用孔子的形象作为刀具架就是这种讽喻设计。手拿刀具应该是武者的行为，颠覆了传统的行为模式，创造了一种新奇幽默的使用体验。讽喻的符号结构呈现为"相反的符号意义"或"对比的符号意义"，前者是通过一个符号形式传达与使用行为或体验相反的意义，如前面提到的孔子刀具架的设计；后者实质上是日常生活中极为少见的情况，给人传达幽默、不安、无法理解的多重信息。通过对代表性的讽喻案例的研究，可以发现讽喻按设计手段又可分为能指引导型的讽喻修辞和外部环境引导型的讽喻修辞。

本章小结

　　本章从语义学的概念入手，介绍了语义学的历史和语义学的局限性等内容，并通过图例介绍了语义学在现代设计实践中的运用，语义学的设计要素与程序，以及语义学的语境与表达。本章知识内容虽有一定的难度，但却是深入研究设计形式语言的主要切入点，读者应用心体会。

思考题与习题

（1）收集语义学应用的设计案例和设计图片，体会其中的语义表达方式。

（2）运用本章所学的语义学理论，对自己感兴趣的事物（可以是产品、建筑、室内装饰等）进行语义传达创新设计，尝试塑造新的语义形态。

（3）整理出一组具有相同语义形态的不同事物的名家设计作品，分析、比较，找出其语义学的表达规律。

第2篇 行（实际应用篇）

第8章 形式语言与产品特征造型设计

学习目标

（1）了解产品外观设计专利申请的基本知识。

（2）了解产品特征造型设计的基本知识。

（3）掌握形式语言在产品造型设计中的应用方法。

学习重点

（1）产品的造型特征与外观专利保护的关系。

（2）决定产品特征造型设计的因素。

（3）形式语言在产品特征造型设计中的应用。

学习建议

（1）了解产品外观设计专利申请的程序和条件。

（2）分析产品外观设计专利申请与产品特征造型设计之间的联系。

（3）理解本章所学的内容，灵活运用于设计实践中。

8.1 产品外观设计

8.1.1 产品外观设计专利申请的基本知识

1. 外观设计专利定义

这里所说的外观设计是指工业品的外观设计，也就是工业品的式样。它与发明或实用新型完全不同，即外观设计不是技术方案。《中华人民共和国专利法》（以下简称专利法）第二条中规定："外观设计，是指对产品的形状、图案或者其结合以及色彩与形状、图案的结合所做出的富有美感并适于工业应用的新设计。"依据字典的定义，"产品"是指利用原材料制成的任何物品，不论该物品是由手工制成的，还是使用机器制成的。由此看来，产品实际上涵盖了除自然物之外的一切物品。外观设计的专利保护始于1711年，法国里昂市为保护该市的丝绸织品图案设立了专利制度，从此这一有着近300年历史的制度在世界范围内被广泛应用。目前，国内许多企业也采用申请外观设计专利的方式保护其特有的包装设计。例如，湖北某酒厂曾设计一种编钟造型的酒瓶，并为其申请了外观设计专利加以保护。企业在包装设计完成时，甚至在设计过程中就可以申请外观设计专利。利用这种事前保护的方式，不仅可以加强企业的防范能力，而且可以节省大量的企业资源。

外观设计专利应当符合以下要求：

（1）是形状、图案、色彩或者其结合的设计。

（2）必须是对产品的外表所做的设计。

（3）必须富有美感。

（4）必须是适于工业上的应用。

2. 外观设计专利分类

根据《专利法实施细则》的规定，申请外观设计专利的申请人应当写明使用外观设计的产品及其所属类别，未写明使用外观设计的产品所属类别或者所写的类别不确切的，由专利局予以补充或者修改。国家知识产权局《专利审查指南》对外观设计分类的内容、分类的依据、分类号的确定等作了相应的说明。

根据中华人民共和国专利局公告（第七号）中国专利局所采用的国际专利分类法（第4版），外观设计专利的分类主要有31个大类，214个小类。这31个大类分别是：01类为食品；02类为服装和服饰用品；03类为旅行用品、箱子、阳伞以及其他类未列入的个人用品；04类为刷子类；05类为纺织品、人造或天然被单类材料；06类为家具；07类为其他类未列入的家用品；08类为工具和金属器具；09类为商品运输或装卸用的包装和容器；10类为钟、表和其他测量仪器、检查和信号仪器；11类为装饰品；12类为运输或提升工具；13类为发电、配电和输电的设备；14类为录音、通信或信息再现设备；15类为其他类未列入的机械；16类为照相、电影摄影和光学仪器；17类为乐器；18类为印刷和办公机械；19类为文具用品、办公设备、艺术家用材料及教学材料；20类为售货和广告设备、标志；21类为游戏、玩具、帐篷和体育用品；22类为武器、烟火、狩猎、捕鱼及杀伤有害动物的器具；23类为液体分配设备、卫生、供暖、通风和空调设备、固体燃料；24类为医疗和实验室设备；25类为建筑构件和施工元件；26类为照明设备；27类为烟草和吸烟用具；28类为药品和化妆品、梳妆用品和器具；29类为火灾及事故防救装置和设备；30类为动物的管理与训养设备；31类为其他类未列入的食品或饮料制作机器和设备。

3．外观设计专利侵权判断原则

在外观设计专利侵权纠纷案件审判中，判断被告的被控产品是否落入原告专利的保护范围，一直是专利审判工作的一个难点。我国专利法第十一条第二款、第二十三条和第五十九条第二款，对外观设计专利权授予的条件、构成侵权的要件及保护范围做了原则性的规定。

授予外观设计专利权的实质条件，专利法虽然没有明文规定授予外观设计专利权的专利申请应具有新颖性、创造性和实用性，但专利法却规定："授予专利权的外观设计，应当同申请日以前在国内外出版物上公开发表过或者国内公开使用过的外观设计不相同或者不相近似。"

所谓不相同是指申请日以前，没有同样的外观设计在国内外出版物上公开发表过或者在国内外公开使用过，可以认为这是对授予专利权的外观设计的新颖性的要求。从实质上来说"不相同"就可以视为是判断外观设计是否具有新颖性的标准。

所谓不相近似是指与申请日以前已经公知公用的外观设计相比，该外观设计有显著的特征，以致专业美工设计人员不能容易地从现有技术中演变出来。所以这里"不相近似"可以理解为是对授予专利权的外观设计的创造性的要求。

至于外观设计专利的实用性，专利法中规定："外观设计，是指对产品的形状、图案、色彩或者其结合所做出的富有美感并适于工业应用的新设计。"其中，"适于工业应用"可以认为是对授予专利权的外观设计的实用性的要求。

那么，如何判断被控产品与原告外观设计专利产品相同或相近似呢？主要有以下原则。

（1）判断相同的原则

物品相同和设计相同，判断为相同。物品相同是指产品的用途和功能完全相同。如机械手表和电子手表，尽管它们的结构不同，但它们的用途和功能相同，故它们是相同的产品。设计相同是指形状、图案、色彩（或者结合）三个要素相同。一般产品的设计内容表现为以下四个方面：单纯的形状或图案设计；形状和图案二者结合的设计；图案和色彩二者结合的设计；形状、图案、色彩三者结合的设计。对于两种以上要素结合的设计，必须两种以上要素完全相同时，才能判断为相同的设计。

（2）判断相近似的原则

物品相同，设计相近似，判断为相近似；物品相近似，设计相同，判断为相近似；物品相近似，设计相近似，判断为相近似。物品相近似是指同一类的产品，即用途相同、功能不同的物品。如钢笔与圆珠笔都是书写工具，其作用相同，但二者的功能不同，故二者属相近似的物品。

判断被控产品与原告外观设计专利产品是否相同或者相近似，除按照上述原则进行判断外，在判断过程中还要注意运用以下判断方法：

（1）以市场上一般购买者的水平判断

这是因为某些相近似产品的细微差别，一般购买者往往会忽略掉，而专家或者专业人员很容易分辨出来。现在许多侵权者在仿他人外观设计时，往往会做一些小的改动，故而给人一种似像非像的感觉。应以间接对比与直接对比相结合的方式进行判断。在判断被控产品是否与原告外观设计专利产品相近似时，应根据视觉观察到的方式进行比较判断，对视觉观察不到的，要借助仪器或化学手段进行分析比较。在比较时，应注意采用间接对比的方法，即把原告外观设计专利产品与被告的被控产品分别摆放，比较观察时在时间上、空间上要有一定的间隔。对审判人员来讲，此种方法就是让其对两种产品有第一眼的感觉，若产生混同，二者就是相近似的。此外，审判人员还需要运用直接对比的方法进行判断，要进一步直接对比、分析、判断，以描述二者的相同点和不同点，最终得出二者是否近似的结论。

（2）从产品的外部和易见部位进行观察判断

顾名思义，外观设计专利是保护产品外观的。因此，审判人员在判断被控产品与原告外观设计专利产品是否相同或相近似时，应以产品的外观作为被判断的客体，通过视觉对产品的形状、图案、色彩进行观察。观察时应以产品易见部位的异同作为判断的依据。

（3）从整体、综合方面进行观察判断

整体观察、综合判断是相辅相成的。判断被控产品与原告外观设计专利产品是否相同或相近似时，不应仅从一件设计的局部出发，或把一件设计的各个部分分割开来，而应从其整体出发，从一件设计的整体或其主要构成上来比较判断二者是否相同或相近似。

综合判断是在整体观察的基础上，对被控产品、外观设计专利产品的主要构成、重要新颖点进行判断。图案的外观设计，一般是由基本题材、构图方法、花样大小及色彩几个要素组合而成的。对于变化状态的物品的外观设计，应以其使用状态作为基本状态进行综合判断。对于请求色彩保护的外观设计，判断色彩是否相同或相近似，应根据颜色的三个属性，即色相、纯度和明度进行综合判断。形状、图案是外观设计的基础，色彩是附着在形状、图案之上的，没有形状、图案，单纯的色彩是不能成为外观设计的。

从这个意义上讲，色彩保护具有从属性。因此，请求色彩保护的外观设计专利相同或相近似的判断，一般应先对被控产品与外观设计专利产品的形状、图案进行判断，如果判断为相同或相近似，再对色彩进行判断。与色彩有关可判断为相近似的外观设计，主要有以下七种情况：物品相同，形状、图案、色彩相似；物品相同，图案、色彩相似；物品相同，形状、色彩相似；物品相似，形状、图案、色彩相同；物品相似，形状、色彩相似；物品相似，图案、色彩相似；物品相似，形状、图案、色彩相似。

总之，判断被控产品与外观设计专利产品是否相同或相似是一项技术性、法律性很强的工作，判断过程中既要运用好各项判断原则，又要运用好各种判断方法，唯有这样，才能使判断结论客观、公正和合理。

4．不授予外观设计专利权的几种情形

专利法第五条规定，对违反国家法律、社会公德或者妨害公共利益的发明创造，不授予专利权。该条款中所谓的违反国家法律，是指外观设计专利申请的内容违反了由全国人大或全国人大常委会依照立法程序制定和颁布的法律。例如，外观设计专利申请中包含有国旗、国徽等内容，违反了《中华人民共和国国旗法》和《中华人民共和国国徽法》，因而不能被授予专利权。违反社会公德是指违背公众普遍认为是正当的，并被接受的伦理道德观念和行为准则。例如，带有暴力凶杀或淫秽内容的图片或照片的外观设计不能被授予专利权。妨害公共利益是指外观设计的实施或使用会给公众或社会造成危害，或者会使国家和社会的正常秩序受到影响。例如，未经奥林匹克标志权利人许可，在其外观设计专利申请中使用《奥林匹克标志保护条例》规定的奥林匹克标志图案，其申请就属于"妨害公众利益的发明创造"。

8.1.2　我国产品外观设计专利申请的现状

自1985年《中华人民共和国专利法》实施以来，在短短二十多年的时间里，我国建立起了一套既符合国际规则又符合中国国情的完整的工业产品外观设计专利保护制度。外观设计专利申请量也从1985年的640件迅速攀升至2009年的近40万件。中国的外观设计专利申请量高居世界榜首，表明中国自主创新能力不断增强，水平不断提高，专利制度在激励发明创造、推动技术创新等方面的作用日益突出，全社会知识产权意识明显提高，越来越多的企业懂得如何利用外观设计专利制度来保护自己的合法权益。知识产权在中国国民经济总产值方面所作出的贡献也越来越大。

国家和企业重视知识产权，相信知识产权，保护知识产权，是21世纪的特征之一。以专利申请量为例，2010年2月的《专利统计简报》指出，1999年以来，国内专利申请量的年增长率，平均保持在20%以上，10年翻了三番。《人民日报》2010年3月16日报道称，世界知识产权组织（WIPO）公布的2009年国际专利申请数据显示，中国专利申请量同比增长30%左右，位居世界第五位，仅次于美、日、德、韩，增长速度居世界各国之首。

国家知识产权局网站公布的数据显示，在发明专利、实用新型专利和外观设计专利这三种专利申请中，中国最多的专利申请是外观设计专利，约占全球注册量的25%。这是一组令中国工业设计界和企业界振奋的数据，它说明产品的外观设计正越来越被企业重视。从深圳要成为中国的设计之都，引发的广东工业设计公司的林立，到浙江、上海工业设计的奋起直追，还有北京工业设计界的引吭高歌，我们看到了工业设计的春天。

8.2 产品特征造型设计

8.2.1 研究产品特征造型设计的原因

由于众多原因，目前我们很难对自己产品的外观设计形成有效的保护。究其根本，其中最主要的原因就是被侵权产品的外观造型特征不明显，没有鲜明的特征设计点，使侵权的概念模糊化。因而，从工业设计的角度，利用形式语言和设计符号学理论，融合产品的设计原理，设计出独具特色的产品外观，使其具有鲜明的造型特征和延续性。最大限度地保护自己产品的知识产权是工业设计师的当务之急。

当然，外观设计专利问题不仅在中国日益突出，在世界领域内，也是大小制造商之间矛盾的焦点。欧盟委员会曾于2004年向欧洲议会提出议案，提议取消对汽车表面零部件设计的法律保护，开放欧盟25个国家的汽车表面零部件市场，允许独立的汽车零部件生产商参与市场竞争。提议一旦通过，就意味着年销售额达100亿欧元的市场将完全进入自由化竞争阶段，汽车制造商的供应商或独立零部件商将有权自行出售同类型的配件。开放的汽车表面零部件将包括汽车发动机罩、前后保险杠、门、灯、后面板、风挡玻璃、挡泥板等。欧盟委员会估计，如果欧盟成员国不对这些零部件的设计实行产权保护，欧洲市场汽配价格将下降6%～10%。这一提案遭到德国、法国、葡萄牙、斯洛伐克等汽车大国的极力反对，目前提案仍未获得通过。

下面从最能体现工业设计核心理念的汽车外观造型入手分析。汽车外观设计在决定商品竞争力的要素中占有重要地位，因此各汽车厂家会花大量时间、资金和人力进行外观开发。经过如此开发，消费者会发现各汽车厂家的各个车型具有不同的特征。例如，欧洲一些著名品牌的汽车外观设计都有其历史的传承和深厚的文化背景，所以整个设计都是延续的。例如，奔驰汽车的外观设计可以看做是它的招牌，其大气的整车造型，独具个性的前脸，即使把奔驰的标志去掉，还是能看出这是奔驰汽车。现在奔驰汽车已经发展到第八代，对比第五代或是更早的奔驰汽车，不难发现它们在外观设计上的传承和延续（见图8-1），其他厂家很难模仿，同时外观专利所保护的产品特征明显，令仿造者望而却步。因此，如果设计师能充分运用形式语言和设计符号学知识及产品设计原理，设计出特征鲜明、传承性强的产品外观，就能最大限度地去保护自己的产品外观专利。

另一方面，任何一件产品都必须依靠其外观造型形态来吸引消费者，消费者会在使用产品的过程中获得一定的心理感受和体验。这种体验和感受的好坏，取决于消费者对产品外观造型

图8-1　部分奔驰汽车的外观

形态的解读。而最能影响消费者的判断和分析的，正是产品的造型特征。例如Volvo轿车前脸排气格栅上的象征安全带的那一道斜杠，把Volvo公司"以人为本，安全至上"的造车理念表现得淋漓尽致（见图8-2），这一特征给广大汽车消费者留下了深刻的印象，这是外观造型特征设计融入企业理念的典型案例之一。

图8-2　Volvo轿车的外观

在产品的外观造型设计中，任何一个形态都是由其独特的形式语言构成的。设计者也正是通过对形式语言的巧妙运用，创造出了千变万化的产品形态和其独特的造型特征。消费者在购买、使用产品的过程中，所获得的心理体验和感受，往往用诸如"大气"、"大方"、"简洁"、"时尚"、"豪华"、"新潮"等词语来描述，这些定性的描述，就是对设计的形式语言所传达的信息的概括。这些描述来源于消费者的真实体验和感受，反映的是消费者对产品外观造型特征所特有的形式语言的定性认知。

8.2.2　产品特征造型设计的概念

任何一个客体都具有众多特性，人们根据一群客体所共有的特性形成某一概念，这些共同特性在心理上的反映，称为该概念的特征。它是一事物异于其他事物的特点的集中体现。英国知名设计师百特（Baxter）在其著作《产品设计与开发》中提出："人们观察物体时，先快速扫描整体，然后才注意其细部。通常前期的认知过程具有整体意象优越性，而此整体意象优先性也会形成对细部观察的影响或支配。"由此可以看出，整体意向也就是整体效果给观察者的影响是比较大的，它会直接影响观察者是否会进一步关注事物的细节。

在产品外观的造型中，它的特征主要与形式语言相关联，通常就是指某一产品的形式要素（形式语言的语汇）、功能元素和产品属性等在外观造型中的集中体现，通过它们人们可以很好地理解该产品的功能、行为和操作，并得到美的心灵感受。

因而可以这样界定产品外观造型的特征设计，就是利用形式语言中语汇丰富的语义特征来代替因产品功能而产生的简单的原始的几何元素作为基本元素，通过形式语言的语法和形式美法则来重新构造出一个产品外观造型。我们可以通过下面一组美国苹果公司系列产品的造型来一窥其妙（见图8-3）。简单的长方体、球体演绎出"单纯"和"Think Different"的设计理念。

在产品外观设计中引入"特征造型"这一概念，作为产品外观造型定性描述与定量描述的结合。特征造型是指在产品外观造型设计中，对产品的功能展示、使用状态、审美、语义表达意象等产生重要影响的局部或整体的造型，它能影响消费者对产品功能与造型风格的鉴赏。产品外观的特征造型对一个产品的影响主要是两方面的：一方面是对使用者，通过被产品外观特征造型的吸引，从而导致使用者对产品的认可；另一方面则是对设计者，它可以指导设计者选择合适的造型特征，来引领消费者的消费倾向和审美倾向。

一般来说，产品外观的特征造型可以分为产品整体特征造型和产品局部特征造型。产品整

图8-3　美国苹果公司系列产品

体特征造型是指能够影响整个产品造型风格的外观形体造型；产品局部特征造型是指在不影响整个产品造型风格的前提下，对产品局部的形体造型进行"亮点"处理，强化其局部特征，起到画龙点睛的作用。局部特征造型往往依托于整体轮廓特征造型，并在风格上与整体特征造型保持一致。一般来说，产品外观的整体特征造型是影响消费者注意力的主要因素，它对消费者产生的影响较大；但局部特征造型也很重要，虽然在整体上对消费者注意力的影响不大，但是在产品外观造型类似的情况下，局部特征造型的差异往往会带给消费者不同的体验。有时一个产品的胜出往往就是靠局部造型的点睛之笔。可见，不论是影响消费者前期注意力的整体特征造型，还是影响消费者后期注意力的局部特征造型，在新产品设计的时候，都是需要设计者仔细考量的。

8.2.3　决定产品特征造型设计的因素

　　影响产品外观特征造型的因素有很多，最主要的影响因素有：产品功能、产品属性、产品形态设计审美观、人机工程学因素、市场消费学因素等。但真正决定产品外观造型因素的只有产品功能，因为一个产品的诞生只能是为了实现一个或几个相关的功能。正如电话最初是为了实现有线远程的语言交流，所以它必须有传话装置和听话装置。因而电话的造型设计从发明开始到现在，从传话筒、听话筒分开的有线电话外观造型设计到现在无线移动的手机外观造型设计，始终围绕着话筒来进行设计。从话筒越来越小、液晶显示屏越来越大的外观造型趋势可以看出，电话这一实现单一语言远程交流功能的通信工具，正向着实现语言、视觉等多方位远程交流功能的通信工具发展。这种变化在其外观造型上充分显示出来，最直观的变化是液晶显示屏在外观造型所占的比例越来越大，且由最初的单色变为彩色，分辨率也越来越高等。再如电视机、计算机显示器，从它们发明到现在，其显示器一直都是长方形造型，即使到了当今LED的时代也依然如此，因为它们的功能是为人们提供视觉信息（见图8-4）。还有座椅造型，从发明到现在，始终围绕"L"形变化，原因也很简单，因为它的功能是为让人四肢放松，主要支撑面是臀部，主要依靠面是肩背部（见图8-5）。其他产品此处不再一一举例。

图8-4 电视机、计算机显示器

图8-5 座椅

从以上的案例中可以看出，功能对产品的外观造型是起着决定性作用的，产品外观造型是依附于功能并影响和完善功能的。

当然，其他因素也会直接或间接地影响着产品的外观造型。如人机工程学，它主要研究人机界面的设计，使人和机器的操作界面达到和谐统一。人机工程学的研究对象是以人为核心，研究人在设计、制造和使用人造物过程中所发生的全部人机关系，而且必须充分关注这一过程中环境因素的作用、限制和反作用。其基本内容包括：四肢的活动与技能局限；五官的感知与操作控制；人脑的功能与心理需求；环境的影响与产品适应。人机工程学的研究成果应用于产品设计，由此而引起的产品外观造型的变化，往往独具特征，令人印象深刻，如座椅的靠背

（见图8-6）、电动工具的把手（见图8-7）、汽车的方向盘和仪表盘（见图8-8）等。因为产品外观造型的变化，直接作用于人的视觉和触觉。

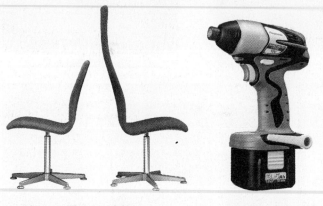

图8-6　座椅　　　　　　　图8-7　电动工具　　　　　图8-8　汽车的方向盘和仪表盘

要设计好一个产品的外观造型，就必须针对不同的产品，寻找其决定和影响产品外观造型的因素，利用这些因素结合产品设计形式语言的语汇、语法，创造出属于该产品的独特的形式语言，从而形成该产品所独有的特征造型。

8.3　基于产品外观专利保护下的产品特征造型设计

随着中国经济的快速增长，商品经济的日趋成熟，人们的消费观念也在发生变化。现今的消费者，除了注重产品的功能外，开始更多地关注产品的外观和使用的宜人性。面对种类繁多的产品，普通消费者的第一印象自然来自于它们的外观。对于日趋成熟的中国消费者来说，产品的外观设计是否讨人喜欢已成为购买与否的决定因素。产品的外观设计直接关乎其生产企业的命运，因此，产品外观设计专利的申请及保护越来越受到生产企业的重视。不过，在中国的市场上，经常会看到一些样子相似但品牌不同，犹如双胞胎、甚至是多胞胎，令人眼花缭乱。那么这究竟是巧合，是相互借鉴，还是恶意模仿呢？这个问题是比较复杂的。同类产品外观造型，由于其功能相近，所以外观造型的主体设计也会相似，如汽车都是四个轮子加车厢，其主要造型点集中在整体线形和局部特征造型上。同类产品的相互借鉴，如果不能形成自己的独有特征，就会陷入模仿和抄袭的陷阱，产生专利官司。

产品外观保护的是一个产品的形状、图案、色彩以及特殊加工工艺所带来的独特的肌理和色彩。无论是产品独特的形状（即产品造型或形态），还是用以装饰产品外观的具有鲜明个性的图案，抑或是产品外观独特的色彩体系，均能够给消费者留下深刻的印象。

因此，一个产品如果没有独特的外观造型，它就不会引起消费者的兴趣，因而也没有市场竞争力，也就不存在申请外观专利的必要性。反之，如果一个产品的外观在同类产品中独具特色，让人过目不忘，能激起消费者强烈的购买欲，这样的产品就有必要申请外观专利。因为一旦申请了外观专利。对想抄袭的厂家将是一个很好的约束和警示，照抄侵犯他人的专利，而改变难度又较大，而且对方产品外观造型特征太明显，特征改变了也就没有了意义。得不偿失，不如自己自行设计。

从美国苹果公司1998年的"起死回生"和前几年刮起的"蓝色旋风"，我们可以看到最新科技成果应用到产品外观设计上所带来的巨大效益。1998年，令苹果公司"起死回生"的首款iMac个人计算机，外观颜色为透明蓝色，主机和显示器合二为一，炫丽独特的外观设计，让个人计算机消费者爱不释手。随后，苹果公司又陆续推出了多种颜色和图案的iMac系列（见图8-9）。这种颜色鲜艳的外观设计深受消费者欢迎，在iMac上市的第一年，苹果公司就位居美国市场个人计算机销量榜首，而今又开发出了iPhone智能手机，从2G到3G一系列个性鲜明、外观独特、以科技引领产品外观潮流的产品，赢得了广阔的消费市场（见图8-10）。

  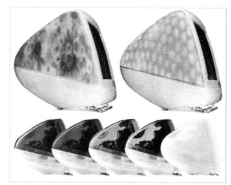

图8-9　苹果iMac系列个人计算机

图8-10　苹果iPhone智能手机

8.4　形式语言学在产品特征造型设计中的应用

也许是巧合，也许是必然，形式语言的基本语汇"形态"、"色彩"、"空间、材质、表面装饰及工艺"和产品外观设计定义中的"产品的形状"、"图案或者其结合以及色彩与形状"、"图案"相对应了。"形态"即"形状"，"空间、材质表面装饰及工艺"可以形成"图案"，两者都提及"色彩"，由此可以看出形式语言是形成产品特征造型设计的主要途径之一。

8.4.1　产品外观造型要素的分析与提炼

一个产品的外观主要由可见（或暗示）功能部分、外观形态、外观结构（包括外观件的连接，与机构、部件、零件等相连接的结构）、外观色彩及材质表现、人机界面和数理（比例与尺度）等组成。其中，能用来吸引消费者眼球且能直接引起消费者购买欲望的主要是外观的整体形态、产品功能、外观色彩及材质表现、人机界面和数理（比例与尺度）。因此，一般而言，一个产品的外观造型要素的分析与提炼按如下步骤进行。

首先考虑的是产品外观的整体形态。产品形态是由形态要素点、线、面、体构成的，它是构成产品的重要组成部分，也是实现产品功能的基础，没有形态产品的功能也就无法实现。在物质文明高度发展的今天，人们对产品的要求已不仅限于"实用"，除了"实用"以外，人们更加追求产品丰富的文化内涵、强烈的时代特征和现代审美情趣。产品外观造型是否优美，直接影响消费者的购买欲望。虽然美没有绝对的标准，但我们可以以产品的销售对象来划分消费群体，分析其审美取向，从而确定产品的外观整体形态的设计方向。在本书的第2章中，已对形式语言的美学原则做过分析，在不违背审美原则的前提下，同一种产品针对不同的消费群体可以设计不同的形

图8-11　苹果笔记本电脑　　　图8-12　索尼笔记本电脑

态，以赢得这一类消费者的认同，并使之产生购买欲望。同时，产品外观也就在不知不觉中自然地形成独有的造型风格（见图8-11和图8-12）。

其次考虑的是产品功能。不同的产品有不同的功能，因而产品的功能面的塑造是十分重要的。功能是产品开发设计的目的，产品的具体结构是实现功能的手段和形式。功能一般按形式可分为使用功能与精神功能，按功能重要程度可分为主要功能与次要功能。

（1）使用功能与精神功能

使用功能是产品的使用目的和特殊用途，是产品解决问题的功用。精神功能是满足人们的审美需求，影响使用者心理感受和主观意识的功能，它通过产品的造型、色彩、材质、技术性能等因素影响人对产品的高技术感、美感、高档感、时尚感等感受。

（2）主要功能与次要功能

主要功能是指产品完成主要目的所应具有的相关功能，是产品的最基本的功能，也是产品存在的基础。次要功能是辅助产品更好地实现主要功能而存在的功能。产品的主要功能基本上是不变的、相对稳定的；而次要功能是多变的不确定的，是根据具体的需求而定的。但有时产品的主要功能与次要功能是难以区分的，如时装表，它的时间显示功能与装饰功能就无法区分谁主谁次。

若要得到一个极富特色的产品的外观设计，就要对以上产品功能的分类进行仔细分析，明确功能定义，把体现功能的形式从产品中抽象出来，结合产品外观整体设计风格，寻求产品的功能面、独特面的创新设计方法与途径。如空调、空气净化器、冷热风机、电风扇等的进出风口，尤其是出风口的设计；计算机的显示器、主机箱、键盘、鼠标；音响的音窗等都是体现功能的主要设计点，也是特征设计的主要切入点，只要在设计时分清主次，找出该产品的最主要、最能体现其主要功能的设计切入点，结合整体外观造型设计，就能得到最具特色的设计（见图8-13）。

其三考虑的是产品的外观色彩及材质表现。色彩及材质表现是产品外观造型设计中的重要组成部分，它与产品的形态、结构相互依存，是产品设计中信息传递的设计形式语言的主要语汇。色彩、材质设计是企业在进行产品改良设计中常用的手段，投入少收效大。同一产品外形使用不同的色彩、材质，给人的视觉感受是完全不同的，从而改变产品的形象，达到设计的目的。图8-14所示是苹果笔记本电脑外观从1989年至2008年的变化。

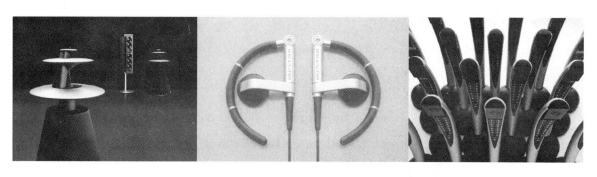

图8-13 功能对产品外观的影响

Macintosh Portable（1989） PowerBook（1991） PowerBook G3（1997） iBook（1999） ibook G4（2001）

钛合金 PowerBook G4（2001） 铝合金 PowerBook G4（2003） MacBook（2006） MacBook Pro（2006） MacBook Air（2008）

图8-14 色彩、材质的变化对苹果笔记本电脑外观的影响

　　色彩是一个复杂的系统，受文化、地域、民俗等因素的影响，人们的色彩感受会因人而异，但人们对色彩也有相对稳定的认识，如红灯停、绿灯行的普遍一致的认同（有关色彩的知识在第3章形式语言的基本语汇中有详细论述）。

　　其四考虑的是人机界面。在产品设计中要充分考虑人机的匹配设计，将功能根据人的动作习惯进行合理的分配，即产品的人机界面设计要根据使用者的身体结构尺寸和人的生理特点、操作习惯、工作环境等相关因素进行设计，使产品设计达到人机效率最佳化、操作使用最优化，并且安全、可靠、舒适。产品的功能只有通过人的使用才能充分发挥，产品与使用者的依存关系是相互制约的，在设计时要充分研究分析人机关系，使设计符合人的生理与心理需求，达到人与产品使用之间的和谐，如图8-15所示。

图8-15 部分产品的人机界面设计

最后考虑的是产品外观设计的数理关系。产品的数理要素对形成产品的形态美有着十分直接的关系。古希腊数学家毕达哥拉斯（Pythagoras）认为"数是宇宙的基础"，因而数的秩序也是形式美的基础。所以正确把握产品形态中的数理关系，是获得产品形态美的重要条件。产品外观设计中的数理关系，也就是本书第2章所介绍的产品外观造型设计基本美学原则中的"比例与尺度"问题，它与人机工程学紧密相关，产品因人而产生，人机工程学所提供的实验数据可直接应用到具体的产品设计中。因为是人机界面的研究数据，所以大部分与产品外观设计相关，是确定产品外观尺寸的主要依据。

当然，影响产品外观特征造型的因素还有很多，除了上述因素外，还有来自社会、人文、宗教、历史等多种因素。在具体设计中，也需要设计者综合考虑。

8.4.2　产品特征造型设计中形式语言的应用方法

找到了产品外观造型的主要要素，也理清了这些要素与形式语言之间的关系，那么在产品外观设计中，如何设计出独具个性特征的产品造型呢？

德国著名设计师查德·萨伯（Kichard Supper）说过这样的话："我认为设计者不需要为他的设计做什么解释，而应通过他的设计来表达设计的一切内涵，因此，我对我的设计没有什么可以再说明的。"这是因为查德·萨伯认为设计本身有其语言系统，使用正确的设计语言，就能够准确地表达出设计的意图和萨伯含义，形成设计者与使用者之间的直接沟通。如果说产品是功能的载体，那么形态则是产品与功能的中介。不仅如此，形态还具有表意的作用，它具有同语言一样的功能，可以传达各种信息，同使用者进行交流，即产品通过形态传递信息，产品使用者即受信者做出反应，在形态信息的引导下，正确地使用产品。

首先是产品的整体造型或形态的特征设计，它与产品的功能因素紧密相关。一个产品的整体形态是形成该产品的材料、结构、色彩、表面装饰等的依附体，而产品的形态是由其特定的实用功能来决定的，关于形态的知识我们前面讲了很多，但对于产品的外观造型来说，产品的功能是决定产品整体形态的主要因素。在工业设计的早期的"包豪斯时代"，工业设计的先驱们就提出了"功能决定形式"的设计理论，为工业设计的发展奠定了基础。过去产品的"功能"专指产品的使用功能，而今产品的"功能"不再仅仅是指产品的使用功能，它还包括了审美功能、文化功能等内涵。

因此，在具体产品设计中，要想设计出独具特色的产品外观造型，需要先认真分析它的功能体，找出其功能可塑点，就是找出依据功能可以形成独具特征的功能外观体。如目前的四轮电动轿车的外观造型，很多厂家直接沿用燃油四轮轿车的造型，这实际上是欠考虑的，因为四轮电动轿车已经省去了燃油发动机和油箱，取而代之的是电池和充电装置。所以在设计四轮电动轿车的外观造型时，应先考虑如何安放电池组、更换电池组和方便快捷充电，这才是整体造型除了风动力学以外最需考虑的造型因素。当然也要结合消费心理学等其他因素综合考虑，然后按照本书前几章中关于形式语言的语汇、语法的理论，充分运用具象的形态和抽象的形态，结合语法中的"加法"、"减法"和"变形夸张"等，对其进行整车特色造型设计。图8-16所示为近年来一些设计独具特色的电动轿车造型。

图8-16　独具特色的电动轿车造型

其次是色彩和材质因素所形成的特征设计。产品形态的实现要靠材质，科学技术的发展把人类带进了一个不断运用新材料的天地。新材料的不断出现，促使了产品传统形态的根本性变革。例如，塑料的出现，使传统的木质结构椅子变成了一次成型的塑料椅，这不仅减少了加工工序，降低了成本，同时也开创了家具革命的新世纪。在家用电器的形态设计上，塑料的轻质、高强、色彩丰富使一些原来机械、呆板、冷漠的产品变得轻巧，活泼，极富生机和人情味（见图8-17）。

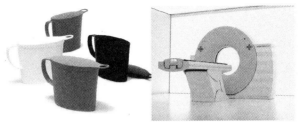

图8-17 塑料在产品设计中的应用

运用新的材料来实现产品形态创新，是人们逐步认识材料特性和利用材料特性的结果。自然界中有着千千万万种材料，每种材料都有各自的性能特征。材料的综合特征与生产、加工、使用等因素结合起来，必然会引申出如成本、价值、形态结构、美感等与产品形态设计密切相关的问题。因此，一个好的设计者必然要全面地衡量这些因素，科学合理地选择材料，最大限度地发挥材料的性能特征（见图8-18）。

图8-18 新材料在产品设计中的应用

色彩依附于材料，往往因材料的不同而产生不同的视觉效果。色彩对产品外观造型的设计有直接的影响，它和材料共同的作用主要表现在以下六个方面：

1）同一造型的产品用不同的色彩、材质处理形成同一产品系列。

2）不同型号的产品用同一色彩、材质进行统一，形成同类产品的系列化。

3）运用色彩、材质的组合形成产品不同的视觉质量感。

4）应用色彩、材质强调产品的结构或功能、使用方式。

5）应用色彩、材质进一步加强信息的传递。

6）以色彩、材质体现企业的品质。

再者，人机工程学及相关的的数理关系所提供的不同产品外观设计所需的尺度，对产品外观的特征造型设计也有极大的影响。具体表现在以下两个方面：一是人体与产品直接接触的界面，因为引用了人机工程学研究数据，该数据会随着使用人群的变化而产生变化，所以其形态、材质等的设计会因设计者引用的具体情况而产生变化，形成不同的形态特征。二是人体与产品的非接触界面，如色彩、图案、画面等，根据人机工程学研究的内容，会产生独特的色彩或设计出独具匠心的图案或画面。

总之，对于一个产品设计师来说，只有不断地从日新月异的科技新成果和包罗万象的大自然中吸取新的营养，才能不断地扩大自己的设计视野，丰富和充实自己的专业知识，在设计中才能创造出科学、合理且独具匠心、特色鲜明的产品外观造型，更好地保护自己的知识产权。

本章小结

本章介绍了产品外观专利申请的相关知识及我国产品外观设计专利申请的现状，重点介绍了产品特征造型设计的基本知识和形式语言学在产品特征造型设计中的应用等内容，并结合图例，对产品外观造型要素的分析与提炼方法，以及形式语言在产品特征造型设计中的应用方法进行了说明。

思考题与习题

（1）阅读《中华人民共和国专利法》，了解外观设计专利的相关内容。

（2）收集有关外观设计专利侵权的案例，利用本章所学的知识，分析被控产品侵权的原因。

（3）收集、整理一组外观造型特征鲜明的产品，比较分析其中的设计形式语言的表达形式。

（4）运用本章所学的知识进行产品造型设计，并与老师和同学进行交流。

第9章 形式语言及设计符号学在其他艺术设计领域中的应用

 学习目标

（1）了解其他艺术设计领域中的形式语言。

（2）掌握平面设计和服装设计的基本要素。

（3）掌握形式语言及设计符号学在平面设计、服装设计等领域中的
应用方法。

学习重点

（1）平面设计和服装设计的基本要素。

（2）形式语言和设计符号学在平面设计、服装设计等领域中的应用
方法。

学习建议

（1）根据自己的专业方向有所侧重地学习本章内容。

（2）理解掌握不同艺术设计领域中的特征形式语言。

9.1　平面设计

9.1.1　平面设计的定义

平面设计是将不同的基本模块，如文字、图形、色彩等按照一定的规则在平面上组合成图案，用以传达想法或信息的视觉表现。平面设计以信息传达为目的，是在二维的空间中对基本图形的位置、比例、相关关系的筹划。不可否认，这是一个思维的过程，但同时它又不是一个通常意义上的思维过程。这是一个起源于表现，延续到观看者心理活动的思维过程，承载着表现与观看者之间的沟通与理解，并且会在不同的观看者面前体现出不同的方面，具有多样性。

正因为平面设计所具备的这种多样性。在今天，信息传达的迅速、直接、极富冲击性对平面设计所产生的影响也是不可估量的，人们的视觉享受开始不只局限在单纯的轮廓线的罗列，而着重于思维的传达过程和交流，也就是图形背后的意义。当点、线、面等被赋予了与其基本含义不同的意义的时候，平面设计所产生的价值将更大，其发展的道路将更宽广。但这里要强调的是平面设计所表现的立体空间感，并非实的三度空间，而仅仅是图形对人的视觉引导作用形成的虚幻空间，是运用基本图形在二维空间，通过前后、左右、上下、色彩递进等变化来达到的。

9.1.2　平面设计的基本要素

平面设计的组成部分几乎涵盖了所有的二维空间的表现形式，看似很复杂，但是总结起来最基本的要素只有文字、图形和色彩。它们在平面设计中的表现形式千变万化，衔接穿插在各个表现手法之间，起到了举足轻重的作用。文字、图形和色彩在平面设计中各有其表现的方式和方法，同时又密切配合，相辅相成，如图9-1～图9-4所示。

图9-1　平面设计要素应用（一）

图9-2　平面设计要素应用（二）

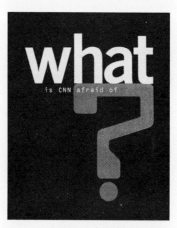

图9-3　平面设计要素应用（三）

图9-4　平面设计要素应用（四）

1．文字在平面设计中的应用

（1）文字的概念

文字是具有记录功能和交流功能的一种符号，是最重要的辅助语言交际的工具，是一整套完整的符号系统。它具有的记录语言功能和交流功能从人类出现开始就不断地在发现、拓展、和研究，经历了多次重大的改革和进化后，最终形成了今天人们所使用的文字体系。

我们都知道符号具有自身的形式和它所指代的对象。文字是一种符号，就是说，文字也具有它本身的形式和指代的对象。文字的形式就是通常我们所说的字形，不管是像汉字这样的方块字形，还是像英文字母那样的表音字形，都是文字符号的形式，人们通过视觉可以感知它们，如图9-5～图9-7所示。

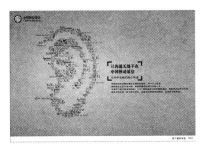

图9-5 文字与符号（一）

图9-6 文字与符号（二）

图9-7 文字与符号（三）

（2）文字的发展

在古代社会的人类为了实现人与人之间的交流，记录重大事件的发生，甚至是实现对自身所知实物之外的探索，利用大自然的智慧和大自然原有的物象，模仿设计了很多具有代表性的形态符号，以表达人们的思想感情。例如，图9-8～图9-11所示的这些形态符号是利用图画来表现的最初的文字，我们称其为象形文字。象形文字的产生，意味着人类文明时代的到来，从此文字成为了传递人类信息不可缺少的传播载体，同时也是大众信息传播最为基础的艺术形式和表现手段。

文字是一种具有直接效应的图形表达手段，它所表现出来的图形同时产生视觉和听觉的双重效果，是平面设计学习中的重点和难点。

上文已经说过，文字的产生源于形态符号，象形文字的产生大大地提高了人与人之间的交流，但是它的局限性很大，人们对很多的实体事物和抽象事物是不能画出来表达的，因此，以象形文字为基础的表意文字出现了。

图9-8 象形文字（一）

图9-9 象形文字（二）　　　　　　　　　　图9-10 象形文字（三）

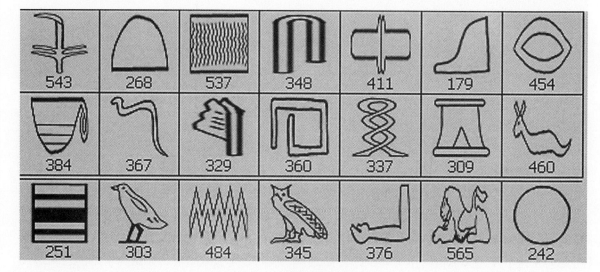

图9-11 象形文字（四）

　　表意文字又称形意文字，是在象形文字的基础上增加了其他的造字方法。表意文字就是表示文字本身所代表的含义，也是由形态符号所构成的表达，表意文字往往通过结构成分和结构关系来表达简单或复杂的意义。形态符号的意义并不能直接看出来，例如，"众"字就是表示三个人在一起，表示很多的人也是"众"；"和"字从文字结构来看，文字的左边"禾"代表庄稼，文字的右边"口"代表嘴，两边组合在一起，表示人有庄稼吃，所以"和"同"和谐"。这时的文字已经不单纯地临摹大自然中的实际物体，而是利用总结、归纳的语意来表达意义。然而这些新的造字方法，仍须建基在原有的象形字上，以象形字为基础，由拼合、简省或增删象征性符号而成，如图 9-12和图9-13所示。

图9-12 表意文字（一）

图9-13 表意文字（二）

伴随着人类文明的不断进步，人们对世界的感知不断加深，探索世界的能力也不断加强，同时文字也在进行重大的变革，从抽象的几何符号，简单的拟声图符逐渐演变成为今天我们所熟悉的、常用的文字和字母。

（3）文字的运用

文字从创始的象形文字，到今天的文字体系，都是一种符号，在进行平面设计创作的时候，我们不只是把文字在图形中进行罗列，而是要对文字进行设计和创意，无论是象形文字还是字母，或是汉字，演变进化的过程同时也是一种美化的过程。

今天字体设计已经融入了人类生活的每个角落，艺术装饰字体已经成为了一种新的思想感情交流和信息传递的方式。

字体设计是指对文字的象形、意形、字母按视觉传达规律加以整体精心考虑的设计。将人们熟悉掌握的汉字或者字母重新做以有意义的形态变化，使它在传递信息的同时体现艺术的美学含意，同时还可以通过对字形、字义、字音的联想，以意念思维创造新文字造型形象。

要做到以上要求，就需要了解字体，对字体的要素特征进行研究、想象和概括，将其本身固有的框架再组合，在做到不改变原有含义的基础上，挖掘创新点，演绎成为一个新的具有个性魅力的形象字体。

下面举例介绍文字表现的手法

首先是文字的大小。文字的大小比例变换在字体设计中经常可以用到，利用文字大小、对比、强弱变换的节奏感，可以给人带来视觉上的新鲜感，达到醒目、加强记忆等效果。文字的大小在字体设计中是比较自由的，如单个文字夸大成面或缩小成点，文字偏旁的变化，利用文字的象形性、音译性进行顺序组合等，只要能达到好的视觉效果和艺术效果，就不失为恰当的文字大小设计（见图9-14～图9-17）。

图9-14　文字大小设计（一）

图9-15　文字大小设计（二）

图9-16　文字大小设计（三）

图9-17　文字大小设计（四）

其次是文字的粗细。文字的粗细变化在字体设计中的使用非常普遍，大致分为细、中、粗三个档次，文字越细感觉越温柔，表现出来的字体具有女性的特征，柔美纤细，并且细的文字通常伴有曲线的变化，体现圆润、流动的感觉；文字越粗扩张感越强，视觉冲击力越强，带有压迫感，具有粗犷的男性气质，但是并不成组地出现，容易给人密不透风的感觉；字体适中只是在其他字体产生粗细变化时的一种体现，通常用于画面的衔接和图像的介绍。文字的粗细都是相对而言的，在平面设计中文字粗细搭配使用才能更好地起到吸引视觉、增强记忆和添加美感的效果（见图9-18~图9-21）。

图9-18　文字粗细设计（一）

图9-19　文字粗细设计（二）

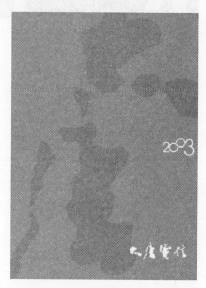

图9-20　文字粗细设计（三）

图9-21　文字粗细设计（四）

最后是文字的立体运用。文字本身是一种二维空间的形态符号，而立体是三维空间的概念，三维立体是由长、宽、高组成的物体，它是实际存在并可以用手触摸的。所以在设计立体字之前要先明白立体文字存在于虚拟的三维空间，是可见但不可触摸的，是运用空间透视的原理对真实的三维空间进行模仿，进行再创造的过程。

1）阴影效果。物体挡住光线时都会产生阴影。阴影随着光源角度的变化，会呈现不同的长度、宽度和形状。阴影的这一特性，使得在进行文字的立体应用时增加了创新点，可以利用阴影的虚幻性，进行各种形态的联想创造，甚至可以打破实际的透视关系，制造体面关系的转换。阴影部分的描写让人们对三维立体空间的感观更加直接和强烈，强调空间的视觉冲击效果（见图9-22和图9-23）。

2）浮雕效果。浮雕效果是一种二维空间进行重叠产生三维立体效果的手段，是一种堆砌效果。也就是在平面字体上进行向上的有层次的体积重叠，利用空间的远近进行视觉上的拉近，产生层次变化，通常使用在图形的重点部分，起强调突出的作用（见图9-24～图9-26）。

图9-22 阴影效果（一）

图9-23 阴影效果（二）

图9-24 浮雕效果（一）

图9-25 浮雕效果（二）

图9-26 浮雕效果（三）

3）透视效果。文字本身具有的透视效果是在二维空间，若要产生立体效果，要先表现文字的长、宽、高，运用不同的灭点，把文字放置在两个空间中，造成穿越空间的视觉效果，打破传统的观念，用二维的画面表现三维的空间，并且这种空间是交错产生的，达到视觉上的冲击效果（见图9-27和图9-28）。

图9-27 透视效果（一）

图9-28 透视效果（二）

2．图形在平面设计中的应用

（1）图形的概念

图形源于拉丁文的"Graphicus"，是指书画刻印的作品，或者说明性的图画。而现代的图形是一种能够传达视觉信息的手段，是具有一定的指代性，可以被赋予特殊意义的图像，具有意念性。

（2）图形的起源

人类很早就开始使用图形传达信息了。早期利用肢体语言，也就是手势、形体动作等表现、传达信息内容。后来使用石头、木炭、矿物颜色等在岩石、树干等地刻画图形记录，传递、表现自身的思想感情开始，人类利用这种方式、方法在没有形成文字语言的世界里进行信息的交换，也正是由于图形的出现，敲开了人类文明进步的大门。

图形作为平面设计的重要元素，与平面设计的思维概念有着密切的关系，思维方式的自由性正是图形设计的一大特点。在图形的设计使用中，只要理解了创意的理念，其余的工作就可以用一个"特"字来形容，即追求原创，寻求新颖的表现手法，运用与众不同的形式语言，将想象变成可能，力求达到视觉上最强的冲击力，打破正常的思维方式和空间法则。但要注意在图形设计的过程中，一定要运用审美的原则进行设计创新，力求画面和谐统一。

（3）图形在平面设计中的运用

大自然中的一切元素，我们都可以把它看成是点、线、面，图形在平面设计中是通过平面形态的基本元素点、线、面来实现的。

点：《辞海》中的解释是细小的痕迹。点是一切物体的起源，点也是相对产生的。在自然界中海边的沙粒是点，黑板上的粉笔字是点，黑暗中的萤火虫是点，空中的雨滴也是点，等等。

线：线是点运动的轨迹，又是面运动的起点。线有实线和虚线之分，也有直线和曲线之分。

实线是物体的实际外部轮廓线，如马路上的斑马线，火车道，铅笔等。虚线让人联想到飞机飞过的痕迹，人与人交汇的目光等实际存在但没有真实连接的线条。

直线具有男性的特征，两点间的连线稳定而迅速。水平的直线容易使人联想到地平线、海平面，还可以用做面的切割。曲线具有柔美的气质，好像山水画，蜿蜒曲折，多用做图形间的穿插衔接。

点和面之间没有绝对的区分，在需要位置关系更多的时候，我们把它称为点；在需要强调形状面积的时候，我们把它称为面。一个桌子的平面可以把它看成是一个面，但是把桌子放进教室，它就变成了一个点。

点、线、面是图形的起点，具有无限的生命力，所有图形都是由点、线、面组合而成的。点本身是一个抽象的概念，它不具有任何的形状，每一个物体都可以是点，每一个造型也都可以是点，它进行着形状的变换，大小的变换，前后的变换，在图形设计中占有重要的位置（见图9-29和图9-30）。

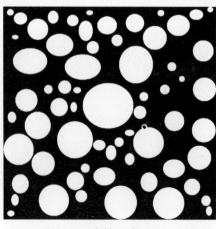

图9-29　点的设计（一）

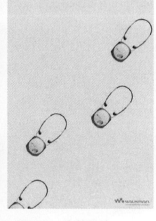

图9-30　点的设计（二）

线是最直接的，最有力量，也是最具有表现力和张力的。线同时具有的柔美气质是点和面无法比拟的，可以说线是图形设计中的中流砥柱，占据着不可估量的作用（见图9-31和图9-32）。

面具有块状的美丽和丰富的表现特征，给人一种概括感和包容感，面的交叠、虚实等变化，会产生三维立体空间的效果，是图形设计中必不可少的元素（见图9-33和图9-34）。

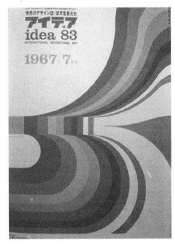

图9-31 线的设计（一）　　　　图9-32 线的设计（二）

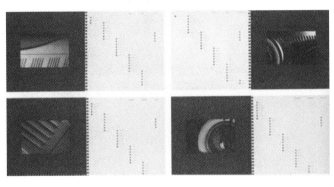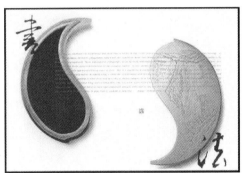

图9-33 面的设计（一）　　　　图9-34 面的设计（二）

在今天这个视觉传达飞速发展的年代，图形作为一种符号，一种被赋予了时代意义和国际语言的符号，在我们生活的周围无处不在。我们的视线，甚至我们的思想，随时随地都被各种各样的图形包围，招贴、广告板、宣传单……无时无刻不在以一种不可抗拒的魅力影响着我们，图形变得比其他任何传递符号都更具冲击力。它超强的沟通性使我们认识到，图形已经具有了国际意识，成为了全世界沟通的视觉互动手段（见图9-35～图9-40）。

图9-35 图形设计（一）　　　图9-36 图形设计（二）　　　图9-37 图形设计（三）

图9-38　图形设计（四）　　　　图9-39　图形设计（五）　　　　图9-40　图形设计（六）

3．色彩在平面设计中的应用

有关色彩的基本知识在本书第3章中已作了详细地分析和解读，这里我们主要讲解平面设计中的色彩应用。

色彩是"以人为本"、用图形"说话"的，即通过不同形象的组合而使其含义得以连接，构成完整的视觉语言进行信息传达。也就是以形达意，创造一种与我们确定的表达方式一致、能反映我们的构想并传达信息的外在形式。

色彩运用在平面设计中时，主要要注意色彩的视觉冲击力，即用色彩的对比形成强烈的视觉刺激，吸引观看者（见图9-41～图9-46）。

图9-41　色彩在平面设　　图9-42　色彩在平面　　　图9-43　色彩在平面设计中的运用（三）
计中的运用（一）　　　设计中的运用（二）

图9-44　色彩在平面设计中的运用（四）　图9-45　色彩在平面　图9-46　色彩在平面设计中的运用（六）
　　　　　　　　　　　　　　　　　　设计中的运用（五）

9.1.3　形式语言及设计符号学在平面设计中的应用

1．形式语言及设计符号学与平面设计的联系

（1）形式语言在平面设计中的体现

1）形式语言的高度抽象化。抽象化是一种需要表现者与受众极富默契的表现手法，是用具有直接意义的符号组成结构关系来表达其含义的表现手段，例如，符号、数学公式、指代图形等，是一种抽象的结构关系，但是同时又具有一定的普遍意义和可推广性。符号和图形等抽象表现手段都具有国际性，这些代表语义的图形和符号，在平面设计中用其表现的意义代替语言和图片，简单直接地产生共鸣，达到沟通的效果和表现的意义，如图9-47所示。

2）形式语言是一套演绎系统。形式语言是用推敲、总结的方式来演绎大自然的语言和事物，是丰富的创作灵感的源泉，用重复、渐变、排比、比较等手段产生全新的表现方式来表现自然语言，在平面设计中的表现手法更是多种多样，是一种以有限的规则来表现无限可能的系统（见图9-48）。

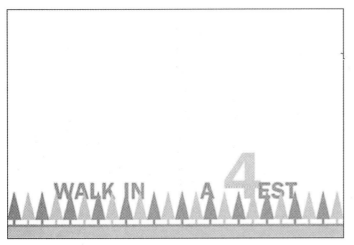

图9-47　形式语言在平面设计中的应用（一）

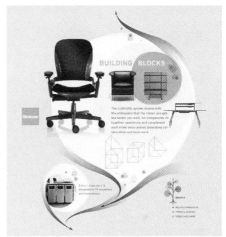

图9-48　形式语言在平面设计中的应用（二）

3）形式语言具有算法的特点。算法是一种采用不同的形式构成主体主干的方法。形式语言的这一特点在平面设计的过程中并不常见，可以理解为在进行图形、文字的操作时很少使用。但是在设计的初期，设计者对平面设计的表现手法并未确定前，需要进行的思维过程以及产生方案时的取舍，就是一个运用不同算法的构造过程。

（2）设计符号学在平面设计中的体现

1）设计符号学具有稳定的发展方向。法国哲学家马里坦·迪利曾说过："没有什么像符号那样，与人类文明的关系如此复杂，如此基本的了。符号与人类知识和生活的整个领域有关，它是人类世界中的一个普通工具，就像物理自然界中的运动一样。"从原始社会开始，人们就在使用符号，符号一直在进化、演变和完善。从历史的角度来看，符号具有很强的变化性，但是正是因为这种分裂再组合的关系，使符号一直站在历史舞台的中央，一直占据着传递交流的中心。

设计符号学的发展动力来自于内因和外因两部分，内因源自于人类自身的进步，信息量的大量增加，知识层次的不断提高，情感和情感交流的手段不断变化，需要表达的思想感情更加丰富和复杂；外部动力包括生产力的不断发展，生活水平的不断提高，新的科学技术的不断研

图9-49 设计符号应用（一）

发，以致新生的符号和语法不断涌现、发展，代替陈旧的符号。设计符号的稳定发展将成为平面设计的一个重要的参考尺度。

2）设计符号具有独特的艺术表现能力。设计符号表现的是设计者的理念和设计信息，传达的是设计者的思想感情。设计符号是传递设计信息的一种载体，具有独特的艺术表现性。它不同于其他的符号，一般意义上的符号只是一种广义的语言，人类情感普遍意义上的交流。而设计符号是通过设计者的理念与社会进行沟通，运用逻辑、思维等方面的契合和不同来表现设计者的设计主旨。它不单纯地追求美感，而是运用字体的变形、色彩的对比、图形的变换等手法表达不同的艺术效果；它也不单单是一种大众所欣赏的艺术图画，而是一种具有极强的表现能力和表现逻辑的语言，并且所表现的物体占有主导的地位（见图9-49）。

3）设计符号的综合表现性。设计符号具有强烈的表现形式，突出的表现张力，不同于符号家族里的任何一种系统，它的复杂、神秘最引人注目。

平面设计的目的是实现人与人之间的交流，符号无疑是设计者手中最好的工具。现代社会信息传递的快捷性使人们随时随地成为受众。人们接触的不再是二维空间简单的图像和文字的罗列，而是三维甚至四维立体的综合信息，包括听觉、视觉、味觉、触觉等。国际化促使了设计符号的发展和完善，它不再局限于二维空间

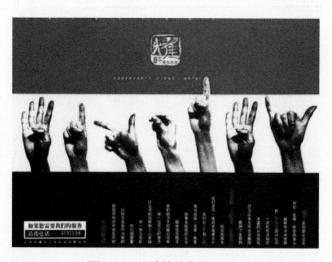

图9-50 设计符号应用（二）

的听觉、味觉、触觉等信息的传递，而是一种综合信息的交叉感悟。设计符号表现出的信息，传递了人与人之间最真挚的情感，激发了所承载物体的内在含义，赋予了人类丰富的思想感情（见图9-50）。

2．形式语言及设计符号学对平面设计的影响

（1）形式语言对平面设计的影响

形式语言的理性思维和逻辑思维提高了平面设计者对画面平衡的把握。在今天这个国际化的时代，平面设计不仅是一种信息的传递，还承载了一种理性思维的发散。平面设计表面看似是一种二维空间的设计，但是画面的表现能力早已打破了二维空间的局限，空间的拓展、摄取元素的增加、形式的变化，正在逐步地把我们熟悉的平面设计进行变换，形式语言的介入无疑起到了催化剂的作用。平面设计空间的拓展，是思维的一次逆向尝试，打破了平面设计以活泼、张力、跳跃取胜的一成不变的节奏，利用有序的顺序缔造平面设计的另一个传奇，开创了新的平面设计时代，如图9-51所示。

（2）设计符号学对平面设计的影响

设计符号凭借自身的独创性、艺术性、综合性，在平面设计中发挥着举足轻重的作用。平面设计承载着设计者的思想内涵、价值观念和情感理智等，已不再是简单的信息交流，而是对所表达的事物的解释和表现。设计符号以其独特的艺术表现形式穿插于平面设计之中，虽然设计符号是物质的，是固然存在的，有很多方面的限制，但是设计符号不是单一存在的，是一个系统，在平面设计中具有多变的表现形式。设计符号的运用增加了平面设计的趣味性、象形性和可视性，是平面设计中不可或缺的一种组成元素，如图9-52所示。

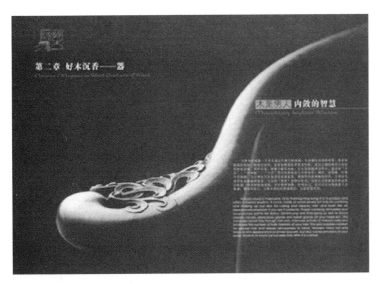 

图9-51　形式语言与平面设计　　　　图9-52　设计符号学与平面设计

9.2　服装设计

服装设计是将服装款式的设想变成服装现实的整个过程，包括款式设计、结构设计和工艺设计三个部分。服装是借助物质手段直接美化人的实用艺术品。所以，服装设计既不同于纯艺术，又不同于其他的商业设计，是一门具有审美性、实用性、经济性和独创性的综合艺术。

9.2.1　服装设计的基本要素

1．服装设计的款式造型

服装款式造型设计是服装设计三大基本要素（款式、色彩、材料）之一。一个新款的推出必须有与之配套的结构设计。合理的结构设计，才能使造型效果达到设计师的要求。必须牢记，外观的视觉效果是建立在吻合人体结构，便捷人体活动的基础上的，它由服的内（结构线）、外（廓型线）设计相结合，通过相应的材料载体而实现的。

（1）款式造型与服装结构和人体结构

人体是一个变化丰富而优美的形体，人体的运动主要通过脊椎中的腰椎、颈椎扭转、仰俯并配合四肢的动作来完成。因此，无论什么款式的服装，首先一点就是要保证人体活动的自如，符合人体结构。服装结构合理变化是设计中最人性化的体现，也是推动服装发展的基本动力。从古至今，服装的结构和款式都是相伴而出现的，从无领到有领，从无腰节到有腰节，从无袖到有袖，从无裆到有裆……无论东方或西方，不管什么地区或民族，人们爱美求变的心理和日益发展的科技，都影响服装设计向着外部造型丰富多样、内部结构合理细化的方向发展。

（2）服装款式造型设计的外形与结构

服装设计要考虑以人体为衣架支撑，附着于人体之上而又使人体的凹凸更有型、更美，就需要以人为本，扬长避短。服装款式造型的外部造型线与内部结构线的科学搭配，是达到这种视觉效果的有力保障。

1）服装的外轮廓。现以英文字母为序将服装的外轮廓造型做以下划分：

a）A形。这种近似金字塔式的造型具有很强烈的安定感，在服装上表现为上体收紧、下摆打开的造型。由于这种稳定、庞大而又女性化的造型极具贵族的奢华色彩，所以A形的服装已在欧洲女装史上流行了几个世纪。A字造型被广泛运用于礼服设计与演出服装设计中（见图9-53）。

b）Y形。服装肩部平直地打开，腰部收紧，顺势而下是Y字造型的主要特征。庞大的泡泡袖与合体的衣身组合是Y形的代表造型。上体倒三角式的造型具有一定的不稳定因素，因而更具动感（见图9-54）。

c）T形。T形的特征是在襃衣博带、宽袍大袖之中，将人体结构含蓄地体现出来。现代流行的肩部宽大，腰身平直的T恤衫也是T形的代表造型，具有宽松随意的特点。1957年，巴尔曼设计的外出服宽大的领形加大了肩部的力量，使女性看起来更加干练、洒脱（见图9-55）。

d）O形。O形饱满的造型，外轮廓的流畅圆润，体现了服装丰满华丽的富贵气。在现代服装设计中，O形多用于孕妇装与童装设计，因为它的造型比较适合孕妇的形体特征以及儿童活泼可爱的特点（见图9-56）。

图9-53　Givenchy的A字裙设计简洁而经典

图9-54　肩部夸张的装饰造型突出了Y形的外轮廓

图9-55　巴尔曼设计的女性T形套装

图9-56　O形女装

e) V形。服装肩部平直、宽厚的造型是V形典型的特征。在现代设计中，V形通常用于男装设计。在女装男性化的潮流中，夸张的肩部也成为女装流行的时尚。随着当今社会的发展、职业女性人数的骤增，女装中干练的职业服装也多以V形为主要造型（见图9-57）。

f) X形。X形服装强调束腰，以突出女性的窈窕身材，腰节线的位置可以随着流行而变化，但无论高腰还是低腰，都以强调女性的曲线美为设计点（见图9-58）。

g) H形。服装的肩、腰、臀三个部位的围度基本一致是H形的主要特征。它解除了服装对人体胸、腰部位的束缚，让服装从肩部自然下垂，顺直流畅的线条产生了一种上升力，具有修长、优美的视觉感受（见图9-59）。

h) S形。S形是典型强调女性人体曲线美的造型，表现为圆润的肩线、腰线与臀线，立体三维的结构线处理要明显得多，对着装者身材要求较高。适合年轻、时尚、开放风格的时装（见图9-60）。

图9-57 V形女职业装　图9-58 X形女装　　　　图9-59 H形女装　　　　图9-60 S形女装

2）服装的结构线。服装由内部结构线（省道线、领窝线、袖窿线、裆线、袋位线、分割线、褶皱线、定位线等）分割、组合构成了衣片、裤片、裙片、袖片、领、腰头、门襟、口袋等结构。这些线条随服装材质所特有的肌理质感出现，如花边、绳带、扣节等，不仅为外部造型服务，同时也突出了设计的风格，丰富了服装的语言（见图9-61和图9-62）。

图9-61 衣摆、腰与领的褶皱变化　图9-62 镶拼的流动感

当然，服装的外轮廓不可能绝对如所列举的图例那么规范，内结构线也不是一成不变的。优秀的服装设计师必须十分了解和熟悉服装的结构、人体的结构以及相互关系，才能让设计理想得以实现。

2. 服装设计的色彩

很难想象我们的生活如果没有色彩，会是怎样的乏味与可怕。随着生活水平的提高和科技的进步，色彩在人们的服饰中占据着越来越重要的地位。服装设计是否成功，色彩的运用成为关键的一环。国际流行色机构的出现以及流行色定期发布和全球性的广泛传播，都说明了色彩在时尚生活中扮演着重要的角色（见图9-63和图9-64）。

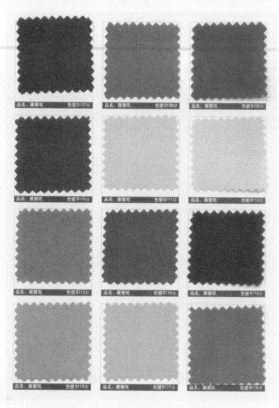

图9-63　各种面料布版（一）

图9-64　各种面料布版（二）

（1）服装设计中色彩的对比

服装设计中色彩的对比种类主要有色相对比、明度对比、纯度对比、冷暖对比、调式对比、面积对比、有彩色与无彩色对比等（见图9-65～图9-68）。

只要两种颜色放在一起，就会产生对比。这种对比可能是强烈的，也可能是温和的；可能是矛盾的，也可能是和谐的，等等。服装设计中就是要利用色彩产生的种种对比效果来达到设计师想要的服装效果（见图9-69）。

（2）色彩的心理意象

在服装设计中，对色彩的认识除了其物理特性和视觉生理上的可识别外，色彩带给人的心理意象或心理功能更显得重要。心理学研究告诉我们，人们会因色彩在视觉上的影像而带来某种共同的心理印象（见图9-70）。在服装设计中，颜色的寓意如下：

图9-65 色相对比

图9-66 明度对比

图9-67 纯度对比

图9-68 冷暖对比

踏歌行
　　不同的民族、不同的肤色、不同的语言，然而我们却共同祈祷和平，向往美好。希望在阳光灿烂的日子里欢笑、奔跑、踏歌、起舞……
　　本系列服装融不同民族服饰的款式、色彩于一体，运用点、线、面的造型语言，通过面料的褶裥、拼接、内衬、及刺绣、钉珠等工艺处理，营造出欢快轻松的着装气氛。

图9-69　踏歌行

图9-70　依次象征酸、甜、苦、辣

图9-71　红色

　　红色象征生命、热情、革命、青春朝气等。深红、灰红显得稳重老成，而含粉色的高明度红色则显得年轻、可爱和活泼。在中国，红色是传统的喜庆色，过年、过节，或结婚育子等都有红色的市场（见图9-71）。

　　橙色由于接近正午太阳的色彩，因而在色彩心理上比红色的热感更浓、更强，尤其是饱和艳丽的橙色会使人联想到甜美、收获、富有（见图9-72）。

　　黄色有明亮、年轻、开朗、醒目的愉悦感。高亮度、高纯度的明黄色因曾是古代中国皇帝的专用色，从而在人们的心目中留下了高贵、神秘的印象（见图9-73）

　　绿色是充满生机的颜色，它容易使人联想到森林、草地、绿洲以及生命的源头，因而永远是人们最亲近的色彩（见图9-74）。

　　蓝色具有平静、深邃、严肃和含而不露的美，使人联想到蓝天和大海、广阔和博大（见图9-75）。

　　紫色会产生高贵、神秘或女性化的感觉。紫色曾是古代欧洲皇室专用的色彩，充满贵族气息（见图9-76）。

黑色、白色和灰色抽象而含蓄，不管其他的色彩如何"各领风骚"，无色系中的黑、白、灰始终是以不变应万变的。黑色的庄重、白色的纯洁以及灰色的随和，都是服装中最常用的。男士的正装一般都以黑色为主，黑色以其庄重、沉静、神秘成为世界公认的重要场合、重大仪式或正式会晤等时首选的服装颜色。白色具有端庄、贤淑、干净的效果，无论是用于日常装还是时装，都是使用最多的颜色之一。灰色或含灰色

图9-72　橙色

图9-73　黄色

则是衣饰上经久不衰的颜色，尤为现代都市的人们所喜爱，因为它能表达更微妙繁杂的情绪和思想。黑、白、灰三色更可贵之处还在于它们可以与任何色彩形成最佳搭配，在服装上也能和谐地协调各类色相（见图9-77）。

图9-74　绿色

图9-75　蓝色

图9-76　紫色

图9-77　黑白色

以上只是列举服装设计中典型的色彩进行简要介绍，但由于人们受时代、民族、阶层、经济水平、教育水平、风俗习惯、宗教信仰、生活环境、性别、年龄等因素的影响，对色彩的认知和使用有所不同。因此，更多的色彩和色彩对比需要设计者不断地学习和积累经验，才能把握着装者的形象随色彩的不同而变化的规律，并能预见性地进行设计。

（3）服装色彩的特性

服装色彩的设计除了要遵循色彩的共性之外，还应了解其自身的特性。

1）服装色彩的实用功能。服装色彩的配置不同于绘画的以追求主观唯美为目的的配置思路，它在追求形式美感的同时，又兼顾人体、服装等多方面的实用性因素。如亚洲人肤色黄，在服装的色彩运用上就需要谨慎选择紫色。因为黄色与紫色是互补色，两色在一起会使各自的色相更明显突出，容易导致肤色难看，因此要仔细考虑紫色的明度与纯度（见图9-78）。

2）服装色彩与布料的配合性。相同的色彩用不同材质的面料所呈现出的色彩感觉是迥然不同的。这是因为面料的纤维性能和组织结构不同，对光的吸收和反射程度就不同，所反映出的色彩效果也自然不同。例如，毛料表面绒毛的漫反射作用使强烈的色彩变得柔和而稳定；但在丝绸等光泽型的面料上，光线的直接反射使色彩变得热烈而醒目（见图9-79）。

色彩与面料质感的配合是无限的，设计师需对各种色彩的布料质感有一个清晰的认识，在设计运用中将理论知识与实际感受及配色经验相结合，以达到色感与质感的最佳组合。

3）服装色彩与民族传统经典色彩。在民族服饰的发展中，形成了一些古老而经典的民族传统色彩及程式化配色模式，如我国维吾尔族的艾得丽丝绸、苏格兰的佩兹利图案，法国的朱伊布，非洲的塔帕图案，日本的友禅图案以及夏威夷图案等。设计师如能巧妙地运用这些具有民族特色的色彩，将会使设计作品具有独特的魅力（见图9-80）。

图9-78 色彩的运用

图9-79 材质的运用

图9-80 民族经典色彩的运用

（4）流行色与常规色

1）流行色。流行色必须是形成一定流行范围的色彩，是指在一定时期内，最受人们欢迎的几种色彩，有时更多的是几个色系。近几年流行色常常是有明确色彩倾向的几种风格。

流行色的产生不是由一个人或几个人的主观愿望决定的，也不是色彩专家凭空想象出来的，它反映的是整个消费群体对色彩的自然需求，是在一定的社会和市场基础上产生的。

流行色的预测是以社会思潮、经济形势、生活环境、心理变化、文化水平和消费动向为依据的。目前我国流行色彩的发布主要是由国际流行色协会、中国流行色协会、国际羊毛局等机构来做的，是一种指导性的发布，而非指令性的。也就是说接受多少、采用多少完全由企业、设计师和消费者来决定。

各个服装品牌在采纳流行色的时候也不是全盘接收，而是根据自已品牌的特点，有取舍、有变化地将流行色融入其中（见图9-81）。

图9-81 流行色与品牌

2）常规色。常规色是指某个品牌或某种风格的服装每季会固定采用的几种颜色，有时更多的是几个色系。在这里要特别强调"色系"的概念。在服装品牌中一般没有单个颜色的概念，而总是将色相相近的颜色作为一个色系来处理。这种做法对服装的设计、陈列及销售都是十分有利的。

对于一个品牌或一种风格的服装来讲，由于市场定位即其目标市场、目标消费群是固定的，所以一般情况下一个品牌的风格也是相对固定的。在这个前提下，一个品牌置身于复杂多变的流行中必然要保持一些不变的因素，常规色就是其中之一。面对流行的不定性，如果一个品牌把所有的投入都放在流行上，那么每一季、每一年的销售就如同在赌博，也许有高利润，但更多的是高风险。因此，把握好一个品牌或一种风格的常规色，就如同航行时把握好航向一样，可以为一个品牌一季的销售甚至是其生存提供保证（见图9-82）。

图9-82 常规色的运用

3．服装设计的材料

服装设计是以服装材料为载体，将设计师的设计理念以款式造型、色彩搭配完美物化的过程。材料的选用及再创造会给设计师提供更多的创作灵感和空间。深入了解各种服装材料的特点，是设计人员的必修课。

（1）服装材料的种类

服装材料的种类如图9-83所示。

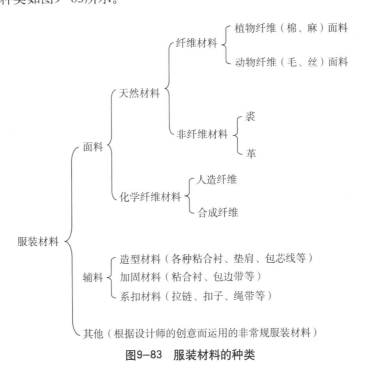

图9-83 服装材料的种类

（2）服装材料的特色

棉织物由天然棉花纤维纺纱、织制而成，具有保暖、吸湿、透气、耐摩擦、柔软、舒适的特性，但弹性较差，缩水率较大。棉布是十分普及的大众化的服装面料，常用的棉织物有平纹类的平布、府绸、麻纱、罗缎，斜纹类的卡其、哔叽、华达呢，缎纹类的横贡缎、直贡缎，色织布类的牛津布、线呢、劳动布，起绒类的平绒、灯芯绒、绒布，起皱类的绉布、泡泡纱、轧纹布等。棉织物给人温暖、朴素、亲切的感觉，常作为家庭用的服装面料。

毛织物以羊毛为主要原料，具有良好的保暖性、吸湿性和弹性，光泽柔和，手感柔软，是一种高档服装面料。常用的毛织物有粗纺类的制服呢、麦尔登、大衣呢、法兰绒、长毛绒、粗花呢等。毛织物有温暖、华美、典雅、挺拔之感，常用于办公、社交等较为严肃的正式场合的服装面料。

丝织物是以蚕丝为原料织制的真丝绸，包括桑蚕丝织物与榨蚕丝织物两种。丝绸织物具有明亮、悦目、柔和的光泽，吸湿透气，轻盈滑爽，弹性较好，属于高档服装面料。丝织物品种丰富，共有绸、纱、罗、绫、绢、纺、绡、绉、锦、缎、绨、葛、呢、绒14大类。常用的丝绸面料有电力纺、乔其纱、斜纹绸、双绉、软缎、塔夫绸、双宫绸、古香缎、织锦缎、金丝绒等。丝织物高雅华丽，飘逸多姿，常用于社交服装面料。

麻织物是由麻植物纤维纺纱、织制而成，主要有苎麻布和亚麻布两种。麻织物强度高，弹性好，舒适透气，易洗快干，凉爽挺括，但褶皱恢复性差，常用于夏日便服、西装、绣衣等的面料。

化纤织物包括人造纤维织物和合成纤维织物两类。人造纤维织物有有光纺、无光纺、人丝绡等，柔软滑爽，吸湿透气，但弹性差，缩水率高。合成纤维织物有涤纶、锦纶、腈纶、维纶、丙纶、氨纶类的各种面料，如柔姿纱、尼丝纺、腈纶花呢等。合成纤维织物具有稳定性好、保暖耐穿的特点，但吸湿透气性差。化纤织物是一种平民化的面料，虽然在外观感觉上可以仿制天然纤维类织物，如仿丝绸、仿棉麻、仿羊毛等，但只限于一般日常便服使用。

裘皮与皮革等是服装面料中的非纺织材料。这类材料保暖性好，质地紧密而挺括，是冬季防寒服的最佳面料。尤其是天然裘皮与皮革，温暖而华贵，适宜于高级服装的制作。

衬料是用来更好地塑造衣服形态的辅助性材料，一方面可以使面料更加挺括，另一方面可以弥补身体的缺陷或不足。如马尾衬是当今国内外高档西服必不可少的衬料，它是以纯棉纱或涤棉纱为经，以天然马尾作为纬编织而成的。

加固材料主要有粘合衬、纱带等。

系扣材料是用来使服装与人体亲和，起固定防脱作用的材料。传统的系扣材料主要有纽扣、拉链、绳带等。

图9-84所示为各种材质的面料。

可以用做服装设计的材料很多，但就针对材料的服用性而言，主要了解和掌握织物的造型性能与织物的视觉效应即可。这些服装材料的形态特征可以通过纺纱、织造、印染、刺绣、砂洗、水洗、皱缩等工艺技术来形成。设计师可以根据个人的喜好及艺术构思的不同来选用服装及配饰的材料。如何根据服装的机能要求选用恰当的面料，如何利用面料的质感和塑形性体现服装的造型，以及如何使面料材质与服装造型两者完美结合，相得益彰，是设计成功与否的关键环节。

随着科技的发展，新型面料不断问世，如纳米特种功能纤维、纳米毛针织品，Tencel纤维、彩色棉、生态羊毛、大豆蛋白纤维、玉米纤维、椰子纤维、菠萝纤维、黄麻纤维等新型环保面料，不锈钢金属丝纤维面料，复合PVC面料，牛奶面料，吸湿速干布料，记忆功能面料以及防火面料等。新面料的不断出现，为服装设计、创新提供了更广阔的天地，如图9-85所示。

图9-84　各种材质的面料

　　掌握不同面料的性能、质感和造型特点，使面料的选用做到有的放矢，合理匹配。同时还要根据服装流行趋势的变化，独创性地试用新型材料开拓布料的使用领域，使服装造型更具新意（见图9-86）。

图9-85　PVC材质秋冬时装

图9-86　用塑料、金属、纸等非常规材料设计的服装

　　（3）服装面料的再塑造与再装饰

　　现代服装设计趋向多样化、风格化，服装材料形态的变化与创新是促成这种发展的重要因素之一。无论是运用同一种面料的再塑造，还是一种面料上进行多种材质的再装饰，我们都把它归结为对服装面料的二次加工设计。这种设计同样要遵循形式美的法则，合理调配色彩，将不同的材料通过加法、减法、解构法、综合法等手段来改变面料原有的形态和特点，达到令人耳目一新、改头换面的艺术效果。

1）加法。加法指将相同或不同的一种或多种材料，运用排列、组合、叠加、堆积等手段形成多层次、饱满立体、节奏感强、富有艺术感染力的新形态面料的创作手法，如刺绣、布贴、印花、手绘、绗缝、镶滚、钉珠、饰带、扎染、蜡染等（见图9-87）。

图9-87　服装设计中加法的运用

2）减法。减法指运用剪缺、镂空、抽减、腐蚀、烙画、磨损等手段减除或破坏原有材料形态的特色，达到一种另类、奇特的视觉效果的创作手法，如抽纱、剪纸等（见图9-88）。

图9-88　服装设计中减法的运用

3）解构法。解构法指将材料原有的结构破坏，通过各种针（可以是手工针、机车针、毛衣针等）法的排列、组合运用，形成特殊工艺的构成变化，使面料本身形成凸起、凹进、扭曲、缠绕等肌理变化的创作手法（见图9-89）。

图9-89 服装设计中解构法的运用

4）综合法。综合法指同时采用两种或两种以上的创作手法。任何一种艺术的创作手法都不是僵化和孤立的，只有充分了解和掌握其规律与特色，才能全面驾驭使用（见图9-90）。

服装设计包括款式造型设计、色彩设计、面料设计等三个方面的要素设计。三要素之间互相制约，共同作用。每一款服装的设计都要有一个设计重点，可以侧重于款式造型或色彩的搭配，也可以是材料质地的对比……但无论以哪一种为主，最终的效果还是取决于三要素之间的协调统一。设计最终要在符合设计的基本美学法则的基础上满足着装者的要求，同时要引导消费。

图9-90 服装设计中综合法的运用

9.2.2 形式语言及设计符号学在服装设计中的应用

服装设计与绘画、雕塑、建筑等其他艺术形式一样，都遵循最基本的美学法则，具体体现在使服装的款式、色彩、面料三大要素的和谐共生上，其主要有平衡、比例、节奏、强调、对比、统一和视错等几个方面的内容。

1. 平衡

平衡又称均衡，指对立的各方面在数量或质量上相等或相抵。平衡分为对称平衡与非对称平衡。一般来说，传统的中式服装采用对称式设计较多。对称式服装显得庄重、正式，但也会显得保守、呆板，可用配饰来打破局式，增添动感，带来变化（见图9-91和图9-92）。

2. 比例

不同造型的面积、长度等数量、质量所形成的差值关系就是比例。在服装上，运用在上下装、内外装或不同结构部位尺寸之间的比例分割是否协调优美，是评判服装设计好坏最基本的法则（如图9-93）。

图9-91 平衡（一）　　　　图9-92 平衡（二）　　图9-93 比例

壮族

图9-94 节奏

图9-95 强调

3．节奏

节奏是音乐中的一个名词，用通感的手法引用到服装设计中，指造型要素点、线、面、体以一定的间隔和方向按一定的规律排列，反复出现而传达的视觉效果。这种手法可以增加凹凸感、动感与空间层次的构成效果（见图9-94）。

4．强调

一部电影要有主角的生动表演才能让观众久久回味，同样一款服装也要有出彩的重点设计，醒目而强烈，具有"特异"的效果，才能吸引消费者的目光，让人过目不忘。通常用强调色彩、强调结构、强调材质、强调图案和配饰等手法，来勾勒服装的主体，以起到画龙点睛的作用，如图9-95所示。

5．对比

任何两个物体的并置都可以在造型、色彩、质感等方面产生对比关系。服装设计中的对比形式异常丰富，有大与小、松与紧、明与暗、软与硬、花与净、粗与细等，不同特征的设计元素在对比中被进一步强化，从而形成更加强烈的视觉感受（见图9-96）。在服装设计上对比的运用宜少而精，大面积铺开使用只能导致杂乱、无序的结果。

6．统一

多个设计元素之间能协调共生，并呈现出一致的主题风格就是统一。服装的款式、色彩、面料、工艺手法、装饰手法以及模特的妆容等均须在形式内容与整体风格上协调一致，才能达到良好的设计效果（见图9-97）。

7．视错

视错觉是指视感觉与客观存在不一致的现象，简称视错。人们观察物体时，由于物体受到形、光、色的干扰，加上人的生理、心理原因而误认物象，会产生与实际不符的判断性的视觉误差。 在服装造型设计中，要获得完美的造型，就需要从错觉现象中研究错觉规律，从而达到合理地利用视错觉为设计服务的目的。视错觉一般分为形的错觉和色的错觉两大类。形的错觉主要有长短、大小、远近、高低、幻觉、分割、对比等。色的错觉主要有光渗、距离、温度、重量等。在服装设计中合理地利用视错手法，可以对着装者的形态进行弥补、修正，使之达到理想美（见图9-98）。

图9-96 对比

图9-97 统一

图9-98 视错（肤色与服装色相近）

本章小结

　　本章主要分析设计的形式语言在其他相关艺术设计领域中的应用。首先从平面设计、服装设计的设计要素分析入手，分析形式语言及设计符号学对平面设计及服装设计的影响，再通过大量图例分析形式语言及设计符号学在平面设计、服装设计中的应用。

思考题与习题

　　（1）运用本书所学的知识，参加近期的设计比赛。也可以根据授课老师的安排，完成作业设计。

　　（2）全书学习下来，应该设计了不少作品，将其整理出来，为就业准备设计作品集。

参 考 文 献

[1] 诸葛铠. 设计艺术学十讲[M]. 济南：山东画报出版社，2006.

[2] 高敏. 机电产品艺术造型基础[M]. 成都：四川科学技术出版社，1984.

[3] 王菊生. 造型艺术原理[M]. 哈尔滨：黑龙江美术出版社，2000.

[4] 凌继尧，徐恒醇. 艺术设计学[M]. 上海：上海人民出版社，2000.

[5] 张宪荣. 设计符号学[M]. 北京：化学工业出版社，2004.

[6] 陈慎任. 设计形态语义学[M]. 北京：化学工业出版社，2005.

[7] 陈慎任，马海波. 设计形态语义学设计实例[M]. 北京：机械工业出版社，2002.

[8] 尼跃红. 室内设计形式语言[M]. 北京：高等教育出版社，2003.

[9] 卢少夫. 立体构成[M]. 杭州：中国美术出版社，1999.

[10] 胡飞，杨瑞. 设计符号与产品语意[M]. 北京：中国建筑工业出版社，2003.

[11] 胡飞. 中国传统设计思维方式探索[M]. 北京：中国建筑工业出版社，2007.

[12] 杨裕富. 创意活力——产品设计方法论[M]. 长春：吉林科学技术出版社，2004.

[13] 张凌浩. 产品的语意[M]. 北京：中国建筑工业出版社，2005.

[14] 高丰. 美的造物——艺术设计历史与理论文集[M]. 北京：北京工艺美术出版社，2004.

[15] 李砚祖. 造物之美[M]. 北京：中国人民大学出版社，2000.

[16] 柳贯中. 工业设计学概论[M]. 哈尔滨：黑龙江科学技术出版社，1997.

[17] 张道一. 工业设计全书[M]. 南京：江苏科学技术出版社，1994.

[18] 蔡军，徐邦跃. 世界顶级设计作品选[M]. 哈尔滨：黑龙江科学技术出版社，1999.

[19] 中西元男，王超鹰. 21世纪顶级产品设计[M]. 上海：上海人民美术出版社，2005.

[20] 索绪尔·普通. 语言学教程[M]. 刘丽，译. 北京：九州出版社，2007.

[21] 苏珊·朗格.情感与形式[M]. 刘大基，傅志强，周发祥，译. 北京：中国社会科学出版社，1986.

[22] A J 格雷马斯. 结构语义学[M]. 天津：百花文艺出版社，2001.

[23] 斯蒂芬·贝利.20世纪风格和设计[M]. 罗筠筠，译. 成都：四川人民出版社，2007.

[24] 巴尔特.符号学原理[M]. 李幼蒸，译. 北京：中国人民大学出版社，2008.

[25] 萨马拉. 设计元素——平面设计样式[M]. 齐际，何清新，译. 南宁：广西美术出版社，2008.

[26] 米尔曼.平面设计法则[M]. 胡蓝云，译. 北京：中国青年出版社，2009.

[27] 海军. 视觉的诗学——平面设计的符号向度[M]. 重庆：重庆大学出版社，2007.

[28] 王友江.平面设计基础[M]. 北京：中国纺织出版社，2004.

[29] 朱建强，罗萍. 平面广告设计[M]. 武汉：武汉大学出版社，2006.

教材使用调查问卷

尊敬的老师：

您好！欢迎您使用机械工业出版社出版的"高等院校设计艺术类专业创新教育规划教材"，为了进一步提高我社教材的出版质量，更好地为我国教育发展服务，欢迎您对我社的教材多提宝贵的意见和建议。敬请您留下您的联系方式，我们将向您提供周到的服务，向您赠阅我们最新出版的教学用书、电子教案及相关图书资料。

本调查问卷复印有效，请您通过以下方式返回：

邮寄：北京市西城区百万庄大街 22 号机械工业出版社建筑分社（100037）

　　　宋晓磊　（收）

传真：010-68994437（宋晓磊收）　　E-mail：bianjixinxiang@126.com，814416493@qq.com

一、基本信息

姓名：_____职称：_____职务：_____

所在单位：_____

任教课程：_____

邮编：_____地址：_____

电话：_____电子邮件：_____

二、关于教材

1. 贵校开设艺术设计类哪些专业或专业方向？

□环境艺术设计　　　　□平面设计　　　　□产品设计　　　　□服装设计

□视觉传达设计　　　□ 新媒体设计　　　□其他_____

2. 您使用的教学手段：　□传统板书　□多媒体教学　　□网络教学

3. 您认为还应开发哪些教材或教辅用书？_____

4. 您是否愿意在机械工业出版社出版图书？您擅长哪些方面图书的编写？

选题名称：_____

内容简介：_____

5. 您选用教材比较看重以下哪些内容？

□作者背景　　□教材内容及形式　　□有案例教学　　□配有多媒体课件

□其他_____

三、您对本书的意见和建议（欢迎您指出本书的疏误之处）_____

_____

_____

四、您对我们的其他意见和建议_____

_____

_____

请与我们联系：

100037　北京百万庄大街 22 号

机械工业出版社·建筑分社　宋晓磊　收

Tel：010—88379775（O），68994437（Fax）

E-mail：bianjixinxiang@126.com，814416493@qq.com

http://www.cmpedu.com（机械工业出版社·教材服务网）

http://www.cmpbook.com（机械工业出版社·门户网）

http://www.golden-book.com(中国科技金书网·机械工业出版社旗下网站)